« Zilahy fa brillare Roma di una luce nera, bellissima. »
Donato Carrisi

« Mirko Zilahy si conferma voce originale, matura e capace, che sa costruire impianti narrativi barocchi e carichi di pathos. Un autore con una sua forte identità. »
Severino Colombo CORRIERE DELLA SERA

Mirko Zilahy ha conseguito un PhD presso il Trinity College di Dublino, dove ha insegnato Lingua e letteratura italiana. Collabora con il « Corriere della Sera» ed è stato editor per minimum fax, nonché traduttore letterario dall'inglese (ha tradotto, tra gli altri, il premio Pulitzer 2014 *Il cardellino* di Donna Tartt). *È cosi` che si uccide* è il suo primo romanzo, cui sono seguiti *La forma del buio* e *Così crudele è la fine*, che vedono come protagonista il commissario Mancini.

Mirko Zilahy

Così crudele è la fine

Romanzo

TEA

Per informazioni sulle novità
del Gruppo editoriale Mauri Spagnol visita:
www.illibraio.it

TEA - Tascabili degli Editori Associati S.r.l., Milano
Gruppo editoriale Mauri Spagnol

www.tealibri.it

Prima edizione SuperTEA maggio 2019

COSÌ CRUDELE È LA FINE

A Paola, ieri, oggi e domani

Ciò che conosciamo di noi è solamente una parte, e forse piccolissima, di ciò che siamo a nostra insaputa.

Luigi Pirandello

Rapìan gli amici una favilla al Sole
A illuminar la sotterranea notte,
Perché gli occhi dell'uom cercan morendo
Il Sole; e tutti l'ultimo sospiro
Mandano i petti alla fuggente luce.

Ugo Foscolo

Non ho mai avuto, e non ho tuttora, la percezione della mia identità personale. Vedo me stesso come il luogo in cui qualcosa accade, ma non c'è nessun « Io », né alcun « me ».

Claude Lévi-Strauss

PRIMA PARTE

Nel mio mondo non ci sono labbra. Anche se il mio mondo è pieno di voci. Non ci sono occhi. Anche se c'è qualcuno che mi guarda. Nessuno lo abita, il mio mondo. Anche se è pieno di orecchie.

La notte inghiotte ogni segno di vita, qui sotto. Ho paura del mostro che viene da sopra. Ho paura dell'uomo che scende le scale e ho paura che, adesso che non ci sei più, lui scenda per me. Ho paura di vederlo apparire con la faccia matta del gatto di Alice, anche se io di gatti non ne ho visti mai, mamma. Me li raccontavi tu, con tutti gli animali della fattoria. E io provavo a immaginarli.

Eccolo. È il rumore dell'astronave. Sta scendendo e tra poco arriverà da mangiare. Spero sia pollo. Spero sia abbastanza morbido. E dell'acqua, magari. Da bere. Le labbra sono secche e mi bruciano. La lingua è gonfia e il palato scotta.

Mi sbagliavo, l'astronave non è scesa a portarmi del cibo, e io sono tanto stanca, mamma. Sento i topi che zampettano in cerca di briciole invisibili. Mi accorgo che i passi sono scomparsi da tanto, da quando le tue dita non mi carezzano più. Ma è meglio così, perché con i passi arrivavano anche le urla. Le tue.

L'acqua sta salendo lentamente. La sento nel bagno

che goccia. Viene giù anche dal tubo sul soffitto. Forse fuori piove. Chissà com'è la pioggia. L'acqua è vita, dicevi. È bella, ci si può specchiare dentro. Ma qui, mamma, la luce non esiste, e l'acqua fa solo male. Mi fa male la gola, il petto e tu non sei qui ad aiutarmi. Tornerai? Me l'hai promesso. Mi manchi tanto.

Dove sei, mamma?

1

Roma, Portico di Ottavia

Dal fondo dello scavo abbandonato, una forma scivola fuori. S'arrampica, circondata dai marmi puntati di muffe, fiutando l'aria fresca della notte. Supera un gruppo di mezze colonne e lancia uno sguardo giù nella fossa. Non è la prima volta che esce di lì. E non sarà l'ultima.

Illuminato da faretti terrestri, il Portico di Ottavia nasconde un dedalo di strade striminzite su cui stanotte balbettano due tacchi prepotenti. Un'altra forma attraversa il cuore del ghetto ebraico: le botteghe, l'odore del cibo, il lastrico umido di luce albicocca. È Sonia, che ostenta un'espressione soddisfatta, il sorriso ravviva il volto sfacciato e sottile come il corpo snello, di una bellezza eretta nel tempo, perché Sonia non è più giovanissima. Ha dato il meglio di sé dieci anni fa, ma adesso è una donna vera, almeno per come lo intende lei. Il caschetto corvino, il naso dolce e regolare tra gli occhi castani. Indossa un abito di raso nero, con due nodi sulle spalle, che termina a punta lasciando scoperto il ginocchio sinistro. Le scarpe rosse, lucide, come la pochette. I tacchi sottili.

Nessuna luna brilla nel cielo festoso di stelle. L'intrico di viuzze cieche, discese e strettoie, tratteggia un geroglifico inestricabile. Sonia è appena uscita di casa. Non è casa sua, è quella del suo uomo, quello che da un anno la protegge e le fa regali. L'uomo a cui ha deciso di dare anima e corpo. Per farsi sua amante. Sorride al pensiero. « Attenta, sgualdrinella », l'ammoniva scherzando sua nonna quando correva a giocare coi maschietti del quartiere a Palermo. Se la vedesse ora che s'è fatta donna, se solo immaginasse quante cose ha conquistato da sola, il diploma serale, l'appartamento a Prati e quella relazione. È quella che la fa stare bene, la sua singolare forma d'amore. Sì, perché è così che la vive, o che se la racconta.

Anche se stasera lui è stato cattivo. Hanno litigato e l'ha minacciata. Altrimenti lei sarebbe ancora lassù, tra le sue braccia. Per un istante l'umore vacilla ma Sonia lo riprende prima che precipiti e accelera, dando forza al suo passo.

Secchi, i suoi tacchi rintoccano sul lastricato e lei si riscopre ad ascoltarli incantata mentre procede sulla strada che conosce a memoria. Li immagina come lancette di un grosso orologio. *Tic toc.*

Ma poi, per un attimo, il ritmo cambia. Raddoppia. E Sonia si volta.

Nessuno. Non c'è nessuno.

Ripete spesso quel tragitto e non è possibile che qualcuno – lui? – l'abbia seguita, perché la porta da cui è uscita un minuto prima si trova alla fine di un cul-de-sac. Sonia scuote il capo e sorride ancora, ma stavolta le labbra tradiscono un dubbio. Scende lungo il vicolo a sinistra, attenta a non scivolare sui tacchi. Una lampada incombe sospesa a un filo tra due piccoli edifici, ma il chiarore langue a pochi centimetri dalla fonte. E la luce si disfa nell'oceano buio che inonda la strada.

Da quel vuoto oscuro si propaga, densa e invisibile, una scarica di passi alle sue spalle. Sonia si addossa al muro e guarda dietro, il respiro in gola. Non c'è movimento, non c'è suono.

Non c'è nessuno.

Quando stacca il corpo dal muro, la mente inizia a scalare le pareti del sogno. Magari lui ha deciso di raggiungerla. Il pensiero la rallegra un istante, ma sa che non è così. Lui non si farebbe vedere in giro con lei, nemmeno di notte in un vicolo buio. O forse sì e le tornano in mente le sue minacce. Una folata infelice la vince, le dita frugano la borsetta, svitano il tappo e la testa si rovescia indietro per assecondare la cascata di pasticche in bocca.

Tic toc, tic toc, tic toc.

Suda freddo, s'affretta. Fra due sampietrini il tacco cede e il ginocchio lo segue, la caviglia si piega e dentro la rotula i legamenti tirano. L'altra gamba ammortizza la caduta e un secondo dopo Sonia è a terra. Il vestito si è sollevato sopra la vita.

Un gattaccio nero scivola fuori dal suo angolo grigio, in cerca di cibo o delle carezze di una strega.

« Sciò! » Sonia agita una mano, ha paura ora, e la creatura s'allontana con un'occhiata gialla d'odio.

Non c'è nessuno.

È solo l'eco dei suoi passi? Il silenzio è tornato sovrano del labirinto. Per un momento, nell'aria spenta della notte, sussurra il lieve zampillio di una fontana. La donna si tira in piedi, il tacco è spezzato. Saggia la caviglia dolorante. Raccoglie la scarpa rotta. I primi passi pungono e già pensa alle fitte che proverà per guidare. La strada svolta a destra, Sonia avanza, il freddo sul piede scalzo e il ritmo dei tacchi, *tic toc*, ridotto a un unico singulto d'orologio, *toc*.

Ancora due passi e si ferma di nuovo, in ascolto. Le pasticche fanno effetto. È in arrivo una soffice nebbia mentale che la farà sentire bene. Venti metri dopo, un'area appena rischiarata. Dietro una fila di sbarre di ferro compare una siepe con tre sassi in croce, un cartone di pizza e una costellazione di escrementi di cane. Le rovine di Roma, pensa Sonia, e un vento leggero la investe alla schiena. La via si stringe e lei prova ad accelerare, la caviglia gonfia, la voglia feroce di una doccia. In fondo c'è la piazzetta con la fontana, la luce dei lampioni e qualche insegna, anche se è lunedì notte e i locali sono tutti chiusi.

Tic toc.

Se ne accorge con un secondo di ritardo. Abbassa lo sguardo: sì, ha davvero solo una scarpa. Ha perso una lancetta, un *toc*, un battito, il suo tacco. Ma quelli che ha appena sentito alle sue spalle erano *due* colpi.

Tic toc.

L'ansia si fa terrore. Stavolta sono passi dietro di lei, nascosti dalla curva della strada. Si toglie veloce anche l'altra scarpa, procede forzando sulla caviglia lesa. Lo slargo della piazza è vicino. Un'altra folata fredda, il corpo madido di paura. Il ticchettio cresce, incalzante. O è solo nella sua testa?

Manca poco alla luce e alla fontana ma Sonia si ferma. Si volta e fissa il punto da cui teme di veder comparire l'uomo che la insegue. È lui? Al centro della via, immobile, è pronta a guardarlo dritto in faccia. Le scappa una lacrima, non può essere lui. Una pasticca raggiunge le altre in fondo allo stomaco e la maschera scivola via.

Il profilo della fontana delle tartarughe emerge dal fondo del vicolo e tutta insieme l'ansia scema. Il torpore chimico la rasserena. Sciocca che è stata. Osserva la vasca quadrata con le conchiglie di marmo rosso e i quattro efebi di bronzo che sostengono le tartarughe. Sonia posa le scarpe a terra. L'acqua non è potabile, la donna si avvicina, ne raccoglie un po' e si bagna i polsi, il collo e la caviglia dolorante. Si tampona la fronte. Finalmente respira. L'aria le rinfresca il viso.

Abbassa lo sguardo, nella vasca galleggiano due lattine di birra. C'è qualche foglia sospinta dalla corrente creata dai piccoli getti. Latta e cellulosa si mescolano per scomparire dietro il corpo centrale del monumento. Al loro posto s'affacciano quattro pezzetti di legno. Quando Sonia sposta la gamba per tornare sul livello della strada compare anche il quinto. Li osserva distratta finché lo sguardo non ci sbatte addosso. Sugheri mossi da piccole onde, brandelli rossastri, il bianco dell'osso.

Nel catino di marmo danzano cinque dita mozzate. Il vento si alza di nuovo e trasporta lontano il grido di Sonia.

A poche centinaia di metri, ai piedi del teatro di Marcello, una forma scompare tra le ombre dello scavo. Torna sui suoi passi per un'ultima volta. Per concludere ciò che ha lasciato in sospeso.

2

Roma, teatro di Marcello

Simile al dorso di un vecchio ippopotamo, il corpo ricurvo del teatro di Marcello affiorava dall'ansa del Tevere. La facciata esterna con le arcate di travertino su due livelli reggeva il palazzo Orsini sulle spalle di pietra. Più in basso, accanto alle tre colonne superstiti del tempio di Apollo Sosiano, l'ispettore Walter Comello parlava al cellulare. Sotto il livello della strada, una porta si apriva sul fianco del podio su cui poggiavano le colonne. Dalla soglia oscura provenivano raffiche di flash.

« Sono già dentro? » gli chiese il commissario Mancini storcendo la bocca. Aveva abbandonato il nuovo trench per una lunga giacca di pelle che indossava sopra una camicia e un paio di jeans. Tutto immancabilmente nero, come la barba che aveva lasciato crescere, nonostante il caldo degli ultimi giorni.

« No, commissario. C'è Caterina », rispose Comello tappando il microfono. « Ho in linea il capo della Omicidi. Sono in attesa dell'autorizzazione della Soprintendenza Archeologica », sussurrò con una smorfia.

Sapevano tutti che Enrico Mancini operava in quel modo. Quando qualcosa non quadrava, arrivava sulla scena del crimine prima che iniziassero le operazioni ufficiali. Così aveva il tempo di isolarsi e leggere la scena. Venti minuti prima aveva ricevuto un sms che lo informava, quasi in tempo reale, del ritrovamento.

« Quelli della Omicidi arriveranno fra poco, commissario », disse Walter appena chiusa la comunicazione.

« Chi lo ha trovato? » domandò Mancini.

« Il vigilante privato che sorveglia la zona. »

« Pagato da chi? »

« Da quelli là sopra. »

Mancini corrugò la fronte e alzò lo sguardo. Come un nido su uno sperone roccioso, l'elegante dimora s'innestava sul corpo dell'anfiteatro romano.

« È palazzo Orsini. La parte superiore del teatro di Marcello è abitata », proseguì Comello.

Sopra gli archi e le pareti spuntavano le finestre oltre le quali si nascondevano gli appartamenti padronali, i saloni di rappresentanza, la biblioteca, la sala da ballo e un attico. Sotto il livello di via Petroselli si trovavano il giardino e cinquecento metri quadrati di cantine.

« Poi fatti un giro », gli disse Mancini.

Scavalcò le transenne che delimitavano l'area archeologica e scese nello scavo prospiciente. La scaletta di accesso era bloccata dai nastri di plastica che due agenti avevano piazzato per non far entrare nessuno. Sotto c'era una grata che chiudeva l'accesso al sotterraneo usato per la conservazione dei materiali: una selva di cippi, pilastri e pezzi di frontoni emergeva dal terreno, abbandonata alla sbadata memoria del tempo.

Caterina, la fotorilevatrice, era ferma sulla soglia di un ambiente immerso nella semioscurità.

« Sei entrata? » le chiese il commissario.

Lei scosse decisa il capo.

« Bene. »

Mancini le porse le mani e lei gli passò guanti, copriscarpe, cuffia e mascherina. Il commissario si preparò, rapido. Aveva pochi minuti.

Il terreno era rivestito di lastre di pietra, sulla destra una griglia lasciava filtrare la luce. Non era entrato ancora nessuno, se non il metronotte che aveva fatto la segnalazione. Quando si avvicinò, usando il cellulare come torcia, scoprì due sacchi. Dal più piccolo, quello di carta, usciva un odore aspro che gli si cacciò in gola. Era calce, e ce n'era parecchia sparsa sul pavimento. L'altro era vuoto, se non per una sottile polvere rossa che ne ricopriva il fondo. Dalla posizione inginocchiata, Mancini fece saettare la luce davanti a sé e la cosa nella nicchia parve animarsi come una bambola scossa da un improvviso brivido elettrico.

Al centro della volta, profonda un metro e mezzo, c'era un corpo grigio, incatenato. Era in ginocchio, riverso a faccia avanti e per terra davanti a sé aveva un mucchio di mattoni sparpagliati. Il commissario si avvicinò al cadavere sistemandosi la mascherina sulla bocca e illuminando la figura.

Il volto tumefatto, il naso rotto, tagli profondi sulle sopracciglia, escoriazioni sugli zigomi e le palpebre martoriate raccontavano della battaglia che quel corpo aveva condotto fino alla fine contro il muro. Una parete di mattoni che gli era stata letteralmente costruita di fronte.

Quando spostò la luce, Mancini si accorse che la mano destra dell'uomo era priva delle dita. Sembravano mozzate con un arnese da giardino, o qualcosa di grossolano, perché alcuni brandelli erano rimasti attaccati al moncone.

« Sono arrivati », lo avvertì dal buio la voce di Caterina.

Mancini però non era ancora pronto ad allontanarsi dalla scena del crimine. Gli agenti della Scientifica stavano scattando foto mentre avanzavano come se stessero falciando un prato, prima avanti, da una parte all'altra dello spiazzo quadrato esterno al luogo del ritrovamento, e poi indietro, dopo uno spostamento di un passo abbondante. Due di loro stavano per scendere nel sotterraneo con le valigette tecniche e l'occorrente per il rilievo delle tracce latenti con le polveri e la luce alternativa. Se c'era qualcosa, presto lo avrebbero trovato e repertato.

Dentro lo scavo, Mancini avvicinò ancora la luce al volto nella nicchia. La vittima aveva un'espressione di dolore e paura.

Il commissario spostò il fascio luminoso sul collo

e sulla clavicola fino ad arrivare alla mano mutilata, poi tornò su, repentino. Si accorse di qualcosa che non aveva notato prima.

Sotto la spalla destra della vittima, all'altezza del deltoide, c'erano due fori rossi.

3

La prima immagine che Paolo ricorda è un laccio di pelle che si sposta da una mano all'altra, poi un profumo pungente. Quel laccio è il guinzaglio del vecchio beagle di sua figlia e l'odore è quello dell'erba che spunta tra i sampietrini. Ha portato il cane a passeggiare proprio dietro al teatro di Marcello. Ogni benedetta sera, sempre alle dieci, dopo gli ultimi faticosi esercizi della giornata.

Dell'erba ha una visione distorta, ravvicinata. Ma è l'odore a scatenare i ricordi. Lui mentre scende le scale, il cane che tira per raggiungere le rovine abbandonate. La brezza improvvisa, la schiena che esplode, s'irrigidisce, e lui, paralizzato, cade per terra. Vede il beagle scappare. Poi solo il prato sul viso e la testa che si spegne.

Si sta risvegliando. Esce dalle nebbie dell'incoscienza, automaticamente solleva la mano e cerca di toccarsi il punto che brucia sulla spalla. Ma a mezz'aria l'arto s'inchioda. Poi, succedono due cose.

Lo strepito del ferro e la fitta alla mano.

Basta un attimo perché il terrore lo ridesti del tutto. Spalanca gli occhi nella penombra. Inspira. Il primo colpo di tosse lo scuote, dai polmoni raggiunge le spalle e s'infiamma. Il secondo corre giù lungo le braccia, sbatte sul gomito e scoppia dentro la mano destra.

È allora che Paolo si perde nella luce del dolore, benché le orbite siano cieche. Perché, d'un tratto, tutto è chiarissimo.

È in ginocchio, costretto da quattro catene, circondato da mura su tre lati. È dentro una nicchia.

Dall'ugola gli esplode un grido, una vocale feroce e sconosciuta, mentre scuote il corpo per liberarsi dalle catene, o dall'orrore che lo vince. Si squassa avanti e indietro, come un fantoccio di carne e di ossa. Le furiose vibrazioni del ferro.

Suda e si ferma. Si fa di pietra, inghiotte, lascia che gli occhi scivolino piano verso quel dolore palpitante, in fondo al braccio. E vede, come fosse un oggetto, la mano. La sua mano non si apre. Non si chiude. Non afferra le catene che lo legano per strapparle via.

La sua mano è morta. E, con lei, sono morti per sempre i rapidi movimenti delle dita, le carezze per sua figlia, è morto il mestiere di una vita, sono morte le migliaia di strette che ha ricevuto. Sono morti con lei anche i ricordi.

Non c'è vergogna a piangere, diceva papà quando lo obbligava a esercitarsi per ore, ogni giorno, le dita danzanti, l'orecchio preciso. E ora, come un bambino, lui vuole sapere perché. Interroga l'aria muta di quello spazio ignoto. E piange. Dove sono, adesso, le mie dita? I monconi sono ricoperti di un unico grumo nerastro. Dov'era il pollice, lì brucia l'inferno. Paolo distoglie lo sguardo e pianta gli occhi dentro la penombra.

Deve andarsene di lì. Di fronte a lui, a una decina di metri, vicino a un sacco di carta chiara c'è una porta di metallo. Sulla parete opposta una serie di pezzi di marmo ammucchiati l'uno sull'altro.

Un sibilo e la porta si apre. Paolo ne approfitta e lascia andare tutta la forza che ha in corpo in un urlo animalesco, disperato. Stavolta però se ne accorge: la bocca è occlusa, anche il grido di prima era solo un'eco mentale. Il cavo orale è stipato di qualcosa che sembra ovatta.

Nella penombra qualcuno si sposta.

« Chi c'è? » strilla, dentro di sé, e il suo gemito si perde là sotto.

Ma c'è qualcuno, Paolo lo sa. E vuole vederlo in faccia.

Due dita schizzano fuori dall'ombra e gli piantano un ago nella spalla destra. Pochi secondi e la testa riprende a ondeggiare. Pochi secondi e le stesse due dita s'infilano in bocca per togliergli quella roba che sa di cotone medico.

Ora, è il momento di gridare! Ma la sua voce è lontana e instabile e sulla bocca sbocciano sillabe bizzarre.

« Chi c'è? » bofonchia. Ascolta. Chiunque sia, ora lo sta osservando dall'angolo buio in cui si è nascosto.

Un suono nell'angolo in fondo. Dov'è il sacco di carta? Paolo cerca di mettersi in piedi ma le catene alle gambe sono tese. Le ginocchia si muovono a scatti e sopra di lui, a venti centimetri dalla testa, la volta della nicchia gli impedirebbe comunque di alzarsi. Un altro suono. Qualcosa che striscia per terra.

« Chi c'è? » riprova.

Nessuno risponde. Il suono prosegue, s'avvicina. Per uno strano gioco ottico il sacco bianco riappare davanti ai suoi occhi. Rapida, una figura attraversa la stanza e scompare nell'altro angolo. Quando riappare ha in mano qualcosa che lui non vede bene, finché non se lo trova davanti, a terra.

È un secchio. Paolo ci guarda dentro. Acqua. Con un grosso bicchiere di plastica la figura pesca dentro il sacco e Paolo avverte un odore che conosce... ma non riconosce.

Perché non sa più parlare, implorare? Perché nessuno lo viene a cercare? Sono ore che è uscito di casa, o pochi minuti? Vuole andare via, tornare a casa, lontano da quel posto maledetto in cui si trova. Ma dove si trova? Chi è quella persona? Ha il volto coperto. Che vuole? Se riuscisse a parlare, a dire qualcosa, a dire chi è lui, magari lo lascerebbe andare.

Però, l'unica cosa che desidera, più che scappare, è sapere cosa c'è dentro quel secchio.

La figura si accuccia, gli prende il viso, lo guarda dritto in faccia per un istante e poi lo lascia andare. Paolo perde un movimento, perché la testa gira ancora e non riesce a mettere a fuoco. Di colpo, dalle funamboliche mani del mago compare una cosa scura. Un sacco. Poi, un suono di cocci rotti ai suoi piedi. Scuote la testa per provare a capire, ma ottiene solo un conato.

Il gelo bagna la pelle, i brividi scuotono il corpo, le dita fantasma avvampano, l'aria densa non dà scam-

po ai polmoni. La figura inginocchiata davanti a lui produce rumori secchi e ripetuti.

« Chi sei? » vomita fuori Paolo.

La risposta è un sorriso attraverso il passamontagna. Poi, la sagoma affonda una mano nel secchio, la solleva e la accosta alla fronte di Paolo. Due, tre, quattro movimenti. È l'ultima cosa che l'uomo incatenato percepisce prima che le palpebre inizino a traballare.

Il rumore riprende e si moltiplica, un colpo e un lieve fruscio, come una ninna nanna.

Pezzo dopo pezzo, attorno a lui il buio cresce per accompagnarlo nel silenzio della notte perenne.

4

Roma, Comando di Montesacro,
studio della dottoressa Antonelli

Registrazione seduta
Dottoressa Claudia Antonelli
Commissario Enrico Mancini

« Come si sente, oggi? »

« Bene, dottoressa. »

« Perfetto, dottor Mancini. Gli oggetti di sua moglie che sta togliendo dal vostro appartamento... A che punto è? »

« Ho finito. »

« Del tutto? »

« Quasi. »

« Cosa le manca? »

« Il comò. »

« Lo lasci, se è davvero l'ultima cosa. Resterà un punto di riferimento all'interno della casa. Il suo punto di fuga. »

« Non esistono punti di fuga... »

« Commissario, non sottovaluti il lavoro che ha

fatto a casa sua. E nemmeno quello che ha fatto su se stesso.»

«Lo so. E mi sento meglio, davvero.»

«È chiaro che può essere doloroso, anche a distanza di anni, ma è necessario. E lei sta facendo un ottimo lavoro. Presto riprenderà a frequentare qualcuno.»

«Vedremo.»

«Sta frequentando qualcuno?»

«Preferisco non rispondere.»

«Le dà ancora fastidio il contatto con altre persone?»

«Preferisco non rispondere.»

«E la barba?»

«Ho deciso di farmela crescere.»

«Può dirne il motivo?»

«Niente di speciale.»

«Nessun motivo in particolare?»

«Non avevo voglia di farmela, così...»

«Ha pensato di lasciarsela crescere.»

«Esatto.»

«Sono due mesi che lei non se la taglia, giusto?»

«Più o meno. Credo.»

«È lunga circa tre centimetri, ma non è da questo che si deduce da quanto tempo non si rade.»

«Ah no? E da cosa, allora?»

«Prima un'altra domanda se non le spiace.»

«Prego.»

«Cosa ne ha fatto degli specchi a casa sua?»

«Come?»

« Ha capito. »

« Li ho tolti. »

« Tutti? »

« Sì. Li ho chiusi nello studio. »

« E tuttavia non fanno parte delle cose di sua moglie che avrebbe dovuto rimuovere, quelle pianificate nelle sedute precedenti. »

« No, infatti. »

« E allora perché li ha tolti? »

« Perché non mi servono e... Ma lei come fa a sapere degli...? »

« Degli specchi? È evidente, così come lo è il motivo per cui lei si lascia crescere la barba da due mesi. »

« Scusi, dottoressa... »

« Non sorrida in quel modo. Che effetto fa stare dall'altra parte? Essere l'oggetto d'analisi? È una battuta, ovviamente. Non se la prenda. »

« Io... »

« Lei ha paura di guardarsi in faccia. Non è così? »

« No. »

« Il lavoro che sta facendo durante queste sessioni è ottimo. Commissario, lei è fuori dal suo tunnel ma deve stare attento a non cedere a tentazioni e nostalgie. Il passato è memoria attiva, ma il dolore che lo accompagna non deve necessariamente rimanere tale. »

« Il dolore non è il punto, lo so. »

« Esatto. L'ultima volta si è fatto la barba il 14 maggio. Poi, quella sera stessa, lei ha tolto lo specchio del bagno. A seguire tutti gli altri. Giusto? Dunque, lei non ha il coraggio di specchiarsi. ».

« Non è così. »

« Non è vero? Non è vero che il 15 maggio ricorre l'anniversario della morte di sua moglie, Marisa, e che da un tempo imprecisato lei sta frequentando un'altra donna? Un fatto di cui lei, qui, non ha mai parlato, nonostante la sua presunta disponibilità alla terapia? Giusto? »

[*Pausa.*]

« Commissario, togliere gli specchi per non vedersi, farsi crescere la barba per non riconoscersi o per essere diversi da se stessi... Niente di tutto ciò la aiuterà. Lei ha una relazione, che ci si augura sia felice e fortunata, e dovrebbe viverla appieno. Dovrebbe essere se stesso fino in fondo. Ammettere che è guarito senza rimorsi. Lei è libero, è questo che bisognerebbe ripetersi, ma è anche esattamente ciò di cui lei ha paura. Con la barba lunga, in un certo senso, lei non è più se stesso, è come se avesse messo un punto e a capo nella sua vita sentimentale ma non volesse ammetterlo. E quindi, da questo punto di vista, lei è in effetti un altro uomo. E un altro uomo può permettersi di vivere un'altra relazione. Ma con gli specchi in giro per casa, lei dovrebbe sostenere un quotidiano confronto con la menzogna, e questo non può permetterselo. Sbaglio? »

[*Rumore fuori campo.*]

« Chi è che bussa? Eppure sanno di non dover interrompere le sedute... »

[*Bussano ancora.*]

« Aspetti, vado io. »

« No, resti pure seduto. Avanti! »

[*Voce dell'ispettore Walter Comello.*] « Chiedo scusa, dottoressa, è un'emergenza. Commissario... »

« Arrivo subito, ispettore. »

5

Roma, Comando di Montesacro

« Ti devo una birra, Walter. »

« La dottoressa la stava facendo nero, commissario? »

« Insomma », rispose Mancini, cercando di scrollarsi di dosso la sensazione di fastidio che provava quando usciva da quello studio.

Alla fine, dopo vari inseguimenti, Claudia Antonelli era riuscita a convincere Enrico a sdraiarsi sul divanetto in ecopelle nel suo ufficio del Comando. Era accaduto molti mesi prima, durante l'indagine sullo Scultore, il serial killer che aveva seminato i parchi della capitale di vittime sotto forma di mostri mitologici. Da allora Mancini aveva iniziato le sedute. Claudia Antonelli gli aveva consigliato di utilizzare la « terapia della sottrazione » per superare il lutto di Marisa. Togliere qualcosa che le fosse appartenuto dalla loro casa, a partire dallo spazzolino da denti fino ai libri, un oggetto ogni giorno. Mancini all'inizio ne aveva sofferto, non era stato facile, ma in breve tempo quel rito si era accompagnato a una forma di sollievo, e il sollievo si era trasformato in strisciante rimorso.

Il commissario doveva però ammettere che la dottoressa aveva una grande capacità di compenetrazione con i pazienti e, nonostante i problemi con Amanda, la figlia che soffriva in maniera patologica dell'abbandono da parte del padre, Claudia era misurata e professionale. Era una bella donna vicina ai cinquanta, le iridi azzurre e i capelli tornati castani da quando non li tingeva più di biondo e un sorriso da fare invidia a una diva hollywoodiana.

« Allora? » disse Mancini.

« Una comunicazione dalla Questura Centrale, se vuole le dico anche chi è il mittente. »

« Non ne sento il bisogno. »

Entrarono nell'ufficio e chiusero la porta. Mancini si sedette alla scrivania e aprì la grossa busta bianca da cui uscirono due foto e un foglio. Nella prima foto comparivano cinque dita maschili sul bordo bianco della vasca di una fontana, nella seconda invece erano poggiate sulla tavoletta dei reperti con il righello. Il foglio riportava solo poche righe:

ALL'ATTENZIONE DEL COMMISSARIO ENRICO MANCINI

Le inoltro, in via ufficiale, le foto scattate dalla Polizia Scientifica presso la fontana delle Tartarughe. Immagino che possano avere a che fare con il cadavere rinvenuto agli scavi del teatro di Marcello. Confido in rapida risoluzione e Sua piena collaborazione con la Squadra Omicidi del caso, prima che diventi di dominio pubblico.

Dottor Vincenzo Gugliotti

« Non poteva chiamarla? »

« No, Walter. Siamo alla frutta, io e Gugliotti, e questo è il risultato: una comunicazione ufficiale di inizio indagine. »

« Che vuol dire? »

« Che stavolta non basterà un arresto, dovremo farlo sotto la lente di ingrandimento della Questura. Ci stanno osservando. No, mi stanno studiando, sento gli occhi di Gugliotti addosso da un pezzo, vediamo fino a che punto si spinge per farmi fuori. »

« Ma perché dovrebbe, commissario? Le vuole male fino a questo punto? »

« Lo vedremo presto. Torniamo a noi. Manda a chiamare la signorina che ha trovato le dita nella fontana delle Tartarughe. »

Mancini tornò a esaminare le foto. Alla base di ciascun dito il bianco, il giallo, il rosso della mozzatura. Ma le unghie... tutta la parte superiore delle dita era curata, affusolata, e chiaramente maschile. Dovevano essere state delle bellissime mani, pensò.

« Rocchi ha già fatto l'autopsia dell'uomo nella nicchia? »

« Sì. Dice che ci manderà il referto autoptico via mail nel pomeriggio. »

« Ci faccio un salto io, ma bisogna fargli avere pure questi regalini », disse radunando le foto delle dita. « Gli originali, ovviamente. Per vedere cosa riesce a tirare fuori da questo puzzle di carne e ossa. Intanto chiedi a Cate di passare alla squadra le foto della scena del crimine e della vittima. E chiedi alla Scientifica di repertare tutti quanti i mattoni sulla scena, ho bisogno che facciano una proiezione volumetrica. »

« Certo. » Walter estrasse il suo blocco note a spirale dalla tasca posteriore dei jeans e lo sfogliò inumidendo il pollice. « Si chiama... Si chiamava Paolo Tancredi. »

« *Quel* Paolo Tancredi? » chiese stupito il commissario.

« Come? »

Comello non era il tipo che frequentasse teatri, concerti o eventi culturali, ma Paolo Tancredi era un nome celebre. E, soprattutto, l'identità della vittima gettava una luce diversa sulla mutilazione delle dita.

« Paolo Tancredi, il grande pianista jazz. »

6

Roma, Talenti

Sulla Nomentana l'aria era dolce e appiccicosa. Lontano, una fabbrica di gomma spurgava i fumi da ciminiere tese come colli di giraffe sbuffanti. Il quartiere riposava mentre all'interno di un palazzo in cortina, nel suo laboratorio, Antonio Rocchi osservava le lastre eseguite sulle dita ritrovate nella fontana delle Tartarughe.

Sull'iMac c'era il referto autoptico di Paolo Tancredi e il medico legale si mise a rileggerlo tenendo in mano una pinza anatomica, aprendola e chiudendola a scatto, nervosamente. Il riscontro aveva dato esito positivo. Le dita trovate da Sonia Calzati erano state amputate dalla mano del cadavere sdraiato sul tavolo di metallo dietro la tenda divisoria.

Suonò il citofono. Era Enrico, Antonio lo stava aspettando per un confronto diretto sul caso, anche se lui non ne aveva nessuna voglia.

« Eccomi. Sono di fretta. Che dice il referto? » lo interrogò Mancini, ancora sulla soglia.

Antonio rispose con un cenno della mano verso l'iMac. « Non ho ancora finito. »

Il commissario si avvicinò togliendo la giacca di

pelle e si sedette a leggere. Dopo l'elenco dei caratteri identitari dell'individuo – razza, sesso, età, statura, struttura scheletrica, presenza di masse muscolari e adipose, assenza di annessi cutanei come tatuaggi – si entrava nel vivo.

PERIZIA N. 636
ESAME AUTOPTICO ESEGUITO DAL DR. ANTONIO ROCCHI SUL CADAVERE DI PAOLO TANCREDI.

Il corpo presenta ematomi di primo e secondo grado nella sezione mediana del torace. Escoriazioni delle gambe all'altezza delle ginocchia e dei quadricipiti femorali. Vaste abrasioni al viso, ecchimosi della zona del mento e dell'arcata sopraccigliare sinistra e delle tempie. Le labbra incise dai denti, il setto nasale fratturato, le sopracciglia e gli zigomi escoriati.

La vittima presenta due fori sulla spalla destra provocati dalla probabile entrata di un grosso ago. Vasta area escoriata interscapolare di origine sconosciuta. La mano destra riporta la mutilazione coatta totale delle dita in sede prossimale.

L'esame dei fenomeni cadaverici ha stabilito l'epoca della morte attorno alle 23 del 15 luglio.

Causa della morte: da definire.

Appendice A: Comparazione reperto A con mutilazione della mano del cadavere: esito positivo.

« Dell'escoriazione che leggo qui che mi dici? »

« Vieni di là, volevo proprio fartela vedere. »

Si spostarono oltre la tenda e Rocchi scoprì il cadavere di Paolo Tancredi. Era a pancia sotto.

« L'ho già richiuso. »

Il corpo presentava escoriazioni e lividi anche nella parte posteriore, ma tra le scapole si notava una macchia rossa con delle bordature scure.

« Cos'è? »

« Sinceramente non ne ho idea. Sto facendo una ricerca in rete per provare a capire. E ho scritto a un amico a Milano, mi risponde appena possibile. »

« Potrebbe essere stato il colpo che lo ha steso », disse Enrico.

« Da un punto di vista della dinamica direi che è più facile che sia come dici tu. Prima riceve questo colpo da dietro e poi le iniezioni, altrimenti avrei trovato un ago rotto nel deltoide o un foro slabbrato e irregolare. Invece sono precisi, fatti con il corpo rilassato. »

Era un primo indizio concreto. C'era stato un approccio di sorpresa alle spalle, e l'omicida aveva evitato il contatto fisico. Era poco, ed era anche troppo presto per tirare conclusioni, ma era qualcosa.

« La faccia? » chiese Mancini.

« Non mostra segni da colluttazione. La rottura del setto e tutto il resto si possono ricondurre a oggetti contundenti. I mattoni, probabilmente. »

« Lo credo anch'io. »

« E questi fori sulla spalla. Un anestetico? »

« Forse, voglio attendere l'esito dell'esame tossicologico », disse Rocchi. Mancini aveva un'espressione dubbiosa. « Che c'è che non ti convince? »

« Un po' tutto. Ma aspettiamo che il tuo amico di Milano ci illumini su questa macchia rossa tra le scapole », concluse Mancini mentre il telefonino vibrava nei suoi jeans neri. « È il professore », fece Enrico sbrigandosi a rimetterlo in tasca e salutando di corsa Antonio. « Scappo. Ci sentiamo dopo, allora. »

La porta si richiuse dietro Mancini e Antonio si ritrovò a fissare il cadavere di Paolo Tancredi. Rimase immobile, osservando la cosa che giaceva sulla superficie autoptica come un oggetto qualunque. Priva di vita, senz'anima. Cos'era, davvero? Si avvicinò al corpo da un lato, inclinò il capo in un gesto pietoso e vi posò una mano. Ghiaccio, la pelle di plastica che aveva sfiorato migliaia di volte senza curarsene e che ora lo faceva sentire diverso, a disagio.

Migliaia di volte, migliaia di vite. Terminate, chiuse, finite. Chi erano tutti quei pezzi di carne passati, per poche ore o per giorni interi, tra le sue mani in quel laboratorio? Cosa contava saperlo? A chi interessava? Carcasse diverse eppure tutte identiche, due braccia, gambe, organi sessuali, pelle, un fegato, un cervello, un cuore e... occhi. Antonio lo sapeva meglio di chiunque altro, gli occhi dei morti avevano una strana vita dentro. Il progressivo scoloramento delle iridi scemava nell'oscuro cerchio delle pupille e i bulbi si trasformavano in due biglie lucide. Gli occhi dello squalo. Quegli occhi ancestrali erano in grado di spegnere qualunque cosa li circondasse, consumandone l'essenza vitale, inghiottendo il mondo intero nella loro luce muta.

7

Roma, Università La Sapienza

Era una vita che non passava davanti alla statua della Minerva. Bianca e solenne, sorvegliava l'andirivieni di passanti, studenti e professori alla Sapienza. Enrico guardò l'orologio e arricciò il naso, stizzito. Chissà come, lei riusciva ad arrivare sempre in ritardo mentre lui aveva una vera e propria fissazione per la puntualità. Non gli piaceva rubarlo agli altri facendosi attendere perché, come diceva il professore, il tempo è l'unica cosa che nessuno ci può restituire. Si guardò attorno. Era proprio lì che aveva conosciuto Biga frequentando il corso di laurea in psicologia applicata all'analisi criminale. Ai tempi, il professore era considerato una specie di pioniere del profiling in Italia e da subito entrambi avevano intuito che quell'incontro avrebbe cambiato la loro vita. Appena laureato con una tesi di antropologia forense con Biga, Enrico aveva deciso di abbandonare l'ipotesi di una carriera all'università e, in fin dei conti, era stato meglio così. Non voleva rimanere dietro una scrivania o una cattedra. Aveva bisogno di mettersi alla prova, così aveva approfittato di un bando emesso dalla Behavioral Science Unit, l'Unità di analisi comportamentale dell'FBI di Quantico.

Ne era passato davvero di tempo, e di cose che gli avevano cambiato la vita. Si impose un repentino cambio d'umore e si sforzò di cercare un sorriso. A volte funzionava così, bisognava partire dall'esterno per cambiare l'interno, calcare un po' la mano. Ma in fondo qualcosa era davvero cambiato. Enrico aveva ritrovato una compagna dopo tanti anni. Una donna che lo amava in maniera differente, che lo faceva star bene e con cui riusciva a sentirsi distante dall'uomo che era stato negli ultimi anni. Per incontrare lei, Enrico aveva mentito ad Antonio dicendogli che doveva scappare dal professore.

« Non l'hai fissata, vero? »

Enrico si scosse dal letargo dei ricordi e abbassò lo sguardo, incredulo e smarrito come era successo un novembre di tanti anni prima, quando gli era stata rivolta un'identica frase.

« Scusa? » rispose senza pensare.

Un'allegria lucente si spalancava al sole di luglio. Un vestito corto dalle tinte calde, autunnali, vestiva il bel corpo di Giulia Foderà, la massa di capelli ricci, il viso sottile, il naso piccolo e quegli occhi mogano che lo facevano star male d'amore.

« La statua, la Minerva. Non l'hai guardata negli occhi? » Rise, gettando appena indietro la testa.

Enrico cercò di scacciare dei frammenti sonori provenienti da un altro tempo, quello con Marisa, e da un mondo a cui non voleva sentirsi più incatenato. E li scacciò con un misto di rammarico ed entusiasmo.

« Anch'io ho studiato lì », disse Giulia indicando la Facoltà di giurisprudenza. « Però non mi ricordo di te, ai tempi. »

« Sono molto più anziano di lei, dottoressa Foderà », abbozzò lui.

« Non si butti giù, commissario. »

« Mai pensato alla carriera accademica? » le domandò.

« Certo. Persino iniziata, poi ho vinto il concorso da pm e ho mollato. »

« Hai fatto bene. Anch'io ho mollato. All'inizio Biga c'è rimasto male, ma poi mi ha sempre sostenuto negli anni in cui facevo avanti e indietro dall'America. »

Un lampo gli bruciò le parole in gola. L'aereo, la corsa disperata, l'ospedale. Sua moglie Marisa nell'obitorio. Lo cancellò con la violenza dell'ennesimo sorriso forzato di quella giornata.

Giulia lesse l'improvvisa durezza sul viso di Enrico e cambiò argomento senza battere ciglio: « Il procuratore capo mi ha messo su un nuovo caso », disse facendosi improvvisamente scura in volto. « Il caso dell'omicidio Tancredi. »

« Bene », rispose lui.

Lei si accostò sfiorandogli il naso col suo, le labbra, gli carezzò la barba folta prima di lasciar cadere gli occhi negli occhi. Enrico restò fermo, vinto da quel soffice galleggiamento nel mare color mogano in cui stava sprofondando. Forse non s'era tutto consumato, forse quella donna, quel giorno di sole, quel sapore improvviso di vita avrebbero resuscitato qualcosa di quello che era stato e che ancora sentiva bruciare dentro di sé.

« Bene », ripeté lei.

« Vieni con me? »

« Dove mi vuoi portare? »

« Niente di strano, devo passare dal professore. »

Giulia finse di rimanerne delusa. « Devo andare a riprendere Marco e... »

« Facciamo solo un salto, vuoi? »

« Ho meno di un'ora, ma va bene. »

Enrico la ringraziò con un sorriso e accolse la mano di lei nella sua. Giulia gli posò la testa sulla spalla e lo abbracciò stringendolo forte.

8

Roma, Montesacro

« Ha sentito, professore? »

Mancini si chiuse la porta alle spalle dopo aver fatto entrare Giulia. Di fronte a loro, seduto sull'ultimo modello di carrozzina elettronica e ormai rassegnato a quella vita da centauro, c'era Carlo Biga. L'uomo, vinto dalla paresi al braccio sinistro e alle gambe che gli aveva lasciato in dono lo Scultore, si spostava tra i due piani di casa sua tramite un montascale che aveva fatto installare e che dall'ampio scalone dell'ingresso portava fino alla biblioteca e alle camere al piano di sopra.

« Sentito cosa? Il caldo che fa su questa maledetta sedia? »

« La tratti bene, la sua astronave. » Mancini controllò il tavolino della sala, era vuoto. « Non mi dica che non si fa più portare i giornali? Non avrà smesso di leggere ogni più piccolo trafiletto di cronaca, vero? »

« È colpa di quella lì, dice che mi agito. »

Sentendosi chiamata in causa, la donna fece capolino dalla cucina. « Quando il professore legge quella roba poi... » Alzò il gomito e si portò il pollice alla bocca.

« Nemmeno una bottiglia mi compra! »

Mancini guardò il vecchio Biga e gli strizzò l'occhio. Da sotto la giacca prese la bottiglia di Bushmills e gliela infilò nella tasca laterale della sedia, ricambiato dal sorriso mesto del professore.

« Enrico, non starla a sentire, quella. Raccontami tu », disse scorbutico manovrando il joystick per spostarsi verso il salottino. « Come lo hanno chiamato stavolta quei pennivendoli? »

« Ancora nessun nome. La stampa è impegnata a seguire altro. E al momento non ci sono state le solite fughe di notizie dall'interno. »

« Davvero strano », Biga si batté la mano buona sulla coscia sensibile. « Eppure ci vanno a nozze con questa roba. »

« So che se ne sta occupando Pietro Borrello », intervenne Giulia. « Non ci andrà giù liscio. »

« Be', oltre a tutto il casino al Comune, l'AMA, le buche e i trasporti pubblici, direi che va tutto bene. Per domani la Questura ha allertato duecento agenti per gli scontri previsti alla stazione Termini », aggiunse Mancini.

« Che roba è? » chiese Biga senza troppa convinzione nella voce.

« Fascisti e neonazisti che sfilano contro la discussione al Senato della legge sul diritto d'asilo », disse Giulia con una smorfia di fastidio.

« Bella gente », commentò il professore. « A proposito, hanno detto alla radio che a Ostia hanno dato fuoco a una baracca con dentro una clochard.»

«Se è per questo», proseguì la pm, «due sere fa, vicino al Colosseo un gruppo di ragazzi tra i sedici e i diciannove anni ha massacrato un egiziano, un lavapiatti di un ristorante nei paraggi.»

«Dio mio.»

«Lo hanno preso da dentro la cucina, sono entrati dalla porta sul retro e lo hanno trascinato fuori in un vicolo», fece Mancini. «È un momento di passaggio. Una lunga mezzanotte sociale. E quando cala il sole gli animali sordidi e vigliacchi emergono dal nulla in cui vivono le loro esistenze.»

«E i centri sociali?»

«Ci saranno anche loro alla manifestazione. La Digos ha già individuato una trentina di bravi ragazzi da tenere sott'occhio, da una parte e dall'altra. Sarà un bel casino.»

«E tu?»

«Io non sono più un bravo ragazzo. Ne resto fuori.»

Con la coda dell'occhio, Enrico colse l'espressione di sollievo di Giulia alle sue parole.

«Ricordati da dove vieni», disse il professore.

«Mai scordato. E poi c'è Walter che sarà di pattuglia», sorrise.

«Lo immaginavo.»

«Sarà pieno di gente pericolosa, il giro di Ostia e dell'Esquilino, quelli li conosciamo bene. Delinquenti collusi con le mafie del litorale e con la destra estrema. »

« *Mala tempora currunt* », sospirò il professore.

Enrico lo guardò. Biga ora fissava il pendolo che oscillava, come sempre. Nell'alta cassa di legno, il vetro istoriato mostrava l'andirivieni dell'asta. La forbice, destra-sinistra, produceva un effetto ipnotico, come quello del fuoco nel camino, pensò Mancini. Là dentro, tra gli ingranaggi del cuore dell'orologio, erano scoccati milioni di rintocchi e, in quell'istante, Enrico li sentì echeggiare tutti insieme. Un unico suono eterno vibrò dentro di lui come una sentenza. Giulia intanto si muoveva per la stanza, guardandosi attorno.

« Ancora in cerca dell'ultima ora, professore? » provò a scherzare Enrico.

Biga riportò lo sguardo dall'orologio al suo allievo. « Guardavo quella bestia là. » Proprio sopra la cassa dell'orologio, in cima alla struttura di legno, c'era una mosca.

« È una mosca, cos'ha che non va? »

« Lo vedrai. »

Il pendolo batté e Biga indugiò sul piccolo essere. Nonostante il rimbombo delle casse, l'insetto era rimasto al suo posto, immobile. Mancini si alzò per avvicinarsi. « È morta. »

« No, non lo è. »

Enrico agitò una mano e la mosca schizzò sull'invisibile binario elicoidale.

« Visto? »

« Cosa? »

« Mi sta aspettando. »

« Professore, non si fissi. »

Era l'ennesimo gradino che Biga scendeva nella scala della depressione. Alla vecchiaia, al ritiro dalla scena universitaria e criminologica e all'isolamento che ne era seguito si era aggiunto l'incidente che lo costringeva lì sopra. Da allora aveva iniziato a interpretare ogni accadimento, pubblico o privato che fosse, come un segno del destino.

« È lei che mi fissa. » Biga manteneva un tono autoironico che mal celava una buona porzione di sospetto e scaramanzia. Gli si inumidirono gli occhi e allungò la mano per asciugarseli.

« Ricordo una lettera di Nietzsche, diceva che l'orologio continua a girare sia che ci si posi una mosca sia che gli canti accanto un usignolo », disse Mancini.

« E io mi sono beccato la mosca. È solo una questione di tempo », sorrise Biga mentre l'insetto tornava al suo posto. Perché quello era il suo posto. Il professore abbassò il mento sul colletto azzurro della camicia. Poi scosse la testa.

« Suvvia, professore. »

Ancora il tempo. Il professore ne parlava sempre, ne era ossessionato. Di colpo, la carrozzina si mosse allontanandosi dal pendolo ed Enrico la fissò per un istante come se fosse qualcosa di estraneo da quel luogo magico che era la casa del professor Biga. Tra le pareti di legno, l'antica carta da parati, il pendolo, il camino, il mappamondo con i liquori, la biblioteca, il bovindo, quell'incastro di alluminio e motori elettrici era come l'uomo sulla luna. Goffo e fuori posto.

« Non viene più nessuno a trovarmi. Walter, Antonio, nessuno. Antonio, come sta Antonio? » disse muovendosi verso il bovindo.

« È sempre chiuso dentro quel laboratorio, professore. »

« Ma ci siamo noi », esclamò Giulia seduta alla panca del bovindo. Sul tavolino c'era un quadernone che stava per aprire incuriosita dallo spessore delle pagine.

« Lascialo stare, per favore, Giulia. Sono cose di gioventù, mi imbarazzerei se... » disse sorridendole mentre si avvicinava.

« Ma certo, mi scusi », gli rispose alzandosi e raggiungendo Enrico che si stava rimettendo la giacca.

« Come è finita con quella ragazza, Alexandra? » domandò Biga a Mancini. « Mi sa che Antonio ci è rimasto male », concluse piegando le labbra.

« Non bene, in effetti. Antonio è un uomo strano e difficile e credo che avesse trovato una donna altrettanto strana e difficile. Ma glielo dirò di passare da lei, professore. »

« No, lascia stare, non voglio pesare sul tempo di nessuno », disse, indicando col dito la sommità del grande orologio.

Mosse il joystick e qualcosa gli cadde dalla carrozzina. Era un taccuino che si aprì rivelando pagine piene della densa calligrafia del professore.

« Scrive un altro saggio? »

L'imbarazzo di Biga fu evidente a entrambi e il vecchio si limitò a dire: « Me lo raccogli, per favore? »

« Certo, professore, cos'è? »

« Niente, solo appunti sparsi. »

« Ancora non si è convinto a scrivere al computer, eh? »

« No », rispose l'anziano placato dopo che ebbe recuperato il proprio tesoro.

La *Quinta* di Beethoven sopì il disagio di Mancini, che prese subito il cellulare. « È Antonio, adesso lo metto in vivavoce. »

« Enrico? »

« Ciao, Antonio, sono qui con la dottoressa Foderà e il professore, che ti ascolta. »

« Dottoressa. Salve, prof. Come sta? »

Prima che Biga, già sorridente, potesse ricambiare il saluto iniziando una delle sue tirate, Rocchi parlò ancora: « Enrico, vieni subito. C'è una cosa che devi vedere ».

Mancini tolse il vivavoce, guardò Biga e Giulia e fece spallucce. « La terrò aggiornata sul caso, professore. E torneremo presto da lei: promesso. »

L'anziano abbassò lo sguardo e girò la testa verso la cucina dove la sua padrona – ormai la chiamava così – stava preparando una di quelle cene che a lui non piacevano affatto, tutte verdure o minestrine.

« Sì, tornate presto », concluse rassegnato, le borse sotto gli occhi come quelle di un grosso cane abbandonato.

9

Roma, Lungotevere di Pietra Papa

L'asta di ferro frugava tra cassette di frutta, mobiletti da bagno e sacchetti stracolmi d'immondizia. La donna, una zingara sulla trentina con occhi brillanti di verde e nocciola, si affannava nel ventre del cassonetto rappezzato in cerca di qualcosa di utile da riportare alle baracche sotto il ponte di viale Marconi. Magari un bel microonde da sistemare tra parabole, pezzi di ferro, lavatrici scavate dalla ruggine, che popolavano il cimitero delle cose rotte sulla riva del Tevere, in attesa che la prima piena autunnale del fiume riportasse tutto a galla e poi via.

Sopra la campana per le bottiglie di vetro, un grosso gabbiano attendeva il proprio turno pasteggiando con un piccione appena ammazzato. Lo aveva ferito in volo, tre botte sul cranio e tutti giù per terra. Le ali grigio sporco sporgevano dalle fauci dilatate della creatura.

Il gancio di ferro intercettò qualcosa di grosso e un sorriso si allargò sul viso della donna, che affondò il corpo nel cassonetto. Una forza inattesa le si contrappose senza che la zingara riuscisse a vedere cosa fosse. Poi, un colpo in piena faccia la stordì.

Si ritrasse sbigottita mentre una sagoma affiorava dai rifiuti. Un ragazzino brandiva un pezzo di legno con cui la centrò ancora sulla faccia.

«Via!» urlò, e quella si allontanò terrorizzata spingendo il suo carrello, la base di un passeggino per neonati con sopra uno scatolone aperto.

Niko emerse completamente, calò a terra e si pulì alla bell'e meglio. Un vecchio col bastone gli passò accanto squadrandolo dalla testa in giù, poi sputò per terra e scosse la testa. Il ragazzino si vide con gli occhi dell'anziano: uno zingaro smagrito che rovistava nella spazzatura in cerca dei soliti scarti. Imbarazzato, scomparve dietro la muraglia di cassonetti.

Non se la passava bene, certo. Ma era solo questione di tempo. I lavori andavano e venivano e quello non era il periodo migliore che avesse visto. A mezzogiorno però aveva appuntamento per scaricare un camion di frutta. Dieci euro e una cassetta di roba mista. E ogni tanto riusciva pure a farsi dare qualche banana. Quelle erano oro, non perché costassero chissà quanto, ma perché erano l'unico cibo lì dentro che lo saziava davvero. Poi con i soldi si andava a comprare una maglia nuova o un paio di calzini, un filone di pane caldo o dei fumetti al mercatino dell'usato. Non sapeva leggere benissimo ma seguiva perfettamente tutte le storie e quelle che gli piacevano di più erano quelle di *Tex*, che trovava in una bancarella in viale Marconi, con gli indiani che vivevano a casa loro come se fossero ospiti indesiderati.

Raggiunse il lungotevere Gassman, dove aveva avuto la sua prima baracca, e si diresse verso il Porto Fluviale. Faceva caldo, e Niko sperava che ci fosse qualcuno a dargli una mano. Superò il Ponte di Ferro e si ritrovò di fronte la sagoma bianca di un palazzo nuovo di zecca al posto del vecchio cantiere. Era pieno di vetrate, tutto lucido, e formava una lunga curva. Oltre la costruzione, il grande Gazometro svettava con i suoi cento metri di metallo rugginoso, le travi d'acciaio, i perni e le corone, ma il sole e i pini che lo circondavano gli conferivano un aspetto naturale, come se fosse da sempre parte di quel paesaggio urbano, quasi fosse la copia ferrosa del Colosseo. La nuova strada asfaltata costeggiava quel condominio di lusso passando sotto i due carriponte. Li guardò, stupito di non riconoscere i luoghi dove tutto era iniziato quasi tre anni prima. Ne erano successe di cose da allora: il freddo per strada, lavori di un giorno, le botte, le fogne di piazza della Repubblica con quei ragazzini che si vendevano ai pervertiti. Il suo corpo era cambiato, la voce un poco diversa e i peli sulle braccia. Aveva tredici anni, ormai, e aveva fatto la sua scelta. Era un ragazzino ed era un rom, il suo popolo era antico, nobile e saggio, glielo raccontava sua madre nella casetta al campo sulla Pontina. Loro erano diversi, gli diceva, da quelli che avevano attorno. Aveva sentito che dall'altra parte dell'Italia, sull'altro mare, c'era una comunità di musici. Suonavano violini e fisarmoniche. Lui l'aveva perso il violino che la mamma gli aveva insegnato a tenere in spalla. Sapeva suonare già qualcosa e ogni tanto, nelle notti umide e solitarie, avrebbe voluto averlo con sé per riscaldarsi almeno il cuore. E aveva imparato a tirar fuori qualche nota da un'armonica a bocca che gli aveva regalato Caterina.

No, lui non voleva essere un mendicante o un ladro come quelli che si appostavano alla Metro Marconi per rubare i soldi ai pendolari. E quelli come lui che se ne andavano girando di notte rischiavano di fare brutti incontri e poi magari finivi dentro al fiume.

Quel pomeriggio, dopo la sfacchinata tra cocomeri e pomodori San Marzano e con dieci euro in tasca, Niko se ne tornava lento verso la sponda destra del Tevere. Era sudato ma felice. La sera avrebbe fatto una doccia ai bagni della Città dell'altra economia, al vecchio mattatoio di Testaccio. Ci facevano pure i concerti d'estate e lui ci andava, si metteva per terra dietro il palco, i sassolini e la polvere sulla schiena nuda, e guardava su mentre la musica gli girava attorno sotto un cielo che gli pareva un vortice di luci.

Giunto al Ponte di Ferro, si avviò a sinistra, dove aveva ripreso la sua vecchia capanna. Il fico che la reggeva era cresciuto moltissimo in tre anni e ora riusciva a sostenere il peso di una piccola tettoia che Niko ci aveva montato sopra con assi di legno e chiodi. Aveva anche una porticina ricavata da un largo pannello di compensato. All'interno era riuscito a rendere impermeabile il soffitto con lo stucco e due teli di plastica. Aveva coperto il pavimento con altre tavole e aveva comprato una branda da un robivecchi sulla Magliana. Ogni volta che rientrava lì dentro provava un senso di benessere e calma che, secondo lui, doveva essere quella cosa che la poliziotta, Caterina, chiamava casa.

Non l'aveva più vista. Non che gli mancasse troppo, ma certo i regali che gli faceva, e pure gli abbracci e qualche bacio che gli aveva mollato, non era male sentirseli addosso. Sentirsi ben voluto, invece che preso a parolacce e pedate in mezzo a una strada.

Malgrado si sentisse abbastanza al sicuro, lì, nel tempo Niko aveva individuato più di un rifugio, ma in un angoletto della sua testa si agitava l'immagine di una casa tutta per sé. Non una qualunque: una bella casa rossa di cui gli parlava la zia al campo, pochi giorni prima che lui lo lasciasse per sempre. Non ne sapeva nulla, solo che era fuori dalla città, su una lunga strada dissestata. Era bella, piena di verde attorno e disabitata. C'erano alberi e prati. E più ci pensava più aveva voglia di andare a vedere se esisteva davvero. Sospirò, non era il momento delle favole, adesso doveva andare in una delle sue tane, la baracca nel cantiere del Consorzio Agrario.

Era l'enorme scheletro di una struttura che era stata smantellata e in attesa di essere riconvertita.

La baracca era formata da quattro lamiere con un tetto di plexiglas. Gli operai ci tenevano gli attrezzi e dei sacchi di cemento, ma ormai era parecchio che non si vedevano e così lui aveva rotto il lucchetto e l'aveva svuotata. Ci aveva nascosto delle coperte, del cibo e dei vestiti di ricambio che gli sarebbero serviti per la doccia quella sera.

Si rimise in strada, sul lungotevere, per coprire i cinquecento metri che lo dividevano dal Consorzio. Faceva caldo e da quel lato della strada non c'era neppure un albero mentre sull'argine erano state interrate parecchie piante di acacia. Se non ricordava male aveva lasciato dei sacchetti di patatine nella baracca e, considerate la fame e la stanchezza, ne avrebbe approfittato subito.

Un clacson strombazzò dietro di lui. Niko si trovava sul marciapiede ma si voltò immediatamente. Il suo sesto senso lo aveva messo in allarme. Un grosso scooter nero gli stava facendo i fari, ma era ancora pomeriggio e ci si vedeva benissimo. Il clacson schiamazzò di nuovo e dal sedile posteriore del veicolo scese un uomo togliendosi il casco. Sembrava agitato e si avvicinava mentre lo scooter gli si faceva accanto. Era muscoloso e tutto vestito di scuro, con una maglietta da cui spuntavano due braccia enormi. L'altro stava scendendo dal mezzo e anche lui si era levato il casco, mettendo in mostra il cranio rasato.

« Ehi, negro! » Un gran sorriso si dipinse sulla faccia del primo.

« Non è un negro, è uno zingaraccio! »

Niko si guardò alle spalle: c'era la rete di recinzione del Consorzio e, più giù, la sua baracca. Se fosse scappato da quella parte, l'avrebbero raggiunto di sicuro e l'avrebbero rovinato. Perché una cosa era certa: quei due volevano picchiarlo a sangue. Conosceva la loro razza.

Si voltò, raccolse un sasso da terra e lo scagliò. La pietra, grossa quanto il suo pugno, volò per una decina di metri senza sfiorare nemmeno uno dei due, e colpì il grosso fanale dello scooter. Il tizio che lo guidava si girò a guardare cos'era successo urlando: « Che cazzo fai? »

Anche l'altro si voltò a controllare, e Niko ne approfittò subito. Scattò, senza pensare a nient'altro che a correre più forte che poteva. Quando arrivò alla rete e la afferrò per issarsi, quella tremò lanciando il suo grido di metallo.

« Sta scappando! » dissero i due quasi all'unisono.

Il pelato gli corse dietro ma aveva ormai perso dei secondi preziosi, e la mole non lo aiutava. Raggiunse le maglie della rete metallica quando Niko ormai non era che un'ombra fra gli arbusti, le ali ai piedi, il terrore nel petto.

Il gigante incattivito tornò indietro, ridacchiando.

« Guarda cos'ha fatto, lo stronzetto! » imprecò l'altro, in mano una scheggia del vetro del fanale.

« Tranquillo, lo becchiamo alla prossima. »

10

Roma, Talenti

« Grazie per essere venuto, Enrico. »

« Arrivo da casa del professore. »

« Come sta? » chiese il medico legale.

« Come un poveraccio, la donna che lo segue non gli dà tregua. »

« Beve ancora? »

« Vorrebbe... Mi dicevi che non abbiamo ancora risposte da Milano sul livido tra le scapole di Paolo Tancredi. »

Rocchi annuì mentre un potente assolo di chitarra elettrica, *Victim of Fate* degli Helloween, scoppiava come una bomba dentro una chiesa.

« È arrivata una mail », spiegò Rocchi scomparendo oltre la tenda verde che separava la sala autoptica dall'ufficio del laboratorio.

Il commissario lo seguì. Sul computer lampeggiava l'avviso di una mail da Caterina. « Sono le foto. Gliele ho chieste perché c'è una cosa strana di cui volevo parlarti. Ce ne deve essere una... » disse Antonio aprendo l'allegato e iniziando a scorrere l'anteprima verso il basso. Erano una dozzina di scatti, da varie prospettive, del corpo in catene del vecchio pianista.

«Eccola!»

«Quale?» chiese il commissario.

«Questa, l'ultima.» Antonio ingrandì la foto. Lo schermo dell'iMac si riempì di un'immagine scura, lo sfondo della nicchia attorno alla sagoma circolare della testa. Era stata scattata dal basso e ritraeva il volto e una parte del collo e delle spalle dell'uomo.

«Allarga l'immagine», ordinò Mancini.

«Lo vedi anche tu?»

«Quel livido?»

«Sì, quello, ma non è un livido. Guarda qui.»

Al centro della fronte di Paolo Tancredi si intravedeva un segno chiaro. Era largo mezzo centimetro e stondato. Rocchi spostò gli occhi sulla faccia di Mancini e insieme si alzarono per tornare al tavolo autoptico.

Voltato il corpo senza vita di Paolo Tancredi, il medico legale abbassò la lampada semovibile e l'accese. All'esplosione di luce il cadavere brillò magro e perfetto come quello di un alieno. Gli occhi erano chiusi e la bocca serrata dal rigido morso della mandibola. Rocchi non perse tempo e indicò l'area della fronte dove le foto di Caterina avevano immortalato il segno. Non c'era.

«Com'è possibile?» chiese il commissario spostando gli occhi dal cadavere ad Antonio, in cerca di una risposta plausibile da uno dei due.

«Aspetta.» Antonio allontanò la lampada e prese

una lente a luce diretta. La accostò alla fronte dell'uomo di ghiaccio e accese. Il cristallo ingrandì la superficie porosa della pelle. Tra i solchi imprecisi delle rughe c'era un sottile velo bianco.

« Sembra polvere. »

Rocchi restò in silenzio per qualche secondo, pensieroso, poi spense la lente e andò ai pensili dove teneva la strumentazione tecnica e chimica. « Ho questa cosetta, ancora non l'ho usata ma possiamo provare. Non ci dirà che polvere è ma forse... »

« Cos'è? » disse Mancini.

Antonio prese una piccola lampada e una boccetta con del liquido. « Questi sono MOF. Metal Organic Frameworks. Nanocristalli metallo-organici. Hanno una funzione simile a quella delle polveri che usiamo per il rilevamento delle impronte. Ma sono molto più potenti, e se siamo fortunati... »

Con un pennellino, Rocchi cosparse di fluido la fronte del pianista, poi andò a spegnere la luce nella stanza e si riavvicinò al corpo.

« Non succede niente », disse il commissario irritato.

« Aspetta. »

Passò mezzo minuto, dopodiché Antonio accese la piccola lampada a raggi ultravioletti.

« Questi nanocristalli si legano a proteine, acidi e sali, e generano un sottile strato che produce una copia identica. Formano un contrasto molto illuminante e marcano le impronte in modo incredibile. »

L'intera superficie della fronte adesso era di un

verde fluorescente e all'interno c'erano varie impronte digitali. Proprio al centro, però, comparivano dei segni.

« Deve averli tracciati il killer con la punta di un dito », ipotizzò Mancini. « Vediamo se le impronte corrispondono a quelle che ha lasciato sulla scena del crimine. Erano dappertutto. »

« Perché non ha usato i guanti? »

« Perché è un disorganizzato », rispose Mancini. « La scena del crimine era un casino. Calce sparsa a terra con tanto di impronte di suole delle scarpe ben disegnate. Impronte digitali ovunque, ma sono pronto a scommettere che la banca dati dell'AFIS non le ha. »

Tornarono a fissare la fronte fluorescente, poi Rocchi corrugò le sopracciglia e si rivolse al commissario: « Ci vedi quello che ci vedo io, Enrico? »

« Tu cosa ci vedi? »

« Per me non c'è dubbio », rispose Antonio sfregandosi il mento. « Questa qui è proprio una E. »

11

Roma, Questura Centrale

« È una donna », sentenziò Riccardo Casoli in vivavoce, « un'anziana. »

Dopo il ritrovamento del cadavere del pianista, Vincenzo Gugliotti – questore di Roma vicino alla fine del proprio mandato – aveva allertato Casoli, il comandante della Omicidi, chiedendogli di riferire subito a lui qualsiasi novità. Gugliotti aveva deciso di ristabilire un filo diretto con la Omicidi e la cosa non poteva fare piacere a Enrico Mancini.

« Dove si trova? »

« È in una specie di piccolo scavo vicino a via Venti Settembre, dietro Porta Pia. »

« Capisco », tagliò corto Gugliotti.

« Mi spiace, dottore, ma qui c'è lavoro per Mancini. Non ho fatto toccare niente ai ragazzi. »

Gugliotti spinse il tasto rosso e la conversazione s'interruppe. Il commissario e la sua squadra avevano un ascendente enorme su parecchi colleghi. Il profilo di Mancini era entrato nel mito e anche i suoi ragazzi sembravano ammantati di un'aura da intoccabili. E questa cosa disturbava molto il questore. Si sollevò dalla poltrona dell'ufficio in via di San Vitale e raggiunse la finestra. Scostò una tenda e guardò fuori. A quell'ora del pomeriggio, il caldo costringeva la gente in casa. In giro non c'era nessuno, e anche la Questura s'era svuotata per la pausa pranzo. Per un attimo, immaginò di essere da solo all'interno del grande palazzo. Ma non si sentiva un comandante al timone della nave. Non lo era mai stato. Era piuttosto un uomo solo nell'ufficio di una delle più importanti cariche istituzionali della capitale.

La solitudine di quell'esistenza impersonale lo investì tutt'assieme per la prima volta nei suoi quarant'anni di carriera e Gugliotti comprese che stava invecchiando. Giù in strada, il caldo si sollevava dall'asfalto a folate e si disperdeva in onde che facevano tremolare l'aria. Gli anni di studio e le consulenze, poi la Questura di Milano, la Squadra Mobile, la Digos nel profondo Sud che lo aveva segnato nell'animo e nel fisico, con due proiettili in pancia durante una rapina a mano armata a Bari. Dal 2004 era questore di Roma, incarico che sapeva sarebbe stato l'ultimo della sua carriera. Padre non lo era mai stato, marito neppure. Quegli anni erano lontani, quelli delle emozioni violente e delle grandi paure, ma doveva ammettere che gli mancavano. Gli anni in cui il Paese si affannava contro il terrorismo e la grande crisi energetica. Gli anni in cui aveva immaginato di potersi dedicare a una famiglia oltre che al lavoro. Senza successo.

Per quanto sarebbe rimasto in quell'ufficio? Una

manciata di mesi, poi avrebbe raggiunto la schiera di pensionati di lusso che i contribuenti mantenevano e di cui lui stesso pensava il peggio possibile. Ma c'era ancora una cosa che doveva fare prima di diventare un nome su una medaglia commemorativa o su una targa nella sala d'onore della Questura. Un'ultima cosa.

Perché in realtà si era profilata una nuova speranza. Una donna molto più giovane di lui, certo, ma la cosa non sarebbe stata un problema, perché se l'età li divideva, c'era molto altro ad accomunarli. Il lavoro, innanzitutto. Gli era persino parso di cogliere dei segnali di incoraggiamento, di apertura, da parte di lei. Ma la nuova speranza non era altro che il riaffiorare delle vecchie illusioni, presto infrante contro il muro che lei aveva eretto quando lui aveva provato a farsi avanti. Di fronte a quel rifiuto si erano spente le sue ultime energie, ed era rimasto inchiodato alla sua grigia solitudine. E aveva lasciato fermentare dentro di sé la rassegnazione, che era germogliata per poi sbocciare in rancore quando lei aveva accolto nella sua vita un altro uomo.

Proprio *quell'* uomo.

12

Monica esce di casa che sono quasi le nove. È in ritardo per il corso di inglese della terza età di cui va molto orgogliosa. È la più brava della classe e durante i loro tè del sabato si diverte a usare qualche frasetta con un bell'accento affinato nell'ultimo soggiorno a Londra, la sua città del cuore. Ha letto tutti i romanzi in inglese che ha trovato nella biblioteca di quartiere, anche se non è proprio riuscita a capire Joyce – quello però è irlandese. Ma tanto le basta, per se stessa e per le ragazze del tè.

È sola, un marito non l'ha mai voluto, e deve ammettere che se la gode. Una bella casa dalle parti dell'Ambasciata britannica, vicino a Porta Pia, il mutuo estinto, una piccola Smart che la fa sentire giovane e scattante anche nel traffico romano. La sera resta a casa a guardare film sottotitolati oppure passa a prendere le amiche per andare al Globe a Villa Borghese: una volta Re Lear, *l'altra* Macbeth. *Non ha figli né nipoti a romperle l'anima o a cui doversi sentire legata. È libera, gli uomini non le interessano. Ha sempre amato la compagnia femminile, Monica.*

Per fortuna che dal suo palazzo alla scuola sono dieci minuti a piedi, lungo via Venti Settembre. Se si affretta riuscirà a farsi una chiacchierata prima della le-

zione di gruppo. Più che altro, ha voglia di mostrare gli orecchini nuovi alle amiche, due grosse perle, un mese di pensione, ma ne valeva la pena, brillano come le stelle di questa notte. C'è gente seduta ai tavoli dei ristoranti, d'estate si mangia più tardi a Roma.

Attraversa piazza Sallustio e all'altezza di via Collina dal cellulare risuona God Save the Queen. *C'è rumore, chiasso del traffico che corre su via Piave, e lei non è che ci senta più bene. Svolta nel vicolo e preme il medio sull'orecchio libero mentre grida nel telefonino: « Chi parla? »*

Dall'altra parte un ronzio e una voce lontana e incomprensibile. « Pronto? » dice ancora Monica. Di nuovo ronzii e allora lei attacca, perché non vuole arrivare tardi e perdersi le occhiate delle sue amiche a quelle due perle che ha pagato una fortuna. Si volta per uscire dalla stradina laterale. Richiameranno, se era tanto importante.

E se fosse Gloria? Magari voleva avvertirla che la lezione era saltata, che Mrs Heep è in ritardo o non viene più. Sarebbe già la seconda volta questo mese.

Un camion dell'AMA si è piazzato in mezzo alla strada e sta sollevando un cassonetto stracolmo, per terra un guano molesto. Monica si copre il naso con il gomito e retrocede, decidendo di fare il giro largo. Ha addosso un senso di disagio che non sa da dove provenga. Si ferma. Si volta, perché li sente addosso... Gli occhi della notte.

Quando il cellulare suona di nuovo, a metà della strada, si ferma e si tappa un orecchio col dito, poi risponde e chiede spazientita: « Chi è? »

Ancora un ronzio, la linea disturbata: «Sono...» crede di sentire Monica.

«Chi?» domanda e riprende a camminare.

«Sono qui», dice la voce disturbata dal segnale frammentato.

Monica si guarda attorno anche se sa che è una cosa stupida. Sulla destra si apre un misero giardinetto, giusto due alberi e una folta siepe di alloro, dietro cui s'intravede un'impalcatura. Non c'è nessuno.

«Pronto?» Sarà Gloria, quella sciocca della parrucchiera. Stamattina le ha dato buca.

«Qui.»

Monica gira su se stessa e anche se, sì, è proprio una cosa stupida, risponde: «Dove?»

Si guarda attorno e si rende conto di quanto sia sciocca a perdere tempo al telefono invece di correre dalle sue amiche alla lezione di inglese. E quei suoi begli orecchini, poi. Non vede l'ora di mostrarli a tutte. Sì, è proprio una sciocca.

Soprattutto se la voce che la cerca non è all'altro capo del filo.

«Qui.»

Il fulmine e il tuono nel cielo blu notte la colpiscono dietro la nuca e tutto s'infuoca, la bocca si contrae, il cellulare salta di mano e cade a terra, il collo si piega di scatto e poi rimbalza dall'altra parte. Due braccia l'afferrano da dietro, ma lei è già svenuta e scompare in un soffio oltre le siepi.

E poi giù, nel cuore della terra più antica.

SECONDA PARTE

Alla fine ha vinto il silenzio. Anche il tic-tac della sveglia è morto da quando il buio mi ha avvolta. La tua cara voce, dov'è finita, mamma? Il battito rallenta nel cuore di questa notte insonne. E io ti aspetto ancora. Dove sei, mamma?

13

Roma, Campo Scellerato

Il commissario, l'ispettore e il medico legale erano sulla scena del crimine, ma sarebbe stato meglio dire « dentro ». Caterina aveva già scattato all'interno e stava fotografando l'esterno con le vie d'accesso al sito.

Il corpo di Monica Longo era stato rinvenuto in uno scavo chiuso tra via Goito e via Venti Settembre. Il primo livello dello scavo era un rettangolo ampio come mezzo campo da tennis e profondo non più di tre metri. Da lì, attraverso una buca quadrata nel terreno, si scendeva cinque metri più in basso, in un ambiente largo e costellato di pezzi di mura romane semiemerse dal terreno.

Gli agenti avevano posizionato le luci bianche e il caldo penetrava fin lì, dove il cadavere effondeva puzzo d'escrementi e morte. Le mosche avevano banchettato e continuavano a nugolare nell'aria terrosa.

« A occhio e croce sono almeno tre giorni che è morta », disse Rocchi aprendo la valigetta.

« Voglio che diamo un'occhiata noi, Walter. Riesci a far allontanare i ragazzi? Parla con Riccardo Casoli. »

« Subito. »

Cinque minuti dopo, la sala sotterranea era sgombera, gli agenti non vedevano l'ora di riemergere per respirare, e restavano loro tre con il cadavere di Monica Longo. Era sdraiata a terra, le gambe parallele scoperte e le braccia distese oltre il capo.

« Donna bianca sui settanta, la gamba sinistra presenta una frattura esposta e ci sono ecchimosi su gomiti e avambracci, dovute probabilmente a una caduta. » Rocchi indicò il buco d'accesso in alto sopra di loro.

« L'ha buttata giù? » fece Walter.

Rocchi annuì. « Ha i polpastrelli rovinati, deve aver scavato per arrampicarsi, guarda le nocche, e le unghie sono rotte e sporche. E qui ci sono segni di costrizione », concluse indicando gli avambracci.

Comello, che stava facendo il giro dello scavo, lanciò un fischio: « Ecco qui i segni. Deve averci provato parecchio. Ce ne sono alcuni molto profondi ».

« E la sua faccia, Antonio? »

« Vuoi sapere se le ferite sono antecedenti o posteriori alla caduta? »

« Già. Il killer l'ha picchiata o... »

« Non credo », lo fermò Rocchi. « A giudicare da forma, profondità e natura delle ferite, penso che abbia sbattuto violentemente il volto quando è caduta. Ha il setto nasale rotto, la faccia è sporca di terra e piena di graffi. Ma soprattutto... »

Erano anni che Mancini collaborava con Rocchi

ed erano anni che faticava a sopportarne il carattere sgangherato. Antonio si dimostrava sicuro e intuitivo nella professione ma non c'era verso di convincerlo a essere anche serio e rigoroso.

« Sbrigati », disse Mancini infastidito.

Rocchi spostò una ciocca di capelli della vittima dalle guance e scoprì l'area sottostante: « Le ha asportato un orecchio ».

« Con una lama molto affilata », aggiunse Mancini mentre il medico legale voltava la testa della donna rivelando la medesima mutilazione sull'altro lato del viso.

« Tutti e due. »

« E poi c'è questa roba », intervenne Walter a qualche metro da loro.

Oltre le basse rovine di un muretto c'erano una tovaglia, una caraffa di vetro, una bottiglia di olio di cui rimaneva intatto solo il collo, e un cartone di latte schiacciato. Un corto rettangolo di paglia nell'angolo.

« Rifiuti buttati giù. Roma è piena di scavi che traboccano di marmi e immondizia », disse caustico Rocchi.

« A me invece sembra apparecchiato », ribatté atono Mancini.

« Guarda, Enrico, ha qualcosa in mano », fece Rocchi spostando di nuovo l'attenzione sul cadavere di Monica Longo.

Mancini si accucciò. Nella destra la donna stringeva una piccola torcia cilindrica. « L'interruttore è su *on*: era accesa. Si sarà scaricata la pila.» Restò in quella posizione in silenzio per una manciata di secondi, poi si sollevò: «Puoi azzardarne la causa della morte?»

«Sarebbe un azzardo, appunto. Facciamola trasportare in laboratorio e vediamo.»

«Va bene. Fai pure tornare i ragazzi, Walter.»

Comello si mosse per salire due livelli più su, in superficie. Ma il commissario lo fermò: «Chiamali da qui».

L'ispettore allora chiamò senza ricevere risposta. Mancini annuì. E lui riprovò, più forte. Niente. La terza volta fu quasi un grido. Stessa risposta: zero. Alla fine Mancini fece un altro cenno e lui salì la ripida scaletta di ferro.

«Hai la penna-luce?»

«Vuoi vedere se aveva mal di gola?» sorrise Rocchi mentre la prendeva dalla tasca della giacca.

Il commissario si riabbassò accanto al cadavere. Mise la piccola torcia tra le labbra, mentre Rocchi lo rimproverava per il valore dell'aggeggio, s'infilò i guantini di lattice e scostò i bei capelli grigi dalla fronte della donna.

Al centro della fronte della signora era disegnata una spirale. «È un vortice?» chiese Rocchi. «O una chiocciola?»

Mancini riprese il cellulare e fotografò il segno polveroso. «È stato tracciato con la terra umida», disse poi pizzicando il suolo e mettendone un po' nella bustina che aveva tirato fuori dalla tasca. « Fai controllare. »

Quando finalmente emersero dall'apertura del secondo livello sotterraneo l'aria si fece respirabile, anche se ancora caldissima. In alto c'era la sagoma di Comello di spalle che parlava, probabilmente con qualcuno della Omicidi. Ora c'era bisogno della mappatura di tutto l'ambiente da parte degli agenti della Scientifica.

Salirono per la seconda scaletta e quando affiorarono il sole era lì ad abbagliarli alto e prepotente. Mancini sbucò per primo e Rocchi si parò con una mano per scrutare la piccola folla che indugiava proprio all'imboccatura.

« Eccoci », disse. « Ancora vivi. » Si spostò e cercò di schermarsi dal bagliore esterno quando, tra Comello e Mancini, una forma esile si fece avanti.

« Ciao, Antonio. »

Non riusciva a scorgere la bocca che aveva scandito il saluto, ma il profilo, l'aria svagata e l'odore che la brezza gli sputò addosso erano familiari come il ricordo di una domenica d'infanzia in campagna.

« Alexandra? »

14

Roma, Comando di Montesacro

« Porta Collina è il nome con cui gli storici dell'architettura e della toponomastica conoscono l'area. Ma nell'antichità questi posti erano dedicati a un rito che ha proiettato questo luogo nel mito di Roma con un altro nome. »

« Quale? » domandò Comello.

« Campo Scellerato », rispose Alexandra col suo lieve accento americano.

« Scellerata è questa cosa che hai messo in piedi, Enrico », sbottò Rocchi arrotolandosi una manica della camicia di lino.

Non poteva credere che tutto quello che era successo tra lui e Alexandra dopo il caso dello Scultore fosse stato spazzato via così.

Un colpo di spugna: questo aveva fatto Enrico richiamandola a collaborare con la squadra. Alexandra Nigro era stata scagionata da ogni ipotesi di reato o di coinvolgimento nella vicenda dell'assassino dei parchi di Roma, lo Scultore. Nel frattempo aveva perso il lavoro all'università e aveva iniziato a lavorare come guida turistica ai Fori. Due mesi prima aveva concluso con merito il corso dell'UACV e adesso era a tutti gli effetti una consulente della Questura, nonostante l'avversità che Gugliotti nutriva nei suoi confronti.

Mancini sapeva ogni cosa, ma non aveva titubato un attimo a richiamarla in servizio con la squadra, anche se voleva dire mettersi contro, ancora una volta, il questore che l'aveva sollevata dal caso dello Scultore, e per di più farsi un nemico in casa come Antonio.

« Eccomi. » La voce graffiante di Giulia Foderà s'insinuò nelle teste dei presenti nell'ufficio di Mancini. « Avete cominciato? »

« Adesso », disse Comello salutandola.

« Ci sono anch'io. » Caterina entrò mollando la Nikon sul divanetto e facendosi aria con le mani. Si sedette e mise il portatile sulla scrivania, lo aprì e iniziò a digitare. Poi sollevò lo sguardo dallo schermo come se avesse visto un fantasma. « Alexandra? »

Giulia Foderà, che si stava accomodando vicino a Caterina, annuì e si rivolse a Rocchi: « È stata una mia idea », disse compiaciuta mentre occhieggiava Enrico. « Abbiamo bisogno di un esperto e di grande rapidità. È quello che mi ha chiesto il procuratore. Gugliotti ci starà addosso, come sempre, ma è alla fine del suo mandato e non potrà esagerare. Spero. »

Alexandra la ringraziò inclinando appena la testa, ma Giulia non rispose. La pm voleva chiudere il caso velocemente, farlo assieme a Enrico, con cui in effetti aveva deciso di contattare la specialista in archeologia e mondo antico, e prendersi le tre settimane di ferie che aveva tenuto da parte per andarsene insieme al mare. Ma questo, ovvio, non poteva dirlo.

D'altra parte, lui sembrava proiettato sul caso con un'energia che non gli aveva mai visto ma di cui aveva sentito parlare in passato. Vigore e un'enorme voglia di vincere quella sfida che sembrava una guerra. Giulia lo vedeva determinato e focalizzato sull'omicida come se fosse l'unico traguardo a disposizione. Lei desiderava che fosse finalmente felice sul lavoro ma ancor di più che si liberasse da pensieri che non fossero legati a loro due. A loro tre, anzi, dato che c'era anche suo figlio Marco. Perché da qualche giorno le girava in testa un'idea nuova.

Rocchi, invece, era sotto pressione. Da quando si erano rivisti, pochi minuti prima, Alexandra non aveva smesso di lanciargli occhiate d'ambra. E lui le aveva subite come sassate. La loro storia era nata per caso, era durata poco e aveva lasciato strascichi più su di lui che su di lei, intenta a districarsi dalle pastoie del dolore e a scagionarsi dalle accuse.

« Ho bisogno di capire un paio di cose. Per questo sei stata richiamata, Alex. » Mancini si guardò attorno trovando lo sguardo di Comello attento e curioso, mentre Rocchi teneva gli occhi bassi.

« Ma prima una cosa. Antonio, Alexandra, vediamo di esser chiari da subito », disse deciso Mancini. « Dovete mettere da parte tutto quello che non è strettamente necessario per il buon esito dell'indagine. » Si avvicinò a Rocchi e gli posò una mano sulla spalla, stringendo appena. « Abbiamo bisogno di Alexandra per quest'indagine », concluse.

Rocchi sollevò la testa e cercò di guardare la ragazza, ma all'ultimo deviò gli occhi su un punto nel vuoto della stanza ed Enrico avvertì una fitta di rimorso: « Ci sono due persone morte ammazzate e ritrovate dentro siti archeologici. Hanno in comune due elementi: la tipologia del luogo del rinvenimento e i trofei di carne che il nostro uomo si è portato via ».

« Personalmente », intervenne la pm incaricata, « vorrei che Alex ci raccontasse del Campo Scellerato anche per constatare se esiste un nesso con il tempio di Apollo Sosiano in cui è stato murato vivo Paolo Tancredi. »

« Tutto questo », la interruppe Mancini, « ovviamente, in attesa che Antonio ci dia i risultati della nuova autopsia ed eventuali elementi per accomunarla con la precedente. »

« Certo », fece a bassa voce il medico legale.

Alexandra teneva gli occhi piantati sul viso di Antonio che restava sfuggente. Lei attese sperando in una mediazione che non poteva esserci. Poi attaccò: « Sapete tutti cosa sono e cosa rappresentavano le vestali nell'antica Roma? Parliamo del settimo secolo avanti Cristo ».

« Erano le sacerdotesse della dea Vesta », disse la

pm. « Le vergini che custodivano il fuoco sacro, no? »

« Esatto. E dovevano mantenerlo sempre acceso perché Vesta simboleggiava l'energia, la forza, la vita stessa della città. Sappiamo che fu Numa Pompilio a istituirle. »

« Ma la casa delle vestali non si trova al Foro? » esordì Rocchi tirandosi su l'altra manica e avanzando coi gomiti sulla scrivania.

« Sì, vicino al Tempio di Vesta », rispose Alexandra indugiando su di lui un istante. Poi guardò Mancini. « Venivano scelte tra le bambine di famiglie patrizie e passavano tutta la vita nell'Atrium Vestae dove tenevano acceso il fuoco sacro e preparavano cibo per le feste dedicate. Ma godevano di grande ammirazione, rispetto e una vita agiata. Unica proibizione, il sesso », concluse sollevando un sopracciglio.

« Erano vergini, no? » domandò Rocchi.

« Lo erano e dovevano restarlo per almeno trent'anni. Ma qui a noi interessa ciò che succedeva quando il voto di castità non era rispettato. Allora gli onori e l'inviolabilità di cui godevano venivano rovesciati come in uno specchio e si trasformavano in tragedia e rovina. »

« Sacrilegio », scherzò Walter beccandosi un'occhiataccia da Caterina che stava tirando fuori una busta dallo zaino.

Nelle ultime settimane la fotorilevatrice era sempre nervosa. Gli aveva dato due volte buca con la scusa di un appuntamento improvviso e improrogabile a cui lui aveva finto di credere senza poi domandare spiegazioni.

« In un certo senso, è proprio così: un sacrilegio. Era una vera e propria profanazione perché la loro verginità era sacra a Roma e quell'atto veniva considerato *incestus* tanto quanto lo spegnimento del fuoco sacro. »

« E veniva punito », disse Mancini.

« Orribilmente », ribatté Alexandra Nigro e parve rabbuiarsi. « Ed è questo il punto che ci riguarda, temo. Vi riassumo quanto riporta Plutarco, dato che le fonti sono le voci più attendibili. La vestale che si macchiava di quel crimine non veniva giustiziata. Veniva portata attraverso il Foro su una lettiga chiusa mentre, in un silenzio innaturale, la gente si ritraeva. Veniva condotta fino al luogo preposto per l'esecuzione, scendeva dalla lettiga e si trovava all'imboccatura dell'ambiente che l'avrebbe accolta. »

« Quale ambiente? »

« Il sepolcro vivente. Un sito sotterraneo in cui la vestale veniva seppellita... »

« Come la uccidevano? » la interruppe Caterina posando alcune fotografie sul tavolo.

« ... viva », concluse Alexandra.

« Ma i romani non erano i paladini della giustizia, del diritto e via dicendo? » sbottò Walter.

« Colpa della singola persona e impurità collettiva si confondevano continuamente nell'antica Roma. E l'impurità andava emendata », argomentò Alexandra. « Potrei continuare con Livio, Dionigi di Alicarnasso e via dicendo. Particolari diversi, stesso succo. E soprattutto identico luogo del rituale. »

« Il Campo Scellerato », disse Mancini.

« Esatto. »

« Ed è dove abbiamo ritrovato la vittima? »

« Più o meno, sì. »

« Quindi secondo te il nostro uomo ha ucciso una vestale e l'ha seppellita per purificare la città da qualche peccato? » disse Antonio. Negli occhi la sfida, il rancore.

Stavolta Alexandra rispose a tono: « Mai detto niente del genere, dottor Rocchi ».

Antonio si adombrò e arretrò in una posizione composta.

« Dico invece », riprese lei rivolgendosi alla Foderà, « che lo scavo della scena del crimine, con il buco in alto inaccessibile senza una scala, somiglia molto all'ipogeo in cui veniva fatta entrare la vestale. »

« Ipogeo? » chiese sottovoce Walter.

A quel punto, Caterina mise in fila le fotografie che aveva stampato. Ritraevano il buco da cui Monica Longo era stata gettata nella sua tomba. Poi c'erano scatti all'interno: il pavimento, le pareti, il cadavere della donna e gli oggetti.

« Una stanza nascosta sottoterra, scavata e preparata in un terrapieno collocato appunto nel *Campus Sceleratus*. Ripeto 'preparata' perché al suo interno veniva predisposto una specie di letto, con accanto cibo, acqua, olio, latte e una luce. »

Comello cercò con lo sguardo Mancini e Rocchi fece lo stesso. Erano le cose che avevano trovato là sotto.

« La vittima aveva in mano una torcia, accesa ma con la batteria scarica », disse Walter. « C'erano anche una tovaglia con un cartone di latte, una brocca vuota e una bottiglia rotta. »

« E c'era anche della paglia per terra », disse Rocchi tentando di partecipare.

« Il letto... » convenne Giulia.

« Aspettiamo che la Scientifica ci dica se sul terreno c'erano tracce di olio o latte. Poi l'esame tossicologico, Antonio, per capire se latte e acqua erano avvelenati e appurare come è morta la vittima, prima di trarre conclusioni. »

« Perché lasciavano tutte queste cose se le vestali che finivano nel Campo Scellerato dovevano comunque morirci? » domandò Giulia Foderà.

« Perché il popolo romano non poteva assumersi la responsabilità di lasciar morire una donna sacra. Ma nemmeno di salvare un'impura. D'altronde l'aggettivo 'scellerato', a cui faceva riferimento Antonio poco fa », disse sorridendo di nuovo mentre lui arrossiva tuffando lo sguardo sulle pareti dell'ufficio, « deriva dall'orrore che questo delitto si portava dietro. Voglio leggervi un passo di Plutarco: 'La condannata è collocata in una portantina sigillata, in modo che nessuno possa vederla né sentire la sua voce da fuori. La portantina sfila per il centro di Roma, mentre tutti i passanti si scostano e non c'è spettacolo più agghiacciante, né giorno più lugubre per la città. Quando tutto il corteo giunge nel luogo preposto al seppellimento, il Pontefice Massimo recita le preghiere, la portantina viene aperta e la Vestale ne esce. Il Pontefice con alcuni aiutanti la accompagna alla botola e la fa scendere attraverso una scala fino alla sala sotterranea'. »

« Ho i brividi », disse Giulia sollevando un braccio attraversato dalla pelle d'oca.

« 'Quando la condannata raggiunge il terreno il Pontefice si ritira senza voltarsi indietro, la scala viene sollevata e la botola richiusa. Gli aiutanti vi gettano sopra la terra e livellano.' »

« Quanto era grande la cella? » chiese Mancini. « La donna moriva per asfissia o per inedia? »

« Non possiamo saperlo, non possiamo sapere quale delle due giungesse per prima. »

« Per il terrore. »

Caterina, sino ad allora in silenzio, prese a parlare con aria assente: « Povere ragazze », la voce era un graffio nell'aria calda dell'ufficio, « vinte dall'amore, costrette a rinunciare a se stesse e ai propri desideri e sprofondate in quel lurido buco. Quegli oggetti domestici come ultimi compagni di vita ».

« Posso solo immaginare l'angoscia delle tenebre, il suono della pietra che si richiude », disse Giulia scossa.

« Pensate al rumore della terra che si ammucchia sopra, l'aria che, respiro dopo respiro, si estingue e la mente lucida che ne coglie tutto l'orrore », fece

Alexandra tirando a sé la foto di quella specie di antro.

« Dio mio. » Caterina si asciugò gli occhi con il dorso della mano.

Walter la guardava incapace di muovere un muscolo, di dire qualcosa. Caterina era strana, già da un po'. Parlava in modo diverso dal solito, spesso era malinconica. « La pietra era soltanto appoggiata », ruppe il silenzio a modo suo. « La vittima è stata rinvenuta stamattina da un alcolizzato che bazzica da quelle parti. Ha sentito l'odore e s'è affacciato. »

Mancini si alzò. « Secondo te, Alexandra, il Campo Scellerato è un luogo simbolico per il nostro uomo, e può esserlo in qualche modo anche il tempio di Apollo Sosiano? Dobbiamo capire se sono collegati tra loro e se e come sono legati alle vittime. »

« Del tempio di Apollo Sosiano », disse Alexandra, « restano soltanto quelle tre alte colonne che avete visto. »

Caterina accese la Nikon e cercò il file corrispondente. Lo aprì e fece scorrere indietro le immagini sullo schermo mostrando alla squadra i particolari dell'area del teatro di Marcello, delle tre colonne e dell'area circostante.

« Nei secoli il tempio ha cambiato destinazione dalla medicina al teatro. Apollo era dio del sole, delle arti, e il tempio Sosiano nei secoli è stato utilizzato come teatro e, ovviamente, per la musica. »

« Perciò un musicista chiuso nel tempio della

musica, giusto? » Walter si faceva aria sventolando una cartellina verde presa dalla scrivania.

Giulia si voltò verso il divano, si tirò in piedi e lo raggiunse. Tornò con il telecomando dell'aria condizionata e premette il tasto d'accensione. « Permettete? » fu la domanda retorica.

Mancini la fissò per un attimo e socchiuse le palpebre, per riprendere: « Allora, ragiono ad alta voce. Paolo Tancredi, pianista, le dita mozzate, il corpo ritrovato nel tempio di Apollo Sosiano... » S'interruppe, colto da un pensiero improvviso.

Il motore dell'aria condizionata partì con un sibilo e lo split si animò, pronto a rinfrescare l'aria in quell'inferno di ufficio. Il commissario si spostò per andarsi a mettere tra Giulia e Caterina. « C'è una cosa... Una cosa che ha bisogno di conferme o smentite, per quanto possa sembrare assurda, e vorrei che mi dessi una risposta tu, Antonio. Devi controllare se Monica era ancora vergine », concluse la frase con un colpo di tosse.

« Fammi capire, vuoi che io appuri la verginità di una donna di settant'anni? » Rocchi aveva cambiato tono di voce ed espressione nei confronti di tutti i componenti della squadra, ma a Mancini riservava una durezza speciale. Si sciolse la coda e se la legò più stretta, un sorriso tirato.

« Esattamente. »

Proprio in quell'istante il cellulare vibrò nella tasca della giacca di pelle del commissario.

« Dimmi », rispose al capo della Omicidi. Ascoltò

per un po' annuendo. « Va bene, fai repertare tutto. E grazie. »

Rimise il telefono in tasca e si guardò attorno: « In una fontanella, a duecento metri dal Campo Scellerato, sono stati rinvenuti due orecchini di perla. Quelli di Monica Longo ».

« Come fai a sapere che sono proprio della vittima? » chiese la Foderà.

« Non lo so per certo, ma mi sembra improbabile che siano di qualcun altro: sono ancora attaccati alle orecchie. »

15

Roma, Garbatella

Walter e Caterina avanzavano verso casa, mano nella mano. La casa era quella di Comello alla Garbatella, e la strada che percorrevano era una via tutta in discesa e piena di pini. In fondo si trovava il lotto in cui lui aveva acquistato l'appartamento. Era un posto tranquillo e Walter ci stava benissimo per conto suo.

Nelle ultime settimane, però, Caterina tendeva a restare sempre più spesso a dormire da lui. Non che la cosa gli spiacesse, ma dopo due o tre sere diventava... strano. Sentiva che quella tra loro si era trasformata in una cosa vera, certo. Ed era contento che lei lo tenesse per mano in quel modo, anche se non era proprio abituato, dato che, per il resto, Caterina era una donna al limite della timidezza. Seria e responsabile, piena di passione sul lavoro, riservata e poco incline ai grandi proclami sentimentali.

Avevano trovato un loro modo di gestire sia il lavoro gomito a gomito sia il tempo fuori dal Comando di Montesacro. Lei aveva ripreso a fare jogging e si divertiva a usare una vecchia macchina fotografica che le aveva lasciato sua nonna. Con l'aiuto coatto di Walter, aveva trasformato il ripostiglio del suo appartamento in una minuscola camera oscura. Foto sul lavoro, foto per rilassarsi: due concetti diversi, gli aveva spiegato lei, due tecniche e due modi di guardare il mondo, di conservarlo. Per la giustizia e per la bellezza. Lui aveva fatto finta di capire e si era limitato ad allestirle quel piccolo laboratorio. Lei era felice? Allora lo era anche lui. Da parte sua, dopo il lavoro, Walter andava in palestra: era istruttore di un'arte marziale dal nome buffo. A Caterina aveva detto che si trattava di semplice difesa personale.

Quell'inverno, il tempo libero l'avevano trascorso insieme, al cinema o a casa di Walter che aveva un grosso televisore su cui vedevano serie tv e film nei lunghi weekend di riposo. Ma ora Caterina voleva andare al mare. A Walter non piacevano il mare sporco di Ostia, gli odori della sabbia e delle creme solari, il caldo appiccicoso e, soprattutto, quella massa di cafoni tatuati e la piccola malavita di zona. Agli inizi di giugno s'era « appiccicato », come diceva lui, con un tipo che guardava Caterina in modo strano. Era bella, nel due pezzi sfrangiato verde, il piccolo corpo splendido e teso, i capelli rossi, la pelle abbronzata su cui spiccavano gli occhi del colore del costume. Brillava per quant'era bella, aveva pensato Walter. Quando quel tipo si era avvicinato troppo, lui gli aveva sbattuto in faccia il tesserino solo perché lei non voleva casini. E si era sentito stufo di tutto quello schifo, di quella gentaccia, della città infinita e indegna, del suo lavoro, anche. Ma non lo aveva detto a nessuno. E nessuno se n'era accorto.

Giunsero di fronte al portone e Walter cercò le chiavi di casa in tasca, quando s'accorse che Caterina non gli lasciava la mano. Piangeva in silenzio.

« Ehi, che succede? »

Lei tirò su col naso e si voltò dandogli le spalle. Walter trovò le chiavi e ne infilò una nel portoncino. « Saliamo, vieni. »

« No. »

« Ma che c'è? »

« Niente. Devo parlarti. »

Comello sbiancò.

« È una cosa importante, Walter. »

Non lo chiamava mai per nome, se non al Comando o quando era incazzata con lui. « Saliamo », ripeté meccanico Walter entrando nel portoncino e affrontando i primi scalini.

Caterina lo seguì meccanicamente e due minuti dopo erano in casa. Lui si buttò sul divano sotto gli sguardi truci di Lee Van Cleef e di Giuliano Gemma dal poster dei *Giorni dell'ira*. Lei chiuse la porta e si accostò al divano senza sedersi. Ecco, ora arriva la botta, pensò Walter socchiudendo gli occhi.

« Dimmi, Cate », pronunciò a fatica mentre già si vedeva a spingere un passeggino sulla stessa strada di poco prima, ma in salita.

« Devi aiutarmi », disse inginocchiandosi.

« Certo, ma... A far cosa? » Dietro le palpebre esplosero grida neonatesche e un'immagine: lui di fronte a un fasciatoio a cambiare pannolini. Lì, in tre, in quel buco d'appartamento.

« Ho un brutto presentimento. »

« Su cosa? »

« Ho paura che lo abbiano preso. Non l'ho più visto. Sono passata tante volte davanti al posto dove dorme d'estate, a viale Marconi, e non l'ho mai incontrato. Non c'è. »

« Niko? » chiese Walter, tirando un invisibile sospiro di sollievo. « Siediti qui », le fece spazio battendo con la mano sul divano.

« Questa settimana ci sono state altre due aggressioni. E hanno bruciato un'altra persona. Ho paura. »

« Cosa vuoi che faccia? »

Cate era tesa, le labbra strette. Dalla manica della camicetta fece scivolare sul polso il braccialetto con il cuore d'oro che Walter le aveva regalato quando si erano messi insieme. Di colpo, Comello ricordò che Niko glielo aveva riportato a costo della vita, scendendo nelle fogne della capitale dove Caterina lo aveva perso durante l'indagine dello Scultore.

« Ritrovalo. »

Walter annuì. Lo avrebbe fatto per lei, la sua Cate, ma la cosa non finiva lì. Doveva farlo soprattutto per quel ragazzino, per lui e per tutti quelli come lui che ogni notte erano vittime dei cacciatori fascisti. Walter, da sempre, stava dalla parte della giustizia più vera, più semplice, l'unica che riconosceva come assoluta, universale: quella delle prede. Dei più deboli. Da quando era ragazzino alla Garbatella, Walter aveva imparato che per strada, come nella vita e ora nel suo mestiere di poliziotto, esistevano due sole categorie di individui: le prede e i predatori. E questi ultimi erano tutti uguali, avevano tutti l'istinto della caccia, percepivano la paura delle loro vittime. E aggredivano in gruppo.

Tra le strade del quartiere, Walter aveva imparato a capire da che parte stare e come trattare i predatori. Era vero, Roma attraversava un periodo di pesanti tensioni sociali che ormai deflagravano ovunque e che presto avrebbero trovato il loro apice, come sapevano bene in Questura, in una manifestazione anti-immigrati organizzata dai gruppi di estrema destra. E come sempre succedeva in quei casi, quando il controllo delle istituzioni si allentava, per un motivo o per un altro, l'odio e la violenza dei vigliacchi uscivano allo scoperto. Se Niko era una preda, lui lo avrebbe protetto. E sul fatto che il piccolo rom potesse essere in pericolo, c'erano pochi dubbi.

« Certo », rispose Walter prendendole le mani nelle sue.

16

Roma, Questura Centrale

La stanchezza s'era fatta viva tutt'assieme. Non era la prima volta. Le ultime settimane si erano portate dietro, complice la calura romana, uno spossamento che sapeva tanto di vecchiaia.

Ecco, l'aveva pensato. La pensione, lì a pochi passi, e la fine, subito appresso. Vincenzo Gugliotti si girava e rigirava la stilografica d'oro tra le dita e guardava, come sempre più spesso gli accadeva, fuori della finestra di quello che a breve non sarebbe più stato il suo ufficio. Lasciò andare la penna, puntò le mani sulle ginocchia e con uno sforzo si alzò, la zazzera di capelli tinti di giallo ondeggiò malinconica. Raggiunse il davanzale e si ritrovò a contemplare una splendida giornata di sole. Corrugò la fronte. Per qualche ragione si sarebbe atteso una fredda giornata autunnale, triste come lui. Ma perché? In fondo, la sua carriera l'aveva fatta, era arrivato al vertice.

Una mamma trascinava due marmocchi sgocciolanti di gelato su per via Nazionale e il questore abbassò il capo. Un moto d'odio gli artigliò lo stomaco in una morsa. Era risentimento, invidia, lo sapeva anche lui. In tutti quegli anni gli era sfuggita un'unica cosa. E sempre per causa dello stesso uomo, e del suo mentore. Il vecchio Biga lo aveva già sistemato, relegandolo nella sua orribile villa decadente. Se l'era levato di torno, lo aveva isolato dall'università ed era riuscito ad allontanarlo dall'insegnamento, anche dei corsi minori. La ciliegina sulla torta era giunta, inattesa e benaccetta, per mano dello Scultore, il killer che aveva ridotto in fin di vita Carlo Biga.

Gugliotti doveva ammettere che il professore aveva sempre avuto quel talento, quella luce, quell'intelligenza vigile e creativa che a lui non era capitata in sorte. Ai tempi della Squadra Mobile aveva provato a indirizzare la propria carriera verso il profiling, e dopo la laurea in scienze politiche era arrivata anche quella, presa senza quasi studiare, in psicologia. Aveva cercato di seguire in prima persona indagini su casi di omicidi seriali, aveva fornito consulenze in vari ambiti. Ma non era andata come avrebbe voluto. Forse non era colpa di Biga, forse semplicemente non era destino.

Tornò alla scrivania e afferrò una copia fresca di giornata del *Messaggero*. Lesse la prima pagina e sfogliò l'interno in cerca di notizie sul nuovo caso che Mancini stava seguendo, ma trovò ben poco. I giornalisti erano tutti concentrati sui sempre più frequenti episodi di violenza razzista e sulla manifestazione di estremisti neri prevista di lì a qualche giorno. La politica ufficialmente li derubricava a episodi isolati senza un comune substrato criminale. La Questura invece era più sul pezzo e aveva predisposto un piano di contenimento per gli scontri che inevitabilmente si sarebbero verificati. Il quadro era molto più cupo e desolante, ma il tempo per affrontare le cose con durezza sarebbe arrivato in seguito. Quando sarebbe stato troppo tardi.

Distratta da altro, la stampa sembrava sottovalutare la vicenda degli omicidi. Nessuna delle solite firme di nera, come quella di Pietro Borrello o di Lilly Fontana, se n'era ancora occupata a fondo. Giusto poche righe nella cronaca di Roma ma nessuna menzione di assassini seriali o panico tra la gente.

Bene. O forse no. Anzi. In un attimo, Gugliotti decise che la strada giusta era ancora quella che aveva già imboccato in passato. E forse era l'ultima occasione che avrebbe avuto. Avrebbe fatto il suo solito giochetto: stuzzicare l'orecchio giusto con la giusta notizia riservata o la giusta « foto di scena ». Magari stavolta sarebbe accaduto quello che era giusto che accadesse. Perché Gugliotti ora non voleva altro che chiudere quella porta aperta nella sua esistenza, quell'unico fallimento, e per farlo doveva ancora sistemare l'allievo di Biga, il superpoliziotto, l'eroe del profiling italiano, Enrico Mancini.

Alzò il telefono e premette il tasto di chiamata rapida, seguito dall'8. Come sempre rispose la voce bassa: « Dimmi ».

« Roba per te. Al solito posto, tra un'ora. »

Attaccò mentre il sorriso gli riaffiorava sulle labbra e tornava la speranza di un domani migliore, in pensione, sì, ma in pace con se stesso e con i fantasmi del passato, remoto e recente, tutti messi a tacere. Dal cassetto chiuso a chiave estrasse una busta e la infilò nell'elegante giacca di lino carta da zucchero.

Andò ad aprire la finestra e si affacciò. L'aria era calda ma piacevole quella mattina. Gugliotti inspirò e l'energia gli riempì i polmoni. Certo, avrebbe chiuso quella partita rimasta aperta. Guardò l'orologio sulla parete, sopra la mappa di Roma. Era giunta l'ora di riscuotere.

17

Nella tomba vivente riposa un corpo di donna. Nel doloroso sepolcro è caduta, spinta da mani crudeli e guantate. Nel cieco silenzio dello scavo trascorrono cinquanta minuti e la vecchia si sveglia. Vecchia, sì. Perché ora è così che si sente, Monica: vecchia, acciaccata, le ossa fragili, i capelli rovinati e la faccia sporca di terra. Le gira la testa come se il mare ce lo avesse dentro, ma si muove piano, brancola carponi nel buio. Gli occhi si abituano e forse scorgono una piccola apertura in alto. Non ha mai avuto paura come ora. Il senso di nausea la sorprende e il palmo vola alla bocca per frenare il conato. Non deve macchiare la camicetta di seta. Inghiotte e tossisce, cerca l'ossigeno, la gola si gonfia. È a quel punto che se ne accorge. Insieme, le mani corrono in alto, al collo, e le dita si sporcano di sangue.

« Oh, no. »

Risuona la voce nella spenta immensità della terra. Le pareti l'assorbono. Ha le orecchie mozzate, ma sono gli orecchini di perla che la tengono in ansia. Dove sono finiti? Non le importa se ha perso quelle piccole orecchie rinsecchite, ma i suoi orecchini, pensa. E si vergogna. Possibile un pensiero tanto sciocco in quel frangente? Già, perché quello non è un momento tra gli altri. Quello, lo capisce mentre il fiato le si mozza in petto, è « il » momento.

« No. No. No. »

Piange piano e con la punta dell'indice raccoglie le lacrime, bagna le guance secche di rughe, le sparge come se volesse lavarsi il viso, svegliarsi da quell'incubo buio. Poi le passa più sopra dove le croste di sangue han preso il posto delle orecchie, poi ancora sulla spalla dove i due fori bruciano ancora. Si mette dritta e riassume la postura costruita nel tempo e di cui si serve per dare sfoggio di sé. Barcolla e si muove a caso. Quanto è grande quella specie di camera? La tibia batte contro qualcosa e Monica lancia un lamento. Uno spunzone di muro sale dal terreno. Dietro intravede qualcosa. Tituba, si affaccia e si ritrae come un animale curioso e spaventato. C'è un indumento, una maglia. Dio, c'è qualcuno? Sente i denti che battono come se non fossero suoi, come se non ne avesse il controllo. Allora fa il passo. È una tovaglia? È solo una maledetta tovaglia. Sopra c'è un minuscolo bastone, si abbassa, lo tocca, no, è una torcia. L'accende e la punta in basso.

Sulla tovaglia c'è un tozzo di pane, vicino a una brocca di vetro colma d'acqua, una bottiglia d'olio e un cartone di latte. Sono avvelenati? si domanda Monica riscoprendosi improvvisamente affamata, la lingua arida. Chi è stato a metterceli? Chi l'ha rapita e lasciata in quel posto terribile? Perché?

È sfinita e si siede come se fosse a un picnic, la torcia in mano. Non le sono mai piaciuti, a dire il vero, i picnic. Tutto quel verde, le formiche, i cibi grevi e le tovaglie pacchiane, i ragazzini ululanti, i cani, i palloni. No, non è roba per lei che è donna da salotto. Ma ora si china e afferra la brocca d'acqua. Le tremano le braccia e lo sguardo vacilla come se avesse sollevato un secchio stracolmo. L'avvicina alla bocca e beve, come mai prima di allora, la gola che duole, l'acqua che cola, la camicetta bagnata. La mette giù e piange, come se le lacrime avessero attinto da quella brocca.

Per la prima volta Monica si ritrova da sola. Non ha figli, non ha nessuno che l'aspetti a casa. Ma adesso non riesce più a sentirsi forte di questa scelta.

E d'un tratto decide, Monica. A pochi istanti dalla fine, si dice che la sua vita è stata sbagliata. Tutta finta. Che il suo lavoro per aiutare gli altri è stato vano perché in fondo non gliene importa niente, degli altri. Confessa a se stessa che se l'è scelto per mettere a tacere la voce che le ripete ossessivamente, da sempre: pensa a te. Ha il tono insidioso di sua madre, che le ripete: tu pensi solo a te stessa.

Niente, non le è mai servito a niente, perché quel momento è arrivato prima di quanto pensasse e ora non ha più la forza di mentire a se stessa. Ora, sa che sta per morire e capisce di volerlo fare veramente, di voler rimanere quegli ultimi minuti con Monica, non con la bambola, con il simulacro che ha eretto nel tempo. Perché è esattamente quello che ha fatto: s'è costruita il proprio io pezzo per pezzo, a tavolino. Come fan tutti, si dice sospirando.

Mentre le pupille fremono nel buio, animate da una fiamma invisibile, Monica immagina di avere accanto la sua famiglia, quella che non ha mai voluto, un uomo, una figlia, magari, e di accudirli con amore, come non ha mai fatto che per sé. Ecco, è tutto pronto, apparecchiato, e possiamo finalmente riunirci e abbracciarci. E salutarci, pensa Monica, per la prima e ultima volta. La forza nelle membra va scemando di minuto in minuto, man mano che cresce l'angoscia. E allora parla, Monica, alza la voce, certa che nessuno al mondo, il mondo lassù, oltre quel buco di cui ora distingue il contorno, la sentirà. Non urla, non piange più, non si lamenta né geme.

Mangia un pezzo di pane. « Cosa c'è? » chiede all'ombra della figlia mai avuta, sapendo che così prolungherà solo l'agonia. « Bevi un poco di latte, amore mio. » Le ultime parole la gettano nello sconforto. « Amore mio », ripete e piange piano, singhiozzi che sono misere risate. « A chi l'ho mai detto? » parla da sola. « A nessuno. Ma forse a un figlio... Una figlia. Amore mio », urla piano. « Amore mio », sussurra forte. « Amore. Mio. »

Lo capisce. Che è troppo tardi. E ora, lì, al buio, con la sola luce della torcia, Monica non sa più chi è. Chi si nasconde davvero dietro le maschere che ha indossato, per gli altri. E per se stessa. Per capire chi era. « Chi sono? »

Continua, e continua, finché nell'abisso di morte risuona l'eco di un pensiero. Non vede l'ora che la vita si esaurisca, che arrivi la fine. È lì che la donna trova se stessa. E su di sé, adesso, avverte nuovamente quello sguardo, il sospiro della notte che scivola dentro la tomba.

Qualcuno la osserva? C'è qualcuno lì sopra?

Fulminea come uno schiaffo, la donna si alza, sputa per terra il pane e il latte. Calcia via tutto il resto. Respira forte qualcosa che non è più aria. Nel petto una furia inattesa, benvenuta. Si inclina appena in avanti, un salice piegato dal vento. E si lancia, corre forte, dritta. Corre con le lacrime che fluttuano dietro di sé, corre e spinge in avanti la testa. Vola con tutta la forza che le resta in corpo, la fronte si schianta contro le solide pareti del buio. Il collo cede, la luce abbaglia.

Finalmente, le tenebre ghermiscono anche i suoi occhi.

18

Roma, Comando di Montesacro,
studio della dottoressa Antonelli

All'inizio, non aveva nessuna voglia di mettersi in mano a una che, *mutatis mutandis*, faceva il suo stesso mestiere ma con i seriali: ricostruirne i percorsi mentali, svelare angoli bui, pedinare le ombre delle loro anime.

Enrico doveva ammettere, però, che quelle conversazioni di cinquanta minuti scarsi, il giovedì pomeriggio, prima di rincasare, lo alleggerivano di qualcosa che non avrebbe saputo spiegare. E allo stesso tempo, tuttavia, gli lasciavano addosso un residuo insinuante che lo accompagnava nelle ore seguenti, a volte anche per giorni. Un pensiero che non riusciva a trovar sfogo nelle parole.

Ora stavano scavando nel passato di Enrico, ma con garbo, come sottolineava lei sorridendo.

« Riprenda da dove è stato interrotto la volta scorsa, commissario », disse Claudia Antonelli mentre un sorriso crudele le si stampava in viso. Sadica, pensò Mancini mentre la osservava tirare le veneziane. Si stava vendicando della sua fuga con Walter.

Accese il registratore e cambiò espressione, il sorriso ora professionale.

« Ha ancora la barba. »

« Non ho avuto il tempo di... » iniziò Mancini, ma subito lei lo interruppe.

« Come va la sua nuova relazione? Vuole parlarne, finalmente? »

« Preferisco di no, dottoressa. »

« Perfetto. E nemmeno vorrà parlare dei suoi specchi, giusto? »

« È così. » Mancini spostò gli occhi nella stanza in penombra. Come molti uffici, era scarsamente arredata. Ma lì, per qualche motivo, si coglievano ancora di più l'insignificanza della mobilia, l'asetticità dell'ambiente che doveva essere professionale ma risultava anonimo, quasi respingente. Uniche deroghe un orsacchiotto sulla scrivania e subito dietro, sulla parete, un disegno colorato, dal tratto semplice e gioioso, che rappresentava una mamma e una figlia mano nella mano, il sole nell'angolo in alto e un grande albero. Per il resto quel posto era senz'anima, come se non avesse ospitato storie, sentimenti, paure dei pazienti che si erano sdraiati lì.

« Proviamo allora ad arrivarci così... Se la sente di raccontare come i cambiamenti, e il suo miglioramento, abbiano influito, o influiscano, nella sua giornata o nel lavoro quotidiano? »

« Nel lavoro credo di essermi 'riallineato' automaticamente. Le riunioni, gli orari fissi, le scartoffie, insomma, tutto ciò aiuta. Ma nel resto sento che qualcosa è cambiato. »

« Nel resto... Cioè? »

« Quando sono a casa. Io mi sento bene, ma... »

« Ma? »

« Sento che non mi somiglia più. »

« Cosa? »

« La mia casa. »

« Può spiegarsi meglio? »

« È come se mancasse qualcosa. All'inizio pensavo fossero le cose che ho tolto. Era la spiegazione più ovvia, in fondo. Invece no. È la casa che è cambiata, è come se non fossi io ad abitarla. Mi scusi, dico delle cose assurde. »

« Per niente, invece. Vada avanti, per favore. Se non è lei, chi è che la abita? » chiese la dottoressa sollevando un sopracciglio.

« Nessuno. Non è questo, è... È il contrario. Come se fosse *lei* ad abitare *me*. » Si sfregò le mani. « Come se vivesse dentro di me, una specie di ricordo vago ma persistente. Come se non fossi mai solo. Io mi sento abitato dalla mia casa. »

Una smorfia di meraviglia si disegnò sul viso di Enrico. Cosa aveva detto? Claudia Antonelli, invece, lo guardava interessata e annuì per invitarlo a proseguire.

« È come se avesse assorbito le mie emozioni e le avesse fatte proprie. E ora lei, la casa, è il mio passato. Io sono diverso, cambiato, anche grazie a lei, dottoressa. » La donna gli riservò uno sguardo complice. «Ma la casa mi parla di un me diverso, lontano, che non riconosco più.»

«E che non *vuole* più?»

«Fa parte del passato, ora. Parte di me, dentro di me, ma la vita è adesso.»

«Vede, commissario, l'ambiente è una componente necessaria per tutti noi. I mobili, le cose, i cibi nel frigo, i libri, come nel caso di sua moglie, ci dicono chi siamo. E così la casa, con i suoi oggetti, gli odori, le persone che la vivono, o che l'hanno vissuta. In un certo senso, la casa è uno specchio che ci permette di sapere chi siamo. Ecco perché in lei ci sentiamo più sicuri.»

«Ma io non ho bisogno di specchiarmi. Io so chi sono.»

«Buon per lei», sorrise docile prendendo la crema per le mani dal tavolino e iniziando a spalmarla. L'odore dolce del cocco conquistò l'aria. *Il doposole di mamma, il sale del mare, la mia scavatrice gialla...* Una catena dolceamara di ricordi lo rapì per un attimo.

«La casa può essere un rifugio, il luogo in cui conserviamo le cose che amiamo e...» La voce le si incrinò. Senza preavviso, la dottoressa schiacciò il tasto STOP sul registratore e mise da parte la scatolina rotonda di crema per le mani. Mancini si sollevò dal divanetto, si voltò e la vide che lo osservava fisso. Aveva gli occhi rossi, i denti che tormentavano le labbra.

«Che succede?» le domandò vedendola tremare.

« No, no. Niente... È solo che... »

Mancini si alzò, superò il tavolino e le si abbassò accanto, le prese le mani morbide tra le sue. Erano forti, screpolate ma belle.

« Scusi », si ricompose tirando su col naso. Pescò una manciata di fazzoletti dalla scatola e si tamponò gli occhi.

« Che succede? » ripeté il commissario.

Lei scosse il capo: « Amanda ».

« Sua figlia. Non sta bene? »

« Non è ancora tornata a casa. »

« Lo ha già segnalato ai colleghi? »

« No, no. È con il padre, ma doveva riportarla domenica sera. Questo weekend lo ha passato con lui. È in ritardo e... E non si è fatta sentire, e nemmeno lui. »

Al Comando, la vicenda della dottoressa Antonelli era nota, anche perché lei sulle cose personali, a differenza di quanto accadeva col segreto professionale, era a dir poco sbottonata. E così un po' tutti sapevano della storia turbolenta col marito, la figlia maltrattata, l'uomo allontanato.

« Vuole che mandi una volante? »

« No, per carità. Non è la prima volta che succede. Più tardi ricompariranno e tutto questo sarà solo la fissazione di una mamma apprensiva », disse con un tono dolce, da mamma, appunto. « Per piacere, commissario, dimentichi questo momento e riprendiamo. »

Alzò lo sguardo sul viso di Mancini, scurito dalla

barba che riempiva le spigolosità del viso e del mento. Gli occhi, neri e luminosi, brillavano di un'energia che avrebbe potuto bruciarla, se avesse voluto.

« Lei non ha figli, non so se può capire », disse improvvisamente brusca.

Il commissario sfilò le mani da quelle della donna e lentamente si allontanò.

« È preferibile che non intervenga nessuno », proseguì lei. « Le istituzioni hanno già fatto troppi danni. » Doveva riferirsi alla sentenza che l'aveva costretta a far vedere Amanda al padre ogni due settimane. Era la prassi, d'altro canto.

« Ho capito. Mi faccia sapere se posso esserle utile in qualche modo. Lei mi è stata vicino e mi ha aiutato. E devo ringraziarla », disse Enrico rimettendosi la giacca di pelle.

« È il minimo, commissario, è il lavoro di una psicologa, in fondo », sorrise algida mentre faceva girare la sedia verso la finestra oscurata e dandogli le spalle. « Solo lavoro. »

19

Roma, lungotevere Gassman

Stavolta era andato a pesca in mezzo agli aironi e ai cormorani e se ne tornava sopra il ponte della Scienza tutto contento. Non aveva preso niente ma aveva trascorso un bel pomeriggio in riva al fiume, si era fatto il bagno con le rane e se ne sarebbe andato in cerca della cena non appena si fosse asciugato per bene. L'aria era limpida e le cicale cantavano come sempre sopra le piccole acacie.

Svoltò nell'intrico degli arbusti dietro alla fabbrica della vecchia Mira Lanza e scomparve dentro un buco nel cuore della ciminiera per riemergere dalla parte opposta. La vegetazione era fitta, ogni tanto girava qualche sorcio e Niko lo cacciava con una canna di bambù che aveva affilato a morte. Quelle bestiacce erano peggio dei cani randagi, di cui aveva davvero paura, ma non c'era verso di scacciarle una volta per tutte. Lui viveva nella parte selvatica di quel mondo sospeso tra passato industriale, vegetazione e fiume.

Prese a correre piegato dentro alla galleria di arbusti, lungo il sentiero che lui stesso aveva segnato nel suolo erboso con i suoi andirivieni, e si arrampicò sulla rete di fil di ferro per ricadere dall'altra parte. Scostò il grosso cespuglio di erica ed entrò nel suo piccolo regno, che si estendeva per trecento metri da quell'accesso fino al vecchio muro cadente rimasto in piedi dopo l'incendio del 2005.

Avanzò fino al rudere che lo ospitava per quell'estate, aprì il cancelletto ed entrò. Subito però si accorse che qualcosa non tornava. Era scomparso il filo di sicurezza, un piccolo congegno che aveva inventato per proteggere la sua dimora. Uno spago leggero sospeso a pochi centimetri da terra all'entrata della capanna. Non c'era più. Niko afferrò la canna di bambù dal cespuglio di ginepro e si allontanò dall'entrata per passare da dietro. Era stato uno di quelli che bruciavano la gente di strada? Era venuto a cercarlo?

Il muro correva su tre lati della costruzione diroccata e quando fu sul retro si tolse piano i sandali e puntò un piede sul tronco liscio del fico. Si issò senza muovere neppure una foglia. Salì fino alla finestra, un buco senza vetro nei mattoni sbreccati, e guardò giù, pronto a scagliare la lancia contro l'invasore.

Eccolo.

Niko afferrò un grosso ramo e si sporse con la canna in mano e gli occhi puntati sulla schiena dell'uomo con i capelli neri. Stava per tirare quando l'albero sussultò, scosso da una forza improvvisa. Il ragazzino guardò istintivamente giù, alla base del tronco. Un secondo uomo stava ricambiando il suo sguardo, infuriato. Diede una forte scrollata al fico e urlò: « È qui! »

Dall'interno del rudere l'altro, uno pelato, gli rispose gridando: « Tienilo lì! »

Niko sprofondò nel panico quando li riconobbe. Erano i due che lo avevano fermato con lo scooter. Quello sotto l'albero, grosso e tutto vestito di verde scuro come un militare, aveva messo un piede sul tronco e allungava le braccia per afferrarlo. Il ragazzino scalciò schiacciandogli le dita contro un nodo della corteccia.

« Maledetto figlio di puttana. »

« Zingaro! » urlò l'altro raggiungendo il tipo che si teneva la mano pestata. « Adesso ti ammazziamo. Dove cazzo scappi? » disse aggrappandosi all'incavo del fico e tirandosi su.

Niko sentiva il cuore pompargli in gola mentre l'albero ondeggiava per via dell'uomo pelato che saliva. Doveva essere molto pesante e aveva un sacco di tatuaggi, sulle braccia e sulla testa. Niko si coordinò per saltare attraverso la finestra e atterrare giù nella sua capanna. Prima vi lanciò la sua arma. Poi spiccò il salto e allungò le braccia per acchiappare il bordo lontano un metro e mezzo. Quando le sue mani lo afferrarono si tirarono dietro il corpo esile senza sforzi. Ma le gambe no. Le gambe erano rimaste lì. Impigliate. Ghermite. Il terrore crebbe tanto da allagargli il cervello. Tanto da annebbiargli la vista. Tanto che per un breve istante immaginò di sentire l'odore penetrante della benzina.

A quel punto Niko si dimenò e cercò di scavalcare il davanzale della finestra. Era disposto a buttarcisi dentro a capofitto, nonostante il salto di almeno tre metri, pur di salvarsi. Ma l'aggressore lo teneva stretto. Niko scalciò senza riuscire a liberarsi. Le mani dell'uomo gli serravano le caviglie e il dolore saliva lungo la gamba. Se avesse lasciato andare la presa sarebbe caduto contro il tronco e lo avrebbero acchiappato. Non aveva niente con cui difendersi, nemmeno la canna di bambù appuntita. L'altro, quello a cui aveva mollato una botta sulla mano, nel frattempo l'aveva recuperata e ora la batteva sul palmo della mano: « Adesso ci divertiamo ».

Gli occhi del piccolo rom erano terrorizzati, dal basso saliva l'odore della benzina. C'era una tanica là sotto e, anche se lui non ci voleva credere che fosse proprio per lui, la verità era lì. Scalciò ancora una volta con quello che restava della rabbia e della paura. Era sospeso come un piccolo ponte tra il muro e il bastardo che lo teneva per i piedi.

Il pelato sotto di lui gli posò la punta acuminata della canna sull'ombelico. « Nooo! » urlò il ragazzino con la poca aria che aveva nei polmoni. E in quell'istante, come un'assurda visione raddoppiata dal panico, vide uno scudo nero con una specie di lettera e una scritta, MILITIA, tatuata sul collo di entrambi gli uomini.

« Invece sì », disse quello che lo reggeva mentre l'uomo alla base dell'albero spingeva l'arma in su.

« Ti prego! Non ho fatto niente », ebbe la forza di gridare Niko.

« Ti prego cosa? Taci, zingaro! »

Niko si mosse e il taglio si aprì a pochi centimetri dall'ombelico. Subito un filo di sangue colò sulla faccia del pelato.

« Che schifo, 'sto sangue di merda! »

« Ora ti ammazziamo », disse quello coi capelli neri, e diede uno strattone potente. Le dita sottili del ragazzino persero la loro sfida col muro e le unghie scalfirono i mattoni, poi il suo corpo volò di sotto.

Quando atterrò, Niko sentì la faccia sbattere al suolo come se tutto accadesse al rallentatore, il naso contro le radici del fico, il sapore del rame, le labbra rotte dai denti. Il cervello registrò i danni e, senza arrestarsi, già programmava la via di fuga. Le mani dell'aggressore non lo trattenevano più. Correre, avanti, tra i cespugli, poi a destra oltre la fossa. Le braccia scattarono, il corpo secco si drizzò in posizione di partenza. Era ai blocchi e l'adrenalina pompava.

« Dove cazzo vai? »

I piedi nudi graffiarono la terra. Una volta, aveva visto un cartone animato con un uccello nel deserto che scappava da una specie di cane e le gambe nemmeno si vedevano per quanto roteavano. Eccole, dietro alla polvere e le grida, le gambe spinsero come se quel movimento fosse l'ultimo di una vita. Spinsero e il corpo si mise in moto. Poi successero due cose. La gamba colpì qualcosa facendo rovinare Niko a terra. E uno scroscio gli inzuppò all'improvviso la maglietta.

Torse il busto e vide lo scarpone nero del pelato che gli schiacciava il polpaccio. In alto sopra di lui, la tanica di benzina gorgogliava sputando fuori il liquido rossastro. Un terrore folle s'impossessò del corpo di Niko. Se li ricordava i roghi al campo, quelli che facevano per bruciare i rifiuti, e tutte le bestie che correvano via, i topi grassi coi denti gialli, i gattacci e i cani che lo terrorizzavano. Come uno di quegli animali impazziti, Niko scalciava e sbavava e piangeva all'ombra dell'albero che gli aveva fatto da casa, e che sarebbe bruciato con lui.

Benché la paura lo squarciasse a ondate, l'orrore si scatenò inatteso quando udì uno scatto, seguito da una grassa, assurda risata di gioia.

« Eccolo qua, il nostro polletto arrosto! »

Nel momento in cui lo scarpone si sollevò dalla gamba di Niko, l'accendino volò per aria, finendo dritto sulla maglietta impregnata di sudore e benzina. Era inchiodato, paralizzato, mentre il corpo s'irrigidiva come un pezzo di carbone.

« Ahahah », rise forte l'altro gettando a terra la tanica. « Zingaro allo spiedo! »

Poi, insieme, sollevarono il braccio destro, la mano tesa, e gridarono con gli occhi spalancati, rossi di rabbia: « *Raus!* »

La fiamma divampò sulla schiena del piccolo rom e zigzagò sul suolo fino alla tanica, che esplose lanciando attorno la plastica bollente come lava bianca. Il collo scoperto del pelato, la testa nuda e il petto assorbirono i pezzi più grossi. L'urlo lacerò l'aria mentre l'occhio destro dell'altro non ebbe tempo di chiudersi. La lucciola di fuoco si era fatta sempre più grande e aveva battuto sul tempo la palpebra posandosi sul bulbo oculare.

La collera si fece odio e i due si lanciarono sul corpo del ragazzino che si era strappato la maglietta e si rotolava per terra per spegnere le fiamme attorno alle gambe. Il pelato strillava come un cane bastonato e, quando lo afferrò, Niko vide il buco bruciato sul collo. Partì la testata, ma il rom era troppo veloce e l'altro troppo furioso e impreciso. Niko gli sferrò una ginocchiata all'inguine e il neonazista lo lasciò cadere. Poi gli sgusciò di fianco. L'altro si dibatteva, sbavando come un cane, piegato in due dal dolore e dalla rabbia per avere perso l'occhio.

« Tienilo! » gridò raccattando la canna appuntita di Niko da terra. « Adesso glieli strappo tutti e due, gli occhi. »

Ma l'altro si teneva i genitali, saltando e bestemmiando. Perciò il ciclope affondò il colpo, ma la canna s'infisse nel terreno al fianco di Niko. Il ragazzino schivò per pochi centimetri altri due assalti, ma era certo che il successivo gli avrebbe squarciato la pancia.

« Uno », arrivò una voce da dietro.

Un colpo di manganello sulla nuca spense il pelato come due dita sulla fiamma di una candela.

« E due. » Un calcio strappò la canna dalla mano dell'altro mentre il manganello calava sulla sua bocca spaccandogli le labbra.

Quando fu la volta di Niko, la figura che era apparsa all'improvviso alle spalle dei neonazisti gli si lanciò addosso.

Fu un attimo. Niko gridò.

Poi si spensero le fiamme.

20

Roma, Talenti

Fuori dal laboratorio, la notte correva veloce. Dentro, la luce dei neon, le lampade autoptiche e le plafoniere ravvivavano i due ambienti respingendo il buio denso che premeva contro l'unica finestra.

« Ho fatto un breve sunto per te, Enrico. Trovi tutto nella mail che ti ho mandato poco fa. » Rocchi parlava con una voce piatta, sfinita.

« Dimmi pure, la mail la archivio poi. »

« Possiamo parlarne un'altra volta? Sono cotto, ho bisogno di dormire un po'. »

Mancini era passato senza preavviso. « Dopo », disse con un'espressione che non avrebbe accettato dinieghi.

La fronte di Antonio si corrucciò. « Va bene. Due notizie e tre cose su cui dovresti ragionare », disse, ponendo l'accento sull'esclusione implicita. « Le notizie sono che la polvere sulla fronte di Paolo Tancredi era calce e che le impronte rilevate sulla scena del crimine sono tutte identiche fra loro. »

« Che vuol dire? Sono dello stesso dito? »

« Lo stesso dito sulle pareti, sul sacco, sui mattoni, sulla fronte della vittima. »

« Portava dei guanti e aveva un dito scoperto. Non può essere un caso: o è parte della sua fantasia o è una specie di messaggio. »

« Questa è una delle cose su cui interrogarsi. Io so solo che il dito in questione è il pollice e che, come dicevamo, negli archivi criminali delle impronte digitali non c'è. »

« Va bene, andiamo avanti. Questa era la notizia, quali sono i tre elementi? »

« Primo elemento. Come il pianista, anche Monica Longo ha un segno dietro la schiena. » Rocchi prese l'iPhone dalla tasca, aprì la posta elettronica e selezionò una mail. « L'ho ricevuta stamattina da un collega, sono foto di criminali americani. »

Mancini prese il cellulare. C'erano tre foto affiancate, su ciascuna delle quali compariva un busto nudo di un uomo. Due, all'altezza del ventre, avevano due segni rossi, simili a punture di un grosso insetto.

« Cos'è stato a provocarli? »

« Un giocattolino che usano laggiù, un recente modello di taser. Questi sono i suoi effetti sulla pelle umana. »

« Non è come quelli che hanno le nostre vittime tra le spalle. »

« No. Non lo è. »

Mancini conosceva la maggior parte delle armi utilizzate dalla polizia americana. Il taser era un'arma a distanza: simile a una pistola, era capace di scagliare contro il delinquente o l'ubriaco due dardi legati a due sottilissimi fili elettrici. Una volta a bersaglio partiva una scarica di alta tensione a bassa intensità che paralizzava i muscoli rendendo la persona inoffensiva e facilitandone l'immobilizzo e l'arresto.

« Robaccia », commentò Mancini pensando ai casi in cui le vittime di quel « dissuasore » erano decedute.

« Mi scrive il mio collega milanese », riprese il medico legale, « che qualche mese fa è uscito un nuovo modello. In pratica, invece che a distanza l'arma lavora a contatto. Pare che lo usino molte donne al posto di quelle cazzate di spray al peperoncino. Ma lo utilizzano anche gli sbirri yankee. Guarda la terza foto. »

La barba di Mancini luccicò di blu sotto i neon. Riabbassò il capo sullo schermo e allargò l'immagine sulla destra con due dita. Questa volta era la schiena di un uomo di colore, e le ferite avevano dimensioni, forma e rilievi simili a quelle sulle vittime di Roma.

« In teoria, in Italia possono essere acquistati solo da chi detiene un regolare porto d'armi », proseguì Rocchi.

Mancini sollevò un sopracciglio, sarcastico. Ma quello era un punto a loro favore. L'arma era quella: « Partiremo da qui, facciamo una ricerca sulle marche di questo aggeggio distribuite in Italia, sui fabbricanti, sui pezzi venduti e poi... »

Antonio lo stoppò subito: « Non servirebbe a

molto, temo. Purtroppo con qualche clic e una carta di credito, o meglio, di debito o prepagata, si possono acquistare dai fornitori USA sui loro negozi online ».

« Okay », rispose Enrico dubbioso.

« Veniamo al secondo elemento emerso dall'autopsia. I buchi all'altezza del deltoide di entrambe le vittime. »

All'esterno, la notte s'infiacchiva e il docile cinguettio dei passeri annunciava il prossimo cambiamento nell'aria.

« Hai il referto tossicologico? »

« In parte. Ho scoperto che quella iniettata nella fibra muscolare della spalla di Paolo Tancredi è ketamina. »

« L'ha usata come anestetico? »

« Non proprio. Nelle anestesie generali, durante le operazioni chirurgiche, si induce la perdita della coscienza con l'impiego di farmaci. Si inizia con quello che si chiama agente induttivo, solitamente il Propofol, e si mantiene con l'utilizzo di gas anestetici somministrati attraverso maschere e tubi endotracheali. Ma in questo caso si parla di sedazione profonda. L'anestesia vera e propria viene praticata per bloccare la reazione fisiologica al dolore e deve essere molto più stabile e pesante. »

« Okay, con questo cosa vuoi dirmi? »

Antonio era fermo, dritto davanti al commissario, distaccato. « Esistono decine di induttori di incoscienza. Oltre al Propofol, il Pentothal e il Diprivan sono forse i più usati, ma vengono iniettati endovena. Qui invece siamo in presenza di un farmaco inoculato per via intramuscolare. »

« E se me lo stai dicendo significa che cambia qualcosa nell'effetto. »

« Se un induttore come la ketamina viene iniettato intramuscolo e l'anestetico vero e proprio, usato per la conservazione dell'anestesia, è veloce, la somministrazione dell'anestetico può essere ritardata fino a un quarto d'ora dopo l'iniezione della ketamina. Un tempo abbastanza lungo, se ci pensi, Enrico. »

« Sufficiente per mozzare le dita della mano di Paolo Tancredi, o incidere e staccare le orecchie dalla testa di Monica Longo. »

« Direi di sì. Peraltro, a giudicare dalla grandezza dell'area di assorbimento della ketamina, il killer deve aver iniettato una quantità più abbondante rispetto alla norma clinica. Quindi, allungherei di qualche minuto il tutto. »

« Credi che l'assassino possa essere un medico? »

« Non è detto, Enrico. Certo, deve aver avuto accesso ai farmaci, ma... La ketamina è diffusissima anche in veterinaria. In più, le mutilazioni sono entrambe lavori sporchi, assolutamente non effettuati da mano chirurgica. »

« Forse perché aveva poco tempo. »

« Guarda... Con una pinza, una lama e un paio di mani capaci in venti minuti si può fare a pezzi un bue. »

« Capisco », Mancini lo guardò un po' perplesso, « quindi escluderesti la pista medico-chirurgica. »

« È il mio parere, sì. » Le risposte di Rocchi erano secche, le argomentazioni lunghe e dettagliate. Nessuno spazio nel mezzo per nient'altro che non fosse lavoro.

Mancini lo aggirò sottraendosi dall'incombenza della sua postura. « Ricapitoliamo un momento, per favore. L'iniezione di ketamina dopo quanto fa effetto? »

« Un paio di minuti, forse tre. »

« Perfetto, allora, vediamo... » Mancini si carezzò la barba sotto il mento, lo sguardo vacuo che indicava pensieri in sovrapposizione, scambio, allineamento. « Il killer arriva da dietro, stordisce Paolo Tancredi con il taser e lui cade al suolo in preda a uno spasmo. Gli inietta la ketamina mentre è ancora a terra e lo trascina sul prato per le braccia. Sappiamo che i tacchi delle scarpe di Tancredi erano sporchi di terra ed erba. Lo porta giù nel magazzino dei marmi, gli mozza le dita della mano destra e, nei minuti rimasti per l'effetto della ketamina, lo incatena. Il tutto in quindici o venti minuti. Ci può stare », rifletté ad alta voce.

« Ci può stare, ma qui entra in gioco l'ultimo elemento. Perché i fori sul deltoide delle vittime sono due. »

« Esatto. Hai scoperto qualcosa sul secondo? »

« Qualcosa sì, ma non abbastanza », ammise Rocchi. « Lì non c'è traccia di ketamina. Però ho trovato molecole di un'altra sostanza. »

« Quale? »

« Non sono riuscito a isolarla in nessuno dei due cadaveri. »

« Pensi che fosse una sostanza letale? »

« No. Qualunque cosa fosse, non è stata quella a ucciderlo. »

« Vuoi dire che hai scoperto la causa di morte di Tancredi e Longo? »

« Tancredi aveva lesioni al cuoio capelluto, all'altezza della tempia. Sotto i tessuti ho trovato due fratture del cranio che hanno provocato una lacerazione cerebrale con un grosso versamento emorragico. Fatale. »

Mancini restò in silenzio per qualche secondo. Poi riprese: « Quindi si è procurato quel trauma cranico sbattendo la testa contro il muro che l'assassino gli aveva costruito davanti. È così che è andata? »

« Sì. E anche Monica Longo, in un certo senso, ha fatto una fine simile. »

« Cioè? »

« Anche lei aveva una commozione cerebrale, però la causa del decesso è dipesa dal cedimento della prima e della seconda vertebra cervicale. Distrutte dall'impatto contro una superficie molto dura. L'angolo di frattura indica che lo scontro è avvenuto con il corpo inclinato in avanti, come se lei avesse preso... »

« La rincorsa. Ha preso la rincorsa e si è scagliata a testa bassa contro il muro. »

« Su di lei non ho trovato segni di costrizione fisica », aggiunse Rocchi. « E, a meno che l'assassino non l'abbia obbligata a farlo minacciandola per esempio con una pistola... »

« No », disse subito Mancini. « Non gli è servita la pistola. Ha usato subito il taser, come con Paolo Tancredi. Poi la ketamina. Non gli sarebbe servita a nulla un'arma. »

« Concordo. Quindi è possibile che... »

« Che si sia suicidata », concluse Mancini prima di avvertire un brivido. « Che si siano suicidati entrambi. »

21

L'uomo nella metro spia i passi della gente che corre su e giù, il motore delle scale mobili, l'annuncio dei treni in arrivo. Ogni tanto alza la testa, si annusa, piscio e birra, e si guarda intorno. Solo ombre. Il movimento, i corpi, il rumore delle voci, lui ci prova a seguirli tutti, ma tutto si confonde nell'incessante barcollare della mente. Si asciuga il naso con la manica sporca e si mette in piedi. Quando si ritrova dritto, quasi incredulo per non essere caduto, una disperazione silenziosa lo riempie come un veleno. Oggi sono trentacinque giorni che non parla con anima viva.

Coi suoi fantasmi, invece, con gli spettri dell'alcol, con loro sì che se ne fa di chiacchiere.

Appoggia la schiena alla parete. C'è una ragazza con le cuffiette che passeggia in fondo alla piattaforma, prima della sbarra che impedisce l'accesso alla galleria. L'uomo si muove e i dolori alle ginocchia arrivano come morsi di un cane. Tre notti prima, quando i sorveglianti lo hanno buttato fuori per la chiusura della stazione Lepanto, s'è sbronzato col vino in cartone e quei tipacci pieni di svastiche lo hanno preso a calci finché non è svenuto. Almeno gli ha vomitato sugli anfibi e sui jeans a quei pazzi.

Ora la ragazza gli si avvicina, dalle cuffiette pro-

viene una musica metallica. Ha i capelli raccolti in due codine e forse quindici anni, è bionda con gli occhi grandi e la bocca sottile rossa. Lui si avvicina con un sorriso e lei si ferma. Ma è un attimo solo, che dura giusto la speranza di un saluto e si spegne con il disgusto che le appare in viso. Lo supera e scompare veloce nella folla in attesa.

I suoi fantasmi, gli spettri della memoria, tornano a parlare. Quegli occhi belli. Li vede, ma tutto è sfocato, le luci ondeggiano liquide. L'uomo della metro resta a fissare la galleria illuminata dai fari del treno. L'aria si ravviva, perde il veleno. La gente si assiepa alle porte dei vagoni, spinge, scatta, corre via. Un minuto e tutto torna calmo, finto. Vuoto. Non c'è nessuno. In quegli istanti, prima che arrivino nuovi passeggeri diretti a casa a fine giornata, il mondo si ferma, e lui, allora, capisce che non c'è differenza tra la furia della gente e l'assenza, tra la calca e quel vuoto. Perché per loro lui è invisibile.

Frank oltrepassa la sbarra e scompare lungo la banchina di servizio. Ci sono vanghe e picconi addossati alla parete ricurva, materiale elettrico e due caschetti. Ne afferra uno e se lo mette in testa, poi accende la lucetta in cima, divertito. Man mano che avanza la banchina si restringe. Se arrivasse un convoglio proprio in quel momento lo travolgerebbe. Ma lui sa che più avanti c'è una grossa rientranza, proprio dove si vede il buco con la scaletta per gli interventi.

Nell'arteria sudicia del tunnel un neon farfuglia qualcosa al buio, poi la luce spira. Là sotto l'abisso l'a-

spetta, e lui ha voglia di fargli visita. Ci troverà gli occhi, la faccia grande e bella della ragazzina che gli ha rapito il cuore. Sono passati anni ma ora, da vecchio, quel pensiero lo spossa, lo sfianca, lo svuota. Solo l'alcol lo riempie, stordendolo fino alle soglie della voragine.

Il freddo gli bagna le ossa, i gomiti pungono. Frank incespica, rischia di cadere in mezzo alle rotaie. È la birra o sono le lacrime?

Chissà se quella ragazzina ha mai più pensato a lui. Ormai sarà una donna, una madre, avrà una famiglia. Anche lui ce l'aveva, ma l'ha persa per lei. Che stupido. Tira su col naso.

Circondato dal silenzio degli abissi, Frank avanza ancora. Percorre un tratto leggermente in discesa. La luce sul caschetto ballonzola. Se solo ci fosse un posto sicuro per farsi un goccio.

Procede fino a un buco transennato. Vicino c'è una cassa di legno da cui spunta un piccone. Si siede contro la parete curva e guarda giù mentre pesca la bottiglia di Tullamore nella saccoccia. Ci sono voluti dieci giorni di elemosina e sputi in faccia per riuscire a comprarsela, ora se la vuole godere.

È a malapena un lamento, quello che nel silenzio gli pare salire dal centro della terra. Si volta in cerca di un gatto, un animale, qualcosa che possa spiegargli quel gemito. Magari un sorcio.

Ma non c'è nessuno.

Frank svita il tappo di alluminio e tracanna due, tre, quattro sorsi di whiskey, si asciuga con la manica ed espelle un fiato alcolico. Tra poco ritroverà un po' di sollievo in fondo a quella bella bottiglia con l'etichetta verde. Chiude gli occhi e le lacrime scavalcano il bordo. E in un istante il peso del tempo gli crolla tutt'assieme sulle spalle. È stanco. Soffre di una debolezza allevata giorno per giorno dalla paura, dalla fame, dal freddo e dalla solitudine. Vivere « di sotto », come dicono quelli come lui, negli stanzini di comando delle gallerie, nei parchi, nei sottopassi, ti sfinisce prima di ucciderti.

Si fa un altro goccio. Sono anni che sta « di sotto », accampato vicino alle mura del cavalcavia di corso d'Italia, a trecento metri dalla splendida via Veneto. In mezzo ai cespugli ha costruito un riparo mutante, l'estate in cartone, l'inverno in tenda. Potrebbe scendere anche lui, tornare nella galleria, ma lo sa che laggiù i mostri sono peggiori di quelli della memoria. Laggiù, le ombre ti tagliano la gola. Prima c'erano Ekrem e Rita, due profughi, a fare la guardia. Lui se l'è portato via l'epatite. Lei si è sciolta in una pozza di sangue, scuro e denso, gli escrementi e i fazzoletti, i preservativi, topi e piscio. I fari indifferenti delle auto che frullano di sopra.

Eppure il suo appartamento, quello dove stava prima, è proprio lì dietro, in via Isonzo, nel palazzo del nuovo sushi bar, dietro al cinema multisala. Frank ricorda benissimo come la guardava quella gente, prima, quello schifo sotto casa. Ora è lui che fa schifo, che si fa schifo. Quando ha iniziato a sentire le voci ha perso il figlio e la moglie. Prima l'ospedale, poi il tribunale. Gli hanno tolto tutto e ormai, a fargli compagnia, ci sono solo le voci del sottosuolo.

Casa sua, quanto gli manca. E anche il lavoro, suo malgrado, qualche collega. Gli resta un bel carrello del supermercato pieno di sacchetti di plastica: guardaroba quattro stagioni, si dice con un sorriso, il suo armadio è tutto là dentro.

Emette un sospiro di gola, una cosa che solo gli alcolizzati sanno produrre. Lì accanto il buio tace e questo non va per niente bene. Butta fuori un altro po' d'aria e fa per rimettersi in piedi. Osserva il buco, chissà dove arriva. Chissà cosa succederebbe se ci finisse dentro.

Ma in fondo lui c'è già dentro a un buco di violenza e solitudine.

Per un attimo ci pensa, vacilla. Si sta rilassando e improvviso arriva il morso del drago dietro alle spalle. Brucia. Cade. Precipita. Arresta. È rotto. È sporco. È ferito. Piange.

In alto, una faccia sorride.

22

Roma, Termini

Comello, la maglietta nera sopra i jeans e un manganello dietro la schiena, si trovava con l'ispettore Bettini nella zona della Stazione Termini. Non era un incarico ufficiale, ma quando dalla Questura avevano chiesto ausiliari, Walter era stato tra i primi ad accettare.

Si trattava della solita manifestazione di estremisti di destra contro una proposta di legge al Senato per il diritto di cittadinanza agli immigrati, e la Questura aveva avvertito che ci sarebbe stato un tentativo da parte dei centri sociali di venire a contatto con i neofascisti.

Claudio Bettini, trentenne ispettore di cui si raccontava un passato turbolento, batteva il suo sfollagente sul palmo della mano, nervoso. In quegli scontri toccava stare attenti perché un colpo poteva arrivare da ogni parte e ti ritrovavi a terra, steso, con la testa rotta. Loro erano in borghese e faceva troppo caldo per indossare giubbotti sotto i quali celare le protezioni, pertanto non indossavano nemmeno i caschi. Il cranio punteggiato del nero dei capelli rasati di Bettini risplendeva sudato come il resto del corpo stretto dentro ai jeans e alla camicia.

All'altezza di Santa Maria Maggiore iniziarono a sentire gli slogan neonazisti. Salirono di corsa verso via Marsala e incontrarono le prime camionette della polizia con gli idranti. C'erano tanti colleghi in borghese e Walter riconobbe una buona parte dei vecchi amici dell'Antidroga e dell'Anticrimine. Qualcuno gli fece un saluto, i più erano impegnati a vestirsi. Qualcun altro invece lo ignorò o gli riservò un'occhiata schifata. Quelli erano i neonazisti che si sarebbero dedicati ai centri sociali. E che lo conoscevano bene.

La zona a cui erano stati destinati era sulla parte sinistra di piazza dei Cinquecento, proprio di fronte alla Stazione Termini. Si sistemarono dentro al colonnato all'incrocio con via Massimo D'Azeglio, pronti a intervenire se ce ne fosse stato bisogno, come da ordine. Subito fuori, sul marciapiede che divideva la strada in due e vicino all'edicola chiusa, c'era un gruppo di uomini in nero. Erano in attesa. Da via Nazionale saliva il corteo anti-immigrati, mentre di fronte, da via Solferino, arrivavano i centri sociali riuniti. In mezzo, un cordone di decine di uomini e quattro veicoli con gli idranti.

Gli uomini in nero iniziarono a rumoreggiare, poi a urlare da lontano frasi xenofobe, seri in volto, pronti a spaccare qualche testa. Era abbastanza chiaro che gli agenti di polizia, quelli con gli scudi e i manganelli e la dozzina in borghese che, come

Comello e Bettini, erano lì per isolare figure pericolose e condurle al furgone di sicurezza, si stessero concentrando sui ragazzi dei centri sociali.

Dal colonnato, Comello puntò il più grosso dei neonazisti, un quarantenne sul metro e novanta, con il collo come una macina. Orecchini gialloro, una svastica sulla gola e gli occhi azzurri e cattivi. Era spesso come un muro portante e se ne stava con le braccia conserte sopra il petto gigantesco, fissando con odio la folla di bandiere rosse che avanzava. Tra la cinta e la camicia nera spuntava il manico di quello che a occhio e croce era un pugnale da caccia con una lama di almeno venti centimetri. Vigliacco bastardo. Walter sapeva che in quelle occasioni se ti prendono in mezzo ti distruggono. I neri vanno isolati e spaventati. E lui conosceva solo un modo per fargli davvero paura.

Arrivò da dietro, gli mise il gomito attorno alla gola e strinse tirando indietro e in basso. Il corpo vigoroso si abbassò e scomparve dietro le file di archi.

« Chi cazzo sei, merda rossa? » gli disse il neonazista appena Comello lo lasciò andare. Dietro l'arco c'era una stradina chiusa dai ponteggi di una ditta di ristrutturazione. Il gigante pelato si sollevò dentro ai jeans grigi tesi sui quadricipiti. « Allora? » berciò come un bulldog.

Walter non attese. Un lungo passo avanti e un calcio diretto ai genitali, che però colpì la coscia del mostro. Quando si abbassò per il riflesso ritardato di proteggersi l'inguine, Comello riempì la distanza e ruppe la mezza guardia con cinque pugni a catena sulla faccia e sulla testa. Gli schiocchi delle nocche sul cranio. Sei gomitate dietro il collo per sfiancare la bestia e sbatterla a terra. Quando ricadde, l'ispettore gli precipitò sul petto con le ginocchia in uno schianto di ossa e muscoli che gli fece quasi schizzare gli occhi fuori dalle orbite. L'ultima scarica di pugni ruppe mucose del naso, labbra e sopracciglia. Dieci secondi ed era tutto finito. Senza aria, paonazzo e smarrito negli occhi, il capobranco era spaventato, sconvolto.

Si pulì il sangue dalla bocca con una manica: « Ora vedi che cazzo ti fanno gli altri », disse con una voce tremolante e prese un fischietto dalla tasca. E fu l'ultima cosa che avrebbe detto per un pezzo.

« Bravo, chiamali. »

Il calcio in testa pose rapida fine al tenue fischio. Poi gli strappò il pugnale dalla cintura e lo lanciò in alto, sull'impalcatura. Si voltò, si mise spalle al muro dietro l'arcata. Il rumore degli scontri arrivava netto e ritmato, grida, megafoni, l'acqua sparata, il cozzare degli scudi, l'odore dei fumogeni. Due tipi entrarono nel vicolo e videro quella massa nera piena di sangue. Il più piccolo tirò fuori uno sfollagente, l'altro infilò un tirapugni guardandosi intorno. Walter chiuse la distanza e gli spaccò il ginocchio con il tallone. Il secondo non ebbe il tempo di urlare: prese una testata in bocca e si schiantò tre metri più in là.

Comello respirava dal naso, in affanno.

« Sei proprio nei guai. »

La voce giungeva da dietro. E la conosceva bene.

« Bettini? »

L'altro annuì e fece un passo che era una dichiarazione di guerra. E veniva da lontano. Sapeva che Bettini non si sarebbe fatto scappare quell'occasione. In fondo in fondo, non aveva mai sopportato Comello. E quello poteva essere il momento giusto per una resa dei conti rimandata troppe volte. Nessuno se ne sarebbe accorto, nessuno avrebbe parlato. Nemmeno Bettini, Walter lo sapeva. Tra le sue poche virtù c'era quella di non essere un vigliacco. Sarebbe rimasta tra loro quella cosa. Ma la vita sconfessa sempre l'immaginazione, e in peggio, pensò Walter quando il lungo manganello di gomma lo colpì al fianco piegandogli il fiato in gola.

« Ti piace? » disse Bettini infilando un pugno di ferro raccolto dalla mano del camerata per terra.

Comello non riusciva a parlare e l'altro ne approfittò. Dal basso verso l'alto, sfruttando il corpo inclinato di Walter, scagliò un montante secco. Lo schianto fu forte e la mandibola scattò in su, i denti contro i denti. Comello cadde all'indietro sbattendo contro il muro. Bettini si guardò intorno: via libera. E affondò ancora, il sorriso sulle labbra.

« Ecco che fine fanno gli sbirri rossi come te. »

Walter gemette e si spostò. Il pugno lanciato al fegato s'infranse contro il muro e Bettini sussultò, il ferro gli scivolò e cadde tintinnando. La manica si sollevò e Walter vide il tatuaggio sulla spalla: un altro scudo nero con il fascio littorio. Bettini agitò la mano pesta aprendo e chiudendo le dita a scatto, il polso dolorante. Il suono degli scontri scomparve per un attimo e Bettini sollevò la testa per capire.

Le mani di Walter gli coprivano le orecchie, e quando la sua fronte tuonò contro il naso del collega, lo scoppio parve zittire del tutto il corteo nero.

Bettini si afflosciò come un sacco di stoffa bagnato, e Comello gli fu sopra. Era stremato, ma doveva finirla lì. Per Comello, chiudere la sua personale battaglia contro quella gente era necessario. Non c'era solidarietà di categoria che tenesse testa a quella di strada. E lui era un poliziotto. Lui per strada difendeva la preda, anche quando a predare era uno sbirro come lui.

« Ti prego, Walter... » Bettini sollevò le mani cieco di dolore, il naso che fiottava sangue. Il tatuaggio bagnato e deforme era solo uno schizzo di inchiostro sulla pelle di un altro ometto.

Comello lo fissò dall'alto. Lo aveva conciato bene, il giorno dopo non si sarebbe potuto presentare in Questura. Il collega era immobile, ma le braccia tremavano distese, gli occhi strizzati.

« Lezione numero uno. Non pregare mai un altro uomo. »

Poi Walter affondò il gomito e anche per l'ispettore Bettini si spense la luce.

23

Roma, Montesacro

La notte era giunta senza che il professore s'accorgesse di quel sottile istante di incertezza tra la luce e il buio. Benché si fosse perso i rintocchi del pendolo, sapeva che erano passate le nove perché, malgrado tutto, ricordava che in estate il sole tramonta tardi. I vetri consunti della portafinestra rimandavano per intero l'immagine del suo corpo, con la vestaglia di flanella porpora, sopra la sedia a rotelle. Grosso e impacciato come un tricheco nelle sabbie mobili, Carlo Biga lasciava oscillare lo sguardo tra il buio all'esterno e il fantasma nel riflesso. Sulla superficie sottile s'incontravano due spazi, il dentro e il fuori. E da fuori anche il mondo occhieggiava all'interno della casa, ritrovando sul vetro l'immagine sbiadita di se stesso.

Il professore avvicinò la testa per guardare giù nel giardino. Le luci erano spente; si sentì rassicurato dalla calda oscurità che avvolgeva la villetta come una coperta. Posò la fronte sul freddo del vetro e chiuse le palpebre. Il sipario calò e il vecchio avvertì un placido tepore occupargli la mente. Minuscoli tentacoli cellulari si mossero sullo sfondo e lui prese a inseguirli, finché si rappresero in grumi svolazzanti. E un'immagine tornò prepotente. Anche lì lo aveva seguito, la sua mosca. Erano compagni e presto sarebbero stati più vicini che mai. In un certo senso, quella mosca sarcofaga era già dentro di lui, e il tempo era dalla sua parte.

Il tempo, pensava il professore, era sempre dalla parte di chi attende. Quel tempo che lo stava mettendo all'angolo. Una volta per tutte. Aprì gli occhi e le pupille si persero dentro quelle torbide del riflesso, il nero nel nero. Quando si staccò dal vetro, li vide bene, i suoi occhi, sbigottiti, morti e lucidi come quelli di una bestia impagliata, e un ghigno involontario gli affiorò sul viso. Biga si tirò indietro e raggiunse il mappamondo di ciliegio, fece un paio di manovre – stava diventando bravino con quell'aggeggio – e si allungò per aprire la calotta che conteneva i suoi whiskey preferiti. Prese la bottiglia di Bushmills di Enrico, la stappò e ne versò tre dita nel tumbler con una mano sola e l'aiuto dei denti, anche in quello si stava impratichendo.

Tornò alla finestra in ascolto della notte. Lontano risuonò un colpo di clacson, poi l'aria ammutolì. Bevve il liquido ambrato tutto d'un sorso mentre la casa scivolava di nuovo nel silenzio. La donna era in ferie per due giorni e lui si sarebbe arrangiato con le consegne a domicilio e quello che gli aveva lasciato lei. Poi, forse, sarebbe passato qualcuno, Walter o Antonio, magari Enrico, a portargli qualcosa.

Compagnia, ecco ciò che desiderava come un

pazzo. Continua, affettuosa ma anche piena di quella stima e attenzione che lo avevano circondato per tutta la vita. Quella passata, almeno. I suoi allievi, in fondo, erano stati gli unici a restargli vicino. Gli amici, quei pochi che poteva definire tali, erano tutti scomparsi. Franco Mancini, il papà di Enrico, se n'era andato da un pezzo.

Biga si morse la guancia, il sapore ruvido del whiskey, le labbra secche dell'età.

Prese il quaderno dalla tasca laterale della carrozzina. Per fortuna la parte destra del suo corpaccio era ancora buona a qualcosa. S'inumidì pollice e indice e lo aprì. Non era un diario, nemmeno una confessione, ma di certo gli faceva un gran bene scrivere. Lì dentro c'erano tante cose. I segreti di una carriera, gli appunti di un metodo d'indagine unico, a suo dire. Era sempre stato convinto che un approccio efficace dovesse avvalersi di una componente scientifica forte, oggettiva, tecnica, ma che questa dovesse essere accompagnata da una notevole energia creativa. Umanistico, così definiva quel metodo, fatto di conoscenza dell'essere umano, psicoanalisi e storia della psichiatria criminale, ma anche di storia e letteratura dell'animo criminale. Era tutto lì dentro, insieme a una serie di casi precedenti la pensione e anche più lontani nel tempo.

Sventagliò le pagine col pollice e un foglio piegato fece capolino. Prima di andarsene la donna gli aveva stampato il profilo criminale che Enrico gli aveva spedito. L'aveva redatto integrando le informazioni della Scientifica e della sua squadra relative al caso che stava seguendo. La cosa aveva rallegrato un po' il professore. Sì, insomma, che lo tenesse ancora in considerazione per cose di quel tipo. Lo spiegò sulle gambe e lo rilesse per la terza volta.

PROFILO CRIMINALE
SOGGETTO SCONOSCIUTO

FONTI

Polizia Scientifica, Referti autoptici e strumentali. Sopralluoghi. Testimonianze (raccolte dall'ispettore Comello).

PROFILI VITTIME

1 - PAOLO TANCREDI: 68 anni, pianista jazz internazionale, sposato, una figlia sopra i 45, appartamento in via Isonzo. L'ispettore Comello ha fatto un giro di interrogatori nell'ambiente domestico e musicale: la vittima non aveva rivali storici, invidiosi, né sospesi economici o simili. Famiglia tranquilla. Una moglie e una figlia, una bella casa, pochi concerti in giro per il mondo. Nessun'ombra.

2 - MONICA LONGO: 74 anni, nubile, persona affabile e stimata soprattutto nel circolo delle signore con cui condivideva la passione per il mondo inglese. Donna colta e riservata, non aveva sorelle o fratelli a cui rivolgersi. L'ispettore Comello ha raccolto la testimonianza della segretaria del club, da cui non ha tratto indizi significativi. Ora è alla ricerca di persone legate all'AssNAS, associazione nazionale assistenti sociali a cui era affiliata.

ANALISI COMPARATA DELLE VITTIME

Entrambe a basso rischio: l'azione del killer non dipende da un loro atteggiamento o da una predisposizione naturale o fisica del tipo umano. Le vittime sono scelte in anticipo con un intento preciso e se è legato alla professione e/o ai luoghi di deposizione può significare che ha già i nomi delle prossime. Nessun contatto prima della perdita di coscienza. Nessun abuso sessuale. Trofei sui generis: asporta una parte del corpo ma non come bottino, dato che le dita e le orecchie delle due vittime sono state ritrovate fuori dalla scena del crimine. Punti in comune tra le due vittime: età; due segni sulla fronte, fotografati entrambi prima che scomparissero.

La prima, il pianista Paolo Tancredi, sembra essere stata punita con la menomazione della mano, organo necessario per la sua professione. La seconda, Monica Longo, con un gesto cruento, il taglio delle orecchie, che però, almeno in apparenza, non sembra coerente (quale sarebbe il nesso con l'attività di assistente sociale?).

SCENE DEL CRIMINE

1) Tempio di Apollo Sosiano (tra il Portico di Ottavia e il teatro di Marcello). **Rinvenuti**: catene, sacchi di calce, mattoni, pezzi di marmo. **Tracce**: impronte

digitali e sangue della vittima sulla prima scena del crimine. Impronta digitale del killer.
2) Campo Scellerato (zona ministero dell'Economia). **Rinvenute**: una bottiglia d'olio, una tovaglia, una torcia, una brocca d'acqua. **Tracce**: impronte digitali della seconda vittima nella tomba, nessuna impronta del killer. Impronte di scarpe suola liscia numero 42.

ANALISI COMPORTAMENTALE
Modus Operandi: agisce di notte in luoghi centrali ma nascosti, difficilmente accessibili e perciò poco frequentati. Colpisce alle spalle con taser, inietta induttore anestetico e trascina le vittime prive di coscienza in luoghi sicuri, sottoterra (scarso peso delle vittime/statura e forza fisica del sk nella media). Cadaveri mutilati pre mortem (una punizione?). Tentativo di spersonalizzazione?
Firma: vittime abbandonate in luoghi sotterranei forse legati all'archeologia.

Carlo Biga sollevò la testa al soffitto e sospirò scuotendo la testa. Aveva segnato diverse annotazioni accanto alle considerazioni di Enrico, ma non riusciva a leggere la propria grafia. Erano gli occhi. O la sua bella mente che se n'era andata in vacanza da un pezzo. Riprese da dove aveva sospeso nonostante il dolore alle tempie.

BOZZA PROFILO CRIMINALE
Maschio, bianco, tra i 40 e i 45, corporatura media,

istruito. La geografia del crimine rimanda a un individuo che vive nella zona centrale della città, dal che ne derivano benessere, la probabile appartenenza al ceto medio-alto e una socialità attiva. Capace di freddezza ma non di precisione, possibile menomazione fisica. Occupazione di natura culturale, docente, guida turistica, musei. Istruzione, laurea. Quoziente intellettivo sopra la media. Precedenti: nessuno.

Personalità: insicuro ma determinato. Mosso da una ragione strutturata, antica, una fantasia vendicatrice (cfr. simile M.O.). Non ha il bisogno di comunicare con il mondo esterno, con la stampa o le forze dell'ordine. Mutila i corpi per ragioni « interne ». Assenza di emotività nella preparazione della scena, della costrizione. Nessun rimorso. Non usa armi contundenti come sassi o bastoni per stordire. Se utilizza un taser, c'è una ragione specifica: non vuole contatto? Non vuole sentire la violenza del colpo? È più silenzioso? Usa sempre dei guanti. La molteplicità e la natura dei metodi, taser e iniezione con cui stordisce e rende inoffensive le vittime, denotano insicurezza (primo contatto alle spalle per non lasciar loro il modo di reagire). Delitti nati da una certa familiarità con la routine delle vittime e dalla conoscenza dei luoghi.

Schema misto: compresenza di elementi opposti. Soggetto disorganizzato: commette errori sulla scena del crimine, vive o lavora in un'area che insiste attorno alle scene degli omicidi. Soggetto organizzato: segue le notizie sui media. Controlla la parte emotiva durante il crimine (taser, iniezioni, costrizione, mutilazione).

Conclusioni parziali: è al secondo omicidio, e non si fermerà fin quando non avrà soddisfatto la propria fantasia, il proprio disegno o finché non avrà esaurito la lista delle vittime che ha in mente. La ritualità e il legame (ancora sconosciuto) con i luoghi in cui chiude le sue vittime suggeriscono un probabile ritorno sulle scene del crimine (monitorare). Alta possibilità che commetta un errore.

Testimoni oculari: nessuno per entrambe le aggressioni. **Sospettati**: nessuno.

Misure preventive: agenti in borghese a presidiare monumenti e rovine minori tra le due scene del crimine.

Strategia: approfondire legame tra le vittime, monitorare ambienti caldi, colloqui con abitanti nelle zone del crimine. Mappatura telecamere zone del crimine. Considerato il livello di istruzione si può usare la stampa come esca.

La testa gli girava, era la fame, l'unica cosa a cui avrebbe rinunciato volentieri con l'età e gli acciacchi e che invece gli sembrava che fosse aumentata, almeno da quando si trascinava in giro su quel sidecar. Ripose il foglio dentro al quadernino e se lo mise in grembo. C'era una torta salata con spinaci e formaggio sul tavolino della cucina. Forse anche una birra fresca nel frigo. Azionò il joystick e si avviò verso la grande scalinata dove lo aspettava il marchingegno che lo avrebbe condotto di sotto. Si agganciò di lato e schiacciò il pulsante nero sul quadro. La sedia iniziò a scendere con il solito rumore meccanico, un'enorme bocca che batteva di freddo. Lui doveva solo tenere la leva del comando in posizione di folle. Non sapeva bene cosa, ma c'era qualcosa di inesorabile e spietato in quella discesa che impiegava all'incirca due minuti per portarlo giù. Era così innaturale, rifletteva al ritmo degli scatti della scala meccanica, usare una forza del genere per scendere. Così pericoloso.

Quando la vestaglia di flanella s'impigliò tra i denti d'acciaio del meccanismo, il professore sentì tirare il braccio destro. Non capì subito cosa stava accadendo, ma si voltò come poté e vide il tessuto masticato dalla lunga dentatura metallica. Si dibatté senza riuscire a sfilarsi la manica, e intanto la carrozzina continuò a calare lentamente.

Il sudore gli aveva ricoperto il ventre; il torso del vecchio scuoteva la metà buona del corpo come un polpo sbattuto sullo scoglio. Il braccio si allungò oltre la carrozzina verso le rotaie. Il corpo ruotò sul sedile e scivolò di fianco, cadendo davanti alla sedia, e il quaderno volò.

Pochi secondi e la carrozzina lo avrebbe travolto mentre la mano sarebbe finita là dentro, maciullata dal macchinario diabolico. La mano buona, pensò con la disperazione negli occhi un attimo prima che il cuore cedesse all'angoscia.

24

La discarica di Malagrotta, nella riserva naturale del litorale romano, è una vasta area circolare – duecentocinquanta ettari – che accoglie cinquemila tonnellate di immondizia ogni santissimo giorno. È la più grande d'Europa, dicono in giro. Ci riversano i rifiuti della città eterna, dei due aeroporti di Roma e del Vaticano, anche. C'è chi ci mangia, trafficando sulla mondezza di oggi e sui tumori di domani. Stessa gente, stessi cognomi, stessa storia. Sempre e per sempre, nella città eterna.

Qualcuno dice che il termine «Malagrotta» derivi da un'antica mola che si trovava da quelle parti. Qualcun altro, più immaginoso, racconta di una grotta abitata da un drago tanto terribile da meritarsi una crociata papale. Ma come ogni racconto che si rispetti, oltre al mostro di turno c'è bisogno di un paesaggio da favola e di un grande maniero.

Ecco le torreggianti pareti di cemento che attorniano la gigantesca vasca di raccolta dei fanghi. Fuori, ettolitri di rifiuti liquidi riempiono i canali di scolo come fossati a protezione del mefitico castello. L'ultima pioggia ha rilasciato nella terraccia sulfurea frotte di sostanze nocive pronte a farsi strada, carsiche e nefaste, tra le viscere dure del suolo e quelle molli della gente. Il percolato goccia dalle canalette, raggiunge liquami e condense dei gassificatori, poi tutto se ne va nei filtri e poi giù nelle falde acquifere. Limpide e avvelenate, le acque corrono sino ai confini dell'area, dove un tempo il suolo dava frutti squisiti e gli abitanti coltivano ancora la vite e l'ulivo.

Sull'infernale pattume, immonde maree di gabbiani, ruspe e qualche guglia di fumo. A ovest, la grande pressa spinge la brodaglia nel tubo, la compatta in cilindri massicci e la getta nel forno. Nell'addome della belva, milleseicento gradi sciolgono il bolo, lo disintegrano, lo trasformano, così che tutto finisca nel bitume del sottofondo stradale. Aprilia, Velletri, Anzio e Nettuno accolgono invece, illeciti e ascosi, fanghi e reflui maleodoranti. Dal cuore del reattore si levano pinnacoli residuali, l'odore marcio della vita. L'impura bestia biblica, nutrita da duecentoventi addetti ai lavori, avvelena, brucia, macera e spossa un territorio enorme e popoloso.

Come cottage di un antico feudo, le cisterne esagonali e le sfere di raccolta acidi biancheggiano ovunque, mentre l'argento prezioso delle favole è il colore dell'unico, maestoso, inceneritore. È lui che brucia le scorie ospedaliere, disperdendo le polveri nell'aria dove il vento le culla, e la pioggia chiuderà il cerchio precipitandole sopra il grano. Dall'altra parte della discarica, sotto alla scavatrice gialla, una fossa di ventimila metri cubi trabocca d'alluminio che girerà l'Italia. Titanico, l'artiglio meccanico cala sulla massa incolore, ghermisce la preda ormai vinta e la scaraventa nelle fauci dei camion in attesa.

All'ombra dell'ottavo colle, quello che gli scaricatori chiamano Montemorto, ci vanno a finire i rifiuti più pericolosi. Nel container sotto la collina, Alvaro, il capozona, è al tavolo e aggiorna i dati di scarico nel computer. Si gratta la testa sotto l'elmetto. Qualcosa non torna. Il carico delle tre non si vede. Alvaro si alza e raggiunge la piccola finestra, nient'altro che il fumo oltre l'altura. Puzza, sì, ma lui c'è abituato, anzi, non si vergogna ad ammettere che gli piace quella robaccia, come da piccolo adorava l'odore della benzina. In fondo lui lì ci passa più tempo che a casa, dove lo aspettano una moglie devastata dall'alcol e dalla noia e un figlio che qualcuno dice sia un po' tocco. E allora quella diventa casa sua. Le vuol bene, tutto qui. Conosce deserti, depressioni, montagne, sentieri e le luci imponenti che fanno della notte il giorno e che adesso lo fanno sentire forte, pieno di energia. Poi ci sono i ragazzi, un gruppetto che il mercoledì si ritrova a bere un goccio al Madness, il bar della discarica. Si chiacchiera, si beve, certo, e l'alcol, birra per lo più, spalanca gli animi, e allora si scherza su quello che aspetta ciascuno di loro, fuori da lì. Alla pensione pensano i due fratelli Grifo, tozzi e rubizzi, ben oltre i sessanta e ancora arruolati alle scavatrici più grosse. Altri, come Vittorio, si sono ammalati ai polmoni e aspettano il via libera per un'invalidità che, ironizzano tristi, gli arriverà dopo la morte.

Lì, alla fine, è bello starci, riflette Alvaro. Meglio di

quando rincasa, dopo le prime luci dell'alba, e si ritrova a contemplare gli scarti che odia davvero, quelli della sua vita buttata. Il ragazzino nemmeno piange, ma lei, Marta, oh, lei sì che parla e grida cose terribili. E quando sua moglie urla succedono cose brutte, come quella volta che un collega al bar ha fatto un apprezzamento su di lei e Alvaro lo ha steso con l'unico pugno che gli resta. Poi è tornato a casa e le ha detto che se la intendeva con quello, visto che con lui non faceva più niente da un pezzo. E lui lo sapeva che tutto era per colpa di quel maledetto incidente. Allora lei aveva preso a strillare e Alvaro l'aveva colpita, spezzandole un dente e sfinendola a calci. Poi si era buttato sul divano. Luca, in un angolo della stanza sudicia, i pavimenti di legno coperti di tappeti presi chissà dove, spostava in silenzio gli occhi vuoti dal corpo della madre alla manica penzoloni del padre. In quella scena c'era tutta la vita di Alvaro, e lui lo sapeva.

Lavorava come escavatore, poi, dieci mesi prima, una di quelle macchine s'era ribaltata con lui dentro. È così che s'era giocato il braccio destro.

Ma non importa, non importa mai. E in fondo, ora sta anche meglio, nel suo ufficetto. Si è appena seduto, quando la porta si apre di botto.

« Corri », gli dice uno degli operai, gli zigomi segnati dalla maschera.

Laggiù nessuno si spaventa o si meraviglia di nulla, i più anziani ne hanno viste di cose spuntare tra le ganasce delle gru o le pale delle ruspe. Qualche operaio si diverte a infilzare le nutrie al canale di scolo, altri estraggono roba che sembra piovuta dallo spazio. Il cadavere di un cavallo con tutto il carretto attaccato, un pedalò. Perché l'ingorda discarica di Roma raccoglie il frutto proibito di peccati, vizi, distrazioni, plastica e carne di milioni di esseri, umani e non.

Però questo è diverso.

Stavolta il Leviatano ha vomitato un incubo vero. Come anime in volo, mille ali voraci s'alzano scacciate dalla pistola a salve di Alvaro. Accanto ai cingoli della scavatrice, infitto come un'enorme carota di carne, spunta mezzo busto umano. Quando Alvaro fa un cenno, i due addetti si accostano alla ruspa e con la vanga spalano attorno alla sagoma rigida. Passano pochi minuti ed è subito chiaro che il corpo non è piantato per terra, ma sporge da una cassa di legno. Alvaro si avvicina, la manica ciondola, annusa l'aria. L'aroma dolciastro non è più lo stesso. Perché in ogni favola che si rispetti c'è un eroe sconfitto. Alvaro si ferma di fronte al corpo.

« Sembra un uomo », dice uno dei suoi coprendosi gli occhi da un faro abbagliante.

« Forse », risponde Alvaro.

La faccia del cadavere è rovinata, la pala meccanica e i gabbiani hanno fatto un bel lavoro. La cassa di legno lo morde all'altezza della vita come un grosso squalo di mogano emerso dal fondo dell'oceano sintetico.

« Vado a telefonare alla polizia. »

« Va bene, capo. »

Alvaro non fa in tempo a voltarsi che l'operaio – al-

to, grosso, la maglietta bagnata di sudore – lo richiama balbettando: « Cristo, capo, vieni a vedere ».

Alvaro si gira, seccato, e di colpo l'incombente montagna di pattume, i gabbiani, i fumi giallastri, la scavatrice, tutto scompare annientato dall'energia blasfema della cosa che si trovano di fronte.

Come un pupazzo a molla fuori dalla scatola, il corpo di Frank si disarticola dalla cassa di legno marcio.

Il fantoccio di carne è ancora vivo.

TERZA PARTE

In questo scantinato che ora è il mio mondo, riesco a sentire un suono che passa, fuori, ogni tanto e poi smette. Ho qui il mio orsacchiotto nuovo. Lo abbraccio e ti aspetto. Me l'hai promesso. E io non devo avere paura. Ma tu dove sei, mamma?

25

Roma, Questura Centrale

« Questa, lo sapete tutti, è l'ultima indagine di rilievo che seguo nel mio ruolo istituzionale e voglio », sottolineò quella parola con un picco della voce, poi indugiò con lo sguardo sulle tre persone che aveva di fronte, « *voglio* che sia un successo sotto tutti i punti di vista. Dalla rapidità alla comunicazione. »

« La comunicazione? » chiese Comello, sfiorandosi la mandibola dolorante.

« Sì! » stridé Gugliotti. « Vediamo se anche stavolta spunta un giornalista con un soprannome a effetto. »

« Poco ma sicuro », commentò Walter.

« Come? »

« Niente, dottor Gugliotti. »

« Ecco, questa volta voglio che se ne parli... ma a modo mio. »

« Per il momento i giornali si occupano d'altro », disse Mancini.

« Voglio che non ci ficchino il naso troppo presto e con i soliti toni drammatici. E che però, quando l'intera faccenda salterà fuori, tutto, alla fine, risulti un successo della squadra del commissario », sorrise maligno, « della dottoressa Foderà », ammiccò e un brivido corse sulla schiena della pm, « e mio, naturalmente, che chiuderò in bellezza. Ci sarà, insomma, gloria per tutti. »

Finì con un'espressione soddisfatta che costrinse, loro malgrado, i presenti a ricambiare con un entusiasmo posticcio. Mancini si voltò, salvato dal trillo di un sms. Era Rocchi: « Risultati Scientifica: impronta digitale sulla fronte di Paolo Tancredi uguale a quelle sulla scena del crimine ».

Prima che Mancini potesse digitare una risposta o comunicarlo agli altri, lo schermo si illuminò per una chiamata.

« Scusate », disse e si allontanò raggiungendo la finestra. Il numero sconosciuto insisteva. « Pronto? »

Ascoltò una voce metallica come le ali di un grillo nell'erba. « Veniamo subito », disse e riattaccò.

« Dove si va, dottor Mancini? » domandò Gugliotti pungente.

Il commissario lo studiò per un attimo, gli occhi spaesati. Poi si voltò verso Walter e Giulia: « Il professore ».

« Cosa? » Lei gli si avvicinò.

« Un incidente. »

« Chi era al telefono? » disse la pm abbassando la voce.

« La donna di servizio. È rientrata dopo le ferie e dice che lo ha trovato per terra in fondo alle scale.

Dev'essere successo qualcosa con quella cazzo di sedia. »

« Povero Carlo. » Il sogghigno del questore provò a trasformarsi in una smorfia di compassione. Ma non fece in tempo.

« Come sta? » continuò Giulia.

« Lo hanno ricoverato. Devo andare. »

« Commissario », sorrise Gugliotti, « dimenticavo questo. »

Mancini lesse. « Quando è arrivato? »

« Poco fa, stavo per dirglielo. »

Enrico guardò Giulia. « Hanno trovato un senzatetto alla discarica di Malagrotta. »

« E quale sarebbe il collegamento col nostro caso? » chiese Giulia a Gugliotti.

« Ha due buchi sulla spalla destra. Ed era chiuso dentro una cassa di legno. » Il questore sorrise ancora. « La fortuna stavolta ci dà una mano », concluse indicando il foglio.

Mancini lesse le ultime righe e alzò la testa di scatto. « Ha fallito? »

« È ancora vivo? » domandò Comello alzandosi.

« Andate », disse Gugliotti spalancando gli occhi. « Il professore può attendere. »

« Dove è ricoverato il sopravvissuto? » chiese la pm.

« Al San Giovanni », rispose il commissario con il foglio in mano. « Lo stesso ospedale in cui si trova Carlo Biga. »

Nemmeno dieci minuti dopo, Gugliotti era rimasto solo. La consueta stanchezza mentale lo prese come una piovra i cui tentacoli, uno a uno, si stringevano sempre di più. Si sedette sulla sua vecchia poltrona. Sistemò i capelli biondicci specchiandosi nella telecamera dello smartphone. Nemmeno lì dentro il questore si riconobbe.

Il telefono sulla scrivania squillò. Lui alzò la cornetta e ascoltò.

« Dove e quando? »

Annuì per qualche istante e riattaccò.

26

Roma, ospedale San Giovanni

Dopo aver attraversato una vita piena di insidie, Carlo Biga era finito al settimo piano di una larga palazzina bianca, nel reparto di cardiologia. La diagnosi era stata infarto del miocardio. I medici avevano preso Mancini da parte, non avendo il professore parenti stretti, e gli avevano fatto capire che se l'era vista brutta e che esisteva l'ipotesi di un gesto violento. Un tentato suicidio. Il commissario aveva sorriso e aveva risposto che, no, non poteva essere. Ma loro avevano insistito: un anziano in simili condizioni, con un passato come quello del professore, può scegliere la strada più breve per uscire di scena. Si era buttato dalle scale, secondo i medici, con tutta la carrozzina elettrica, si era rotto il perone e la tibia della parte paralizzata e il cuore non aveva retto a quel salto lungo venti gradini. Il colpevole? La depressione.

Enrico sapeva che non era così. Lo sapeva nel profondo della sua anima. Non era una convinzione, né una speranza. Era una certezza. Perché Carlo Biga, l'uomo che gli aveva salvato la vita nel momento peggiore del suo dolore, che lo aveva tenuto accanto a sé e lo aveva sostenuto e spronato in ogni modo, non avrebbe commesso un gesto tanto vigliacco.

Lasciata la stanza dei dottori si affacciò dal professore, che dormiva sedato. Scese di due piani per vedere se Walter aveva cavato un ragno dal buco con la vittima. Si fermò alla macchinetta a prendere un caffè farinoso per settanta centesimi. Controllò il cellulare, nessuna chiamata persa di Giulia, nessun sms.

La porzione sinistra del volto dello sconosciuto era stata beccata via dalla turba di gabbiani messi in fuga dalla pala meccanica della grande scavatrice. L'arto d'acciaio che lo aveva salvato dagli spazzini volanti aveva però sfondato la cassa nella parte bassa e gli aveva spezzato femori e peroni. Nel letto inclinato, un corpo magro col ventre gonfio. Un occhio era scampato alla furia degli uccellacci, sull'altro una benda color carne copriva l'orbita vuota. Le gambe, fratturate in più punti, erano sollevate in trazione transcheletrica. Dormiva anche lui. Walter, al suo fianco, appuntava qualcosa sul taccuino.

Quando il commissario entrò nella stanza spalancando la porta, il paziente spostò la testa di colpo ma non si svegliò.

Walter si alzò. « Commissario. »

Mancini raggiunse il letto, infilò il braccio tra la schiena dell'uomo e i due cuscini rigidi e lo sollevò con forza. L'odore di sporcizia e urina prese alla sprovvista il commissario. Gli sollevò il camice aperto sul retro e tra le scapole trovò quello che cercava. Il segno rosso del taser. Lasciò andare il corpo dell'uomo che gemette nel sonno. Guardò Walter e gli fece cenno di sollevarlo per fargli scattare una foto col cellulare. Uscirono.

« Chi è? »

« Non lo sappiamo ancora. È un clochard, non aveva documenti », disse leggendo dal taccuino a spirale.

« Come c'è finito a Malagrotta? »

« Non parla. È privo di sensi, sedato. »

« Dobbiamo scoprire chi è e dove lo ha deposto il killer. »

Mancini si staccò da Walter, rientrò nella camera e posò le mani sulle tempie del vecchio facendo pressione coi pollici per stendere la pelle della fronte. Niente, non c'era niente. O forse sì. Spostò le ciocche grigie di capelli viscidi. Proprio sotto all'attaccatura c'era un segno a rilievo che poteva essere un graffio. Ma la faccia era piena di graffi. Questo però si trovava proprio al centro e gli altri erano tagli, linee lunghe, corte, più o meno frastagliate. Era un cerchio quasi perfetto. Scattò ancora una foto con il telefonino.

Usciti dalla stanza, disse a Comello: « Predisponi un piantone, deve essere sorvegliato. È l'unica vittima sopravvissuta. Assicurati che la sorveglianza sia istituita, poi vai subito alla discarica a interrogare i testimoni del ritrovamento ».

« A Malagrotta ci arrivano i camion da tutta Roma », disse Walter cercando di mettere le mani avanti. « Commissario, fa schifo. Ci lavorava mio cugino e dice che non si respira. »

« Vorrà dire che ti porterai una mascherina. »

« Non possiamo convocarli in commissariato, quelli che lo hanno trovato? »

« Sbrigati. Poi vai a farti un giro. Cerca senzatetto nei sottopassi del centro. »

« Va bene... »

« Non ho finito », disse tendendo le labbra. « Passa all'Archivio persone scomparse, si trova accanto al commissariato del Celio, e cerca anche lì qualche traccia di quest'uomo », concluse Mancini girandosi per imboccare le scale.

27

Roma, ospedale San Giovanni

Quando il cuore di Carlo Biga si fermò, il suo allievo si trovava due piani più giù. E quando il professore venne intubato e portato nell'ascensore per la camera operatoria, Enrico era appena entrato nel reparto. Fece capolino dalla porta aperta e trovò il letto vuoto.

Dei passi si avvicinavano dal corridoio.

« Enrico », chiamò Rocchi. « Il professore... »

« Non c'è. »

« Ero con lui. Ha avuto un attacco. Sono scesi per operarlo d'urgenza. »

« L'ho visto mezz'ora fa. »

« È successo tutto all'improvviso. Per fortuna era monitorato e c'ero io. Ho chiamato il medico. »

Ci fu un momento di silenzio ed Enrico continuò a guardare il lenzuolo bianco. « Dicono che si è buttato dalle scale. »

Antonio non rispose. Si avvicinò e senza guardarlo in faccia allungò la mano: « Mi ha dato questo per te ».

Un pezzo di carta a quadretti piegato in due. Con una grafia che poteva essere di chiunque tranne che del professore tanto era incerta, c'era scritto: « Leggi ».

« Cos'è? » chiese Enrico.

« Non l'ho aperto. Il professore l'ha indicato e ha pronunciato il tuo nome. Era sul comodino. »

Un messaggio? Se la sarebbe cavata stavolta? Le domande si fermarono quando Rocchi parlò ancora: « Ho un aggiornamento sul caso ».

In un altro momento, Enrico avrebbe lasciato stare tutto per seguire Biga da basso. Ma ora il pensiero era fisso, morboso, sulla caccia. Malgrado ciò, allontanare quella preoccupazione lo fece star male.

« Dimmi. »

« Una cosa al limite dell'assurdo, ma forse non per te », disse Rocchi con un tono di scherno, più che di stima. « Le impronte sulla scena del crimine di Paolo Tancredi, ricordi, ti avevo detto che erano tutte dello stesso dito. Lo stesso dito che ha usato per tracciargli quel segno sulla fronte. »

« Sì. L'unico scoperto dell'omicida, che per il resto portava i guanti. »

« Già. Abbiamo trovato delle fibre di poliammide, ed è probabile che fossero proprio dei suoi guanti. »

« È questa la novità? »

« No. Purtroppo. Il dito, ti dicevo. Le decine di impronte del pollice, be', sono state fatte di proposito. »

« Di proposito? Si è sfilato la copertura del guanto dal pollice e ha riempito la scena di impronte? » chiese.

« Quasi. Il dito che ha usato per segnare la scena del crimine non era il suo. Era il pollice destro di Paolo Tancredi. »

Una serie di pensieri slegati turbinarono nella mente del commissario. La scena, le impronte, l'uomo legato, la mano mutilata. Poi, così com'erano arrivati, i pensieri volarono via, senza lasciarsi dietro alcuna risposta.

« E un'altra cosa. Avevi ragione... »

« A quale proposito? »

« Al momento del decesso Monica Longo era vergine. »

« Bene, un po' di elementi iniziano a mettersi in fila », disse fissando un punto per terra. « Anch'io ho una cosa da dirti. La vittima scampata all'omicidio, ancora senza identità, porta addosso i marchi del nostro uomo. Taser, buchi e un segno sulla fronte. Questo », disse mostrando la foto a Rocchi, che la scrutò a lungo.

« Quindi abbiamo una specie di E per Paolo Tancredi, un vortice per Monica Longo e questo cerchio », osservò poi.

« Non è un messaggio, almeno non per noi o per la stampa, ne sono convinto », disse pensieroso il commissario. « È qualcosa che il killer fa per se stesso e che deve avere a che fare con le mutilazioni, in un modo o nell'altro, anche se ancora non riesco a capire come. »

« Stavolta cosa gli ha preso? » Rocchi intendeva il trofeo di carne che il killer asportava alle vittime. Anche se non si trattava di un vero e proprio oggetto feticcio, visto che si era liberato delle dita di Tancredi e delle orecchie mozzate della Longo.

« Gli manca un occhio ma aspettiamo che i medici si pronuncino. La scavatrice gli ha fracassato le gambe e anche gli uccelli della discarica lo hanno conciato per le feste. Questo complica le cose. Vado ad aggiornare il profilo. Per favore, dammi notizie sul professore, io di quelli non mi fido », concluse alludendo all'équipe medica che stava operando Biga.

« Va bene, Enrico. »

« Sentiamoci più tardi. Voglio vedervi tutti », disse Mancini prima di andarsene.

Per Rocchi quelle parole suonarono come una sentenza.

Avrebbe dovuto rivedere Alexandra.

28

Roma, Lungotevere Testaccio

« Hai fatto i giri che ti ho detto? »

« Ho iniziato », si giustificò Comello guidando svelto nel traffico delle nove del mattino.

« E? »

« Per ora ho scoperto che la cassa del senzatetto si trovava sul lungotevere. Abbiamo un testimone che l'ha vista lì », disse Walter spostando il cellulare da una mano all'altra mentre guidava.

« Quale lungotevere, Walter? » sbuffò Mancini.

« Ah, scusi. Il lungotevere Castello. »

« È vicino a Castel Sant'Angelo? »

« Subito prima, dottore. Proprio sotto al Palazzaccio. »

Il Palazzaccio era il nome con cui i romani chiamavano la sede della Corte suprema della Cassazione, centosettanta metri per centocinquanta coperti di travertino coi richiami all'architettura di Michelangelo. Le statue dei giureconsulti e il gruppo scultoreo della Giustizia in trono accompagnata da Legge e Forza, l'ingombrante monumentalità della struttura, tutto comunicava severità e rigore.

Qualcuno diceva che quel soprannome, Palazzaccio, gli fosse stato dato per via della sciatta pesantezza del profilo, qualcun altro per l'austera impressione che la sagoma conferiva e qualcun altro ancora, e tra quelli l'ispettore Comello, per la leggenda che parlava di una forca o una sedia elettrica presente in una delle aule. In realtà la pena di morte in Italia, sapeva Mancini, era stata abolita nel 1889 dal ministro Zanardelli, prima che l'edificio fosse completato.

« E come ci è arrivata lì? »

« Non lo so, dottore. Ma il teste dice che stava sulla riva, insieme alla roba emersa dal letto del fiume e la solita immondizia. »

« Okay. Prima considerazione: come facciamo a sapere che si tratta della stessa cassa? »

« Questo tizio ha un chiosco lì sopra. Mi ha detto che la mattina scende a buttare gli avanzi della sera prima nel Tevere e che c'era questa cassa con una grossa striscia rossa sul fianco che affiorava per metà dall'acqua. In quel punto il fiume è basso e ci si incagliano cose di tutti i tipi. Anche più piccole. E poi sono settimane che non piove. »

« Corrisponde. »

Quella mattina, la Scientifica aveva comunicato che la striscia rossa era la sigla dei lavori di manutenzione della metro A. La cassa doveva essere uno dei contenitori per gli attrezzi. Un altro passo avanti.

Mancini non era ancora soddisfatto: « E da lì alla discarica come ci è andata, a piedi? »

« A Malagrotta », Walter tossì per sottolineare il

ribrezzo, « mi hanno detto che ci sono carichi che arrivano dalla pulizia straordinaria del Tevere e dell'Aniene, in questi giorni. Comunque ho allertato la polizia fluviale. »

Fermo al semaforo, Mancini si massaggiò gli occhi. Quando li riaprì tirò un respiro profondo e cambiò tono: « Per favore, condividi le informazioni con gli altri. Sei stato all'Archivio persone scomparse? Hai trovato qualcosa? »

« No, dottore. Be', sì. Insomma... »

« Sì o no? » Era irritato e teneva la mano sugli occhi.

« In realtà, ho fatto i miei giri con un paio di ragazzi per strada stamattina all'alba », disse con il tono di chi si è immolato per la causa.

« E? »

« Abbiamo trovato una senzatetto che pare averlo riconosciuto al sottopasso di corso d'Italia, vicino a Porta Pia », disse in vivavoce.

« Pare, forse, magari... »

« Era ubriaca fradicia ma quando le ho mostrato la foto mi ha detto che lui era il suo fidanzato. » Comello nel frattempo era arrivato sul lungotevere Flaminio in cerca di Caterina. Il suo passeggero silenzioso si guardava intorno, nella macchina piena di luci e aggeggi strani, quasi fosse un'astronave.

« Ecco, proprio una bella storia d'amore ci serviva, Comello. »

Quando il commissario passava dal nome al cognome non era buon segno. Perciò Walter si sbrigò a giocare l'ultima carta che aveva in mano. «Dice che si chiama Francesco.»

«E poi?» Mancini diede due colpi di clacson alla vecchia Golf immobile al semaforo verde e si sistemò l'auricolare.

«Dice che questo Francesco viveva là sotto da parecchio, da prima che arrivasse lei, tre anni fa.»

Il passeggero fino a quel momento silenzioso si spostò sul sedile e Walter gli fece subito cenno di restare zitto. Era passato a riprenderlo a casa sua, dove lo aveva sistemato per non rischiare che si cacciasse in qualche altro guaio. A Caterina però non lo aveva detto.

«Sì, sì, ho capito. Altro?» lo sollecitò il commissario.

«Nient'altro. Ah, no. Quando le ho fatto vedere la foto ha detto che non se lo ricordava così.»

«Così come?» chiese spazientito.

«Con la benda all'occhio.»

«Questo è già qualcosa. Poco, ma è qualcosa. Ora, per favore», la signora nella Golf rimise in moto e partì, «vai all'Archivio persone scomparse con la foto e il nome e mettiti a cercare tutti i clochard censiti di Roma che si chiamano o si fanno chiamare Francesco.»

«Spariti di casa prima di tre anni fa, giusto?» domandò Comello inghiottendo a secco.

«Sì, se ti va di dar retta alla sua 'fidanzata'.»

Ci fu un momento di muto imbarazzo interrotto

dal cicalino della radiotrasmittente della polizia. Poi Mancini si ammorbidì: « Walter? »

« Sì, commissario? »

« Non è un lavoro impossibile, giusto? »

« Sì, commissario », rispose Comello sospirando.

« Non lo è, se lo fai. »

29

Brusco come uno schiocco di dita è il risveglio di Frank. Si mette seduto, brancola e respira a stento. Rigurgita mezzo panino e tutto l'alcol che s'è cacciato in gola. Una fitta alla schiena lo paralizza, è un'ustione, anche il braccio destro gli duole, forse l'ha sbattuto cadendo. Quella roba in corpo, deve averne ancora, gli dà la nausea.

Il rumore dei treni è scomparso. Una goccia cade in una pozza da qualche parte. È tutto buio ma non è un buio naturale e si accorge di avere qualcosa sul naso. Una benda. Guarda in basso, come faceva da piccolo quando giocava con il fratello a mosca cieca ed era sempre a lui che toccava coprirsi gli occhi. Anche in basso, nello spazio tra lo zigomo e la benda, è tutto nero. Non c'è luce oltre quel sipario. Un dolore nuovo, sì. In faccia, in testa. No, sullo zigomo a destra. No, nemmeno.

È dentro l'occhio.

Un'altra goccia e un passo. Frank si volta a destra e solleva la testa cercando di frugare lo spiraglio con lo sguardo. Sotto di sé qualcosa di duro, è seduto per terra. Era un passo? Forse no, ma la goccia sì, eccone un'altra.

« Chi è? » dice, faticando a dare ordini alle labbra di pietra.

Perché sono bendato? Perché mi fa male la schiena? Perché ho paura se della mia vita non m'importa più? gli dice la voce chiusa in gola.

Tende l'orecchio, strizza gli occhi e subito a destra la faccia, lo zigomo, il bulbo oculare esplodono di orrore. Una torcia da qualche parte a sinistra fa clic e si accende la luce oltre la garza. Si sposta, cerca di mettersi in piedi, ma la testa vortica e Frank ricade sul duro. Qualcosa si sposta sotto di lui. Non è il suolo. Dove si trova?

« Chi sei? » prova a prendere tempo quando immagina un altro passo.

Potrebbe trovarsi ovunque. In una stanza piccolissima, in un magazzino enorme, non può saperlo. Prova a togliersi la benda con il braccio e finalmente si rende conto. Ha le mani legate davanti a sé. Le piega, e lo scrocchio del nastro risuona come un colpo di frusta.

Il colpo arriva mentre Frank prova a rimettersi in piedi. Non è un colpo, è una spinta, forte, sul petto e lo fa precipitare a testa indietro come se volasse giù da un dirupo. Il fondo del dirupo però è vicino ed è di legno. La schiena e la testa picchiano contro la superficie. Istintivamente Frank muove le spalle per divincolarsi, poi i gomiti. È chiuso, bloccato dal legno.

Come corvi impazziti, le mani allacciate si sollevano in un volo scomposto, annaspano. L'incubo più antico dell'uomo si materializza nella mente di Frank. Un grido affiora dal fondo della gola, liberandosi dalla stretta dei polmoni e il terrore gli morde lo stomaco come un viluppo di serpenti affamati. Trema dalla testa ai piedi, perché non c'è più dubbio: quella è una cassa di legno. Improvvisa, sente la notte, perché, in qualche modo, sa che fuori è notte, e quella scoperta lo riempie d'un'inesorabile disperazione.

« C'è qualcu... »

La mano che gli tappa la bocca è vestita di un guanto. E spinge. Spinge la testa in giù, ma lui resiste, stremato com'è, e allora la mano gli afferra il collo e stringe, a Frank manca l'aria. Poi le dita lasciano la gola e Frank respira con tutta la forza che ha. L'ago penetra nella spalla sinistra in un secondo ed è già troppo tardi. Il vortice liquido lo risucchia nel sonno del tempo e dello spazio. Un attimo prima che la coscienza scivoli via, Frank sente che quelle dita abbassano la benda e mette a fuoco la luce a sinistra mentre l'orrore cattura ogni ruga del suo viso di cuoio. La marea chimica lo invade nel momento in cui una scheggia di realtà lo strazia. L'occhio destro, il dolore... l'occhio non c'è più. Frank schiuma saliva di terrore, poi il coperchio di legno si chiude sulla sua faccia.

Ma la notte sa essere generosa, e terribile. Sono passati pochi minuti o forse un giorno. Incredulo, Frank si sveglia ancora, per la seconda volta, dal torpore. Respira a stento. Era solo un incubo, si dice, e sposta in avanti il busto. La fronte batte violenta sul legno.

Grida, con la lingua secca. Un fuoco impossibile lo divora da dentro e l'urlo si polverizza. Il petto sussulta di tosse.

C'è un odore penetrante, lo distingue bene. Un sen-

zatetto ama la rassicurante fragranza della terra e il rumore dell'acqua corrente. È tutto lì, a pochi centimetri dal suo naso. Perché Frank è sepolto vivo. Quando l'ossigeno finirà nel giro di ore, minuti, secondi... Allora avvertirà l'insopportabile peso sui polmoni, il sudore che appiccica e corre piano come un sottile verme famelico, la notte farsi perenne dentro al legno silenzioso. L'aria di fuori, la morte lì dentro.

E allora, proprio allora, un pensiero lo prende alla gola. Il rimpianto. Chi lo rimpiangerà? Nessuno lo può salvare, perché, da quando è diventato invisibile, lui non esiste, ma chi lo penserà con nostalgia, rammarico o solo un poco di affetto? Il pensiero lo umilia, lo strazia, lo annienta, gli squassa il cuore più dell'immagine dell'occhio strappato, prima che i suoi ultimi minuti si sbriciolino in una manciata di secondi.

30

Roma, lungotevere Flaminio

Caterina si fece avanti tra la folla e prese a scattare con la Nikon. L'allarme era partito all'alba da una signora che abitava nel palazzo. Era andata a buttare l'immondizia come tutte le mattine sul presto, accompagnata dal bastardino con cui viveva. Era il giorno dell'indifferenziata, e lei aveva un grosso sacco da sollevare oltre il bordo del cassonetto. Quando aveva pigiato sul pedale per sollevare il coperchio era stata investita da un odore di marcio che si sarebbe aspettata piuttosto, aveva riferito, dal secchione dell'umido. S'era affacciata per spingere dentro i rifiuti e aveva subito fatto un balzo indietro. Al centro della massa di sporcizia c'era un tronco umano spiccato della testa e degli arti.

Le tv erano arrivate prima della polizia, avvertite da qualcuno che doveva aver intascato l'obolo per la soffiata. Un furgone con la parabola sul tetto stava trasmettendo il primo servizio e, ovviamente, il mostro che fino a quel momento era rimasto nell'ombra ora veniva messo in scena con tutte le cure del caso.

Le altre parti del corpo della vittima, una donna,

erano state rinvenute nei cassonetti di fianco a quello in cui era stato ritrovato il busto, equamente distribuite tra cartone, plastica, umido e vetro. E dopo mezz'ora di interrogatorio, da un edificio limitrofo era stato portato via un uomo. Quelli del quartiere che lo avevano visto giuravano fosse il fratello della vittima. E nessuno di loro parve meravigliarsene.

La Giulietta di Comello si fermò in doppia fila e l'ispettore scese chiudendo la macchina con la sicura antifuga.

« Cate! » chiamò vedendo la testa rossa della compagna in mezzo alle tute bianche. Quando lei si voltò, Comello le fece cenno di raggiungerlo. Cate scosse il capo, stava lavorando. Lui indicò la macchina, insistendo. E lei capì. Le braccia scivolarono lungo i fianchi e la Nikon rimase appesa al collo. La tensione di quei giorni per un istante si sciolse. Cate si sentì stanca e fiaccata.

Erano mesi che lavorava con il massimo riserbo al suo progetto. Da settimane sperava di concluderlo. Col solito ritardo, negli ultimi giorni Walter si stava accorgendo di qualcosa di diverso in lei. Ma di certo non sospettava nulla. L'inestricabile macchina burocratica contro cui si era dovuta scontrare, malgrado le agevolazioni che il suo mestiere le procurava, era stata scoraggiante. Aveva iniziato immaginando come sarebbe stato, poi curiosando nel web e alla fine muovendosi fisicamente tra gli uffici preposti. Quasi subito aveva pensato di tirarsi indietro, aveva cambiato strada per restare nel seminato della legalità. In Italia anche un gesto generoso e pieno di amore come l'adozione di un minore disagiato languiva tra i meccanismi delle vie ufficiali, quelle sommerse delle associazioni e veri e propri mercanti di bambini. C'erano stati momenti di afflizione e fragilità che si era trascinata sulla scena del crimine, e anche con Walter, a casa, aveva percepito un vuoto, un'improvvisa assenza di passione. E se n'era crucciata. Ma ora, forse, era arrivata la svolta. Doveva incontrare un dirigente della Cancelleria adozioni al Tribunale dei minori di Roma.

I finestrini oscurati dell'auto di Walter nascondevano una sagoma. L'ispettore sbloccò le sicure e Caterina aprì lo sportello del guidatore. Lì, con le mani sul volante c'era Niko.

« Era con gli amici di Bettini », disse Comello sollevando il braccio e tendendo la mano destra.

La testolina nera si sollevò dal cruscotto illuminato di blu in cerca del viso di Caterina. Appena vi scorse la preoccupazione, si sbrigò a rassicurarla con un sorriso grande e luminoso. C'era dell'altro, però. Gratitudine, sebbene fosse stato Walter a salvarlo, paura e vergogna, sì. Troppo tempo era trascorso senza che si facesse vivo. Anche se qualche volta si era accorto che lei passava con la macchina per accertarsi che stesse bene, lui aveva sempre cercato di evitarla. Non era fatto per la vita della gente normale e, purtroppo, nemmeno più per quella al campo rom. Si era contaminato col mondo di fuori e avvertiva la bruciante sensazione di non avere una casa. La guardò come si guarda qualcuno a cui si voleva bene in un passato che gli parve lontanissimo, e lasciò che le gambe lo portassero fuori dall'abitacolo, tra le braccia di quella donna che lo faceva sentire semplicemente amato.

« Hai finito qui? Dobbiamo andare dal commissario », s'intromise ruvido Comello. « Questa roba non ci interessa. »

« E lui? » chiese Caterina.

Walter la scrutò, incerto e improvvisamente preoccupato. « Pensavo di riportarlo al campo, almeno lì quelli non lo cercheranno. »

« Non li hai presi? »

« Sì, mica loro, tutti gli altri. Quel posto non è più sicuro per lui. »

Caterina strinse Niko e gli diede un bacio sulla testa. « Okay », disse infine con un sorriso che non era certo per Walter. « Portalo a casa. »

« Casa? Quale casa? »

« Casa nostra. » Era bastato quell'abbraccio per accelerare un processo irreversibile che fino ad allora aveva tenuto un ritmo compassato. Aveva preso una decisione: in attesa di tutti i documenti per l'adozione avrebbe tenuto Niko con sé. E giorno dopo giorno lo avrebbe convinto che quella poteva essere una famiglia, nonostante tutto.

31

Roma, Comando di Montesacro

Era rimasto tutto il pomeriggio ad aggiornare il profilo psicologico dell'omicida. Purtroppo solo con poche righe sulla vittima sopravvissuta, « Francesco », in attesa che Comello portasse qualche risultato degno di nota o che l'uomo fosse risvegliato.

Spense il computer. L'ufficio del Comando era buio e l'aria pesante. Uscendo per rincasare, controvoglia, il commissario infilò il foglio in tasca. Sarebbe tornato a piedi per fare due passi. Pensare, voleva pensare.

I pini costeggiavano la strada sul lato destro, dall'altra parte sopra il marciapiede una lunga rete metallica impediva l'accesso all'avvallamento che scivolava verso l'Aniene. Catrame, gatti morti, cinte erniali accompagnavano il declivio erboso fino alle rapide acque del fiume.

Sentiva la testa gonfia di pensieri, stipata di immagini che non riusciva a ordinare. Da una parte il caso del killer degli scavi, il seriale che seppelliva le vittime ancora vive tra le rovine e i monumenti di Roma. Dall'altra il rumore di fondo delle relazioni, dei ricordi, della costruzione di una nuova vita. Il desiderio docile e lancinante di viversela tutta. E la sensazione, quel placido fracasso, di non essere pienamente dentro alla propria vita, di non averla davvero messa a fuoco. Giulia era una certezza felice. Una presenza che lo confortava anche quando non c'era. Il pensiero di lei, l'attesa dei suoi messaggi, l'emozione di rivederla, ogni volta, gli facevano bene. La meraviglia di non avere rimorsi, o ansie, era un risultato inatteso. Poteva dedicarsi alle indagini, scavare nella mente del suo assassino sapendo che lei lo avrebbe atteso.

Allora perché si sentiva tanto instabile?

Senza pensarci, prese il foglio di tasca e lo aprì mentre superava quello che tanti anni prima era stato lo Zio d'America, la torrefazione dove la madre gli comprava gli animaletti di zucchero, e svoltò a destra su viale Adriatico. L'immedesimazione era il fulcro del lavoro appreso a Quantico. Erano trascorse ere geologiche da quando faceva su e giù, notte e giorno, tra la sala interrogatori e gli archivi. « Ognuno di voi », il vecchio profiler a Quantico Sonny Paluso si riferiva ai migliori studenti del corso, che si portava al pub di tanto in tanto, « ha una qualità specifica, tra le altre necessarie per fare quello che fate: cacciare cacciatori, indossare i loro panni di uomini comuni, prima che di assassini. » Era tutto lì il gioco, andare a scovare il dottor Jekyll per trovare poi il mister Hyde che vi si nascondeva dentro, come diceva invece il suo primo maestro, Carlo Biga.

La sua, Enrico lo aveva capito solo col tempo, era piuttosto una qualità sensoriale che lo attraversava come un brivido, fisico ma impalpabile. Qualcosa che aveva più a che fare con il contatto con la morte, con il suo soffio imperituro, che con le scene del crimine. Era però sopra le assi di quei palcoscenici raccapriccianti che immaginava gli assassini seriali, che li *vedeva* muoversi, prepararsi, colpire, uccidere.

Il profilo che stava stendendo era a malapena uno strumento, efficace ma non infallibile, né preciso al cento per cento. Da lì sarebbero partiti per andare a stanare quel maniaco silenzioso. Mancava ancora qualcosa, c'era una zona d'ombra che non riusciva a illuminare con la luce della ragione, o dell'istinto. Ma la sensazione frustrante che aveva addosso era d'altra natura. Non dipendeva dal caso in alto mare. Una cosa la sapeva con certezza e lo infastidiva: era iniziata con le sedute psicoterapeutiche con la Antonelli. Stavano scavando troppo in profondità? Toccavano corde ancora dolenti? Possibile? No, aveva rimesso a posto un sacco di cose. Il disagio veniva da qualcosa di torbido, di rimosso, forse.

In una viuzza senza uscita scorse l'insegna d'un pub che non aveva mai notato. Aveva un tavolino fuori, vuoto. E, anche all'interno, il bancone su cui si innestavano tre linee di birre sembrava desolato. Il tipo di posto che amava, si disse, chiedendosi da quanto tempo non si faceva una pinta di stout. Quella, pensò allora, poteva essere la serata giusta per mettere a fuoco le cose grazie alla lucida deformità dell'alcol. Stava per entrare quando un'amara sensazione di sconforto lo fece arretrare dalla soglia. Doveva restare concentrato e a fuoco sul caso. Avrebbe avuto tempo per rilassarsi appena chiusa l'indagine.

Si voltò e riprese a camminare. Non c'era nessuno in giro, gli stivaletti neri presero a muoversi da soli e il commissario li lasciò fare, inseguendoli mentalmente. Gli occhi a terra, Enrico camminò per una decina di minuti afflitto dalla strana sensazione di poco prima. Stavolta però c'era qualcosa di diverso. Un turbamento gli gravava addosso come un presagio. Più di una volta si girò di scatto, convinto di trovare qualcuno che lo stava seguendo. Col sospetto alle spalle credeva di udire dei passi da qualche parte sulla strada, nei portoni, tra le aiuole dei giardini. Ma non c'era nessuno.

Si affrettò e quando alzò lo sguardo, guidato da un refolo d'aria, riconobbe il cancello della villetta di Carlo Biga. Neppure ci pensò, prese le sue chiavi a cui erano sempre attaccate quelle del professore e aprì.

La casa sembrava piccola e desolata senza l'ingombrante figura in carrozzella del suo ospite. L'odore vetusto del legno e del camino, quello di sempre. Si chiuse la porta alle spalle e avanzò verso lo scalone centrale seguendo il ricordo di quello che aveva saputo dai medici. L'elevatore era fermo a metà della scalinata. Evidentemente la signora che badava a lui aveva lasciato tutto com'era, nemmeno fosse una scena del crimine. Era stato un bel volo, e la paresi doveva aver fatto il resto. Ma Enrico era certo che anche quella volta ce l'avrebbe fatta, il suo vecchio. In un modo o nell'altro.

Osservò la casa con stupore, qualcosa gli sfuggiva. Arrivò al divano e passò oltre, diretto alla portafinestra del piano terra che dava nel giardinetto. L'erba copriva i sentieri di marmo e s'affacciava alla fontana. Anche le siepi avevano perso la loro forma ordinata. Distolse lo sguardo e la mente vacillò. Stava cercando, già, ma cosa? Si aggirò per qualche minuto, sorpreso di ritrovarsi da solo in quel posto. Tratto da una forza silente, salì le scale e si diresse alla saletta con la libreria di fronte al bovindo. La piccola scrivania era ingombra di carte. Mancini fece il giro e si mise a sedere sulla comoda poltrona che il professore usava come sedia da studio. I cassetti erano chiusi. La scrivania di noce tirata a nuovo da un restauro imponente. Al centro del piano, sopra un mucchio di fogli imbrattati, c'era quello che, forse, stava cercando. Nella sua copertina di un blu scolorito dal tempo, c'era il quadernino del professore. Se lo portava sempre dietro, nella tasca della carrozzina insieme al whiskey.

Enrico si passò una mano tra i capelli, era confuso e sudava per quel gesto in qualche modo sacrilego. Lo aprì e prese a sfogliarlo. Non era il saggio che aveva immaginato, somigliava più a un diario, redatto da poco, che ripercorreva la carriera del professore per sommi capi. C'erano riflessioni e approfondimenti su casi e qualcosa della sua filosofia personale applicata al profiling. Gli inizi, il metodo, le tecniche investigative, i colleghi americani e italiani con cui aveva lavorato. Uno zibaldone di un centinaio di pagine scritte fitte fitte. Alzò gli occhi in cerca di quello che aveva solo intravisto. Due bicchieri rovesciati e una bottiglia mezza vuota. Si versò un goccio e si mise a leggere.

Passarono i minuti, Mancini proseguiva rapido nella lettura. Molte delle informazioni e delle storie le conosceva e le aveva sentite raccontare dall'autore. Scorse veloce e quando arrivò alla fine trovò un foglio piegato. Era il profilo del killer degli scavi che aveva mandato a Biga prima di aggiornarlo con le nuove informazioni. Era stracolmo di appunti presi a margine e sul retro del foglio, frecce, schemini e punti esclamativi. Altro che suicidio, pensò Enrico. Il professore non aveva nessuna intenzione di cedere il passo, non voleva lasciarsi andare, né abbandonarsi alla placida indolenza degli anni e alla salute ormai precaria. Non si sarebbe mai buttato dalle scale. Era lì, il suo ultimo tentativo di sentirsi forte, no, semplicemente vivo. Utile. D'improvviso, il quaderno gli sembrò pesante nella mano e la certezza di rivedere il professore si spense in un istante cupo e doloroso. Voltò pagina, in fondo c'era qualcosa scritto in rosso.

Due lettere.

A.A.

32

Roma, Montesacro

Con il quadernino davanti, Enrico pescò dalla tasca il biglietto che il professore gli aveva lasciato e che Antonio gli aveva fatto avere. Era un messaggio per lui? L'ennesimo sforzo per restargli accanto? O solo lo scarabocchio di una mente stanca e farneticante?

Enrico si sentiva in colpa per averlo lasciato in ospedale, ma voleva a ogni costo arrivare alla fine di quel caso. E sapeva che anche il professore lo avrebbe appoggiato. Sfogliò a ritroso le pagine del quaderno di Biga sperando di incontrare la stessa sigla della scheda verde all'interno. La trovò poco oltre la metà. *A.A.* Sotto comparivano poche parole: *Sch. 1949. Sec. Bib.*

Aveva incontrato la prima parola puntata mentre leggeva il capitolo dedicato al caso di un assassino seriale degli anni Ottanta. C'erano rimandi a vari documenti e sapeva che il professore da sempre teneva uno schedario molto preciso composto dai nomi e dalle più piccole informazioni sui serial killer, le vittime, i complici, gli agenti e gli investigatori che avevano seguito le indagini, i ritagli di giornali e molto altro ancora. Perciò « Sch. » doveva essere

« scheda », e siccome il professore le numerava in maniera progressiva, « 1949 » poteva rappresentare il numero della stessa e non dell'anno, dato che Biga all'epoca era solo un ragazzino.

Restavano quelle due parole, « Sec. Bib. » Poteva essere un commento o un'intestazione? Un titolo? Il professore aveva studiato biblioteconomia e i sistemi di catalogazione, e Mancini era quasi certo che usasse il Dewey, il più diffuso e organizzato per ritrovare volumi o pubblicazioni. Ma non corrispondeva. No, era più semplice. Si alzò con il quaderno in mano e attraversò la stanza per raggiungere lo studio con la libreria. Occupava un'intera parete ed era stipata di volumi ordinatamente riposti e divisi per argomenti. Non c'era uno schedario o un raccoglitore e Mancini era quasi certo che nemmeno nelle stanze al piano di sotto ci fosse niente del genere. Andò per esclusione: « Bib. » poteva essere « biblioteca ». Il professore era un appassionato di meccanismi e scomparti segreti, perciò il significato della quarta parola puntata, « Sec. », poteva essere « secrétaire ». Un pomeriggio d'inverno, qualche anno prima, Biga gli aveva mostrato, con l'espressione che usava per le grandi rivelazioni, un nascondiglio per le sue bottiglie migliori. Era proprio lì, da qualche parte dietro al pannello di noce con la scena di caccia. Tastò la superficie con le dita finché non si accorse del buco di una piccola serratura, proprio sotto il grilletto del fucile. Si guardò in giro, nessuna chiave. Rovesciò due portapenne senza successo. Si sedette alla sedia di fronte al piccolo scrittoio incassato nella biblioteca. Accese una grossa abat-jour polverosa e fissò la parete di legno sentendosi ridicolo. Stava giocando con i passaggi segreti? Aprì il sottile cassetto dello scrittoio e frugò tra matite, gomme e temperini datati, e sentì qualcosa tintinnare in fondo. Erano due chiavi. Identiche. Le infilò nel buco della serratura sotto al grilletto del fucile e girò quattro volte. Il pannello si divise come un sipario rivelando una nicchia che ospitava una decina di bottiglie pregiate. Erano dodici, per l'esattezza, ognuna inserita in uno spazio rotondo. Le sollevò spostandole con cautela sul pavimento e quando la rastrelliera fu vuota Enrico si affacciò. Non c'era niente sotto. Inserì le dita nello spazio alla base e sollevò la struttura con le dodici celle circolari. Nemmeno questo. Stava pensando di rimettere a posto le bottiglie quando prese la lampada e la spostò vicino alla base. Si sporse in avanti e inserì la testa dentro la cavità. Sui lati due listelli orizzontali sostenevano la rastrelliera. Mancini ne saggiò la consistenza per tutta la lunghezza, spingendo per trovare un punto di cedimento. Niente. Quando tirò verso l'esterno sentì un rumore meccanico dall'interno della biblioteca. Si tirò su e guardò in cerca di qualcosa. Non si muoveva nulla. Ma lo aveva sentito quel suono e iniziò a cercare tra gli scaffali, battendo con una grossa matita lungo le mensole della biblioteca. Erano molto massicce, alte dieci centimetri per sostenere il peso dei tanti volumi. Arrivato a destra, proseguì colpendo il montante verticale che raffigurava una vite e che partiva da terra per arrivare al soffitto. Un suono vuoto. Posò le mani e fece forza finché una sezione del montante si aprì. Non c'era niente nell'esiguo spazio, ma Enrico si accorse di una vite all'altezza di una grossa mensola. La estrasse e ne rimosse il frontale. Conteneva un cassettino. Lo tirò fuori e lo mise sullo scrittoio. Lo schedario del professor Biga era pieno di schede avana, tutte numerate e battute a macchina. Tuttavia, non gli servì scorrerle, perché l'occhio gli cadde subito sull'unica scheda verde in mezzo alle altre duemila.

La prelevò e la lesse. A penna era scritto, nella grafia di Biga: « 1949, *Caso X*». E sotto

Clinica Psichiatrica Minorile 1 maggio 19XX
Scheda di valutazione C.C.S.
Paziente: A.A.

Il paziente dimostra una spiccata capacità mimetica. A differenza di casi clinici simili non presenta difetti o difficoltà nella socializzazione. È rapido nell'apprendimento e dimostra una buona capacità di comprensione dell'animo umano. È capace di sintonizzarsi con chiunque si trovi nella sua stanza per più di cinque minuti. Il paziente resta immobile, ascolta. In seguito è in grado di riprodurre con buona approssimazione movenze, tono della voce e cadenze dell'ospite.

Per converso, non sembra in grado di autorappresentarsi, di comprendere a fondo la propria identità. Questo può dipendere dal lungo stato di isolamento infantile in cui ha vissuto il paziente. Pertanto il soggetto AA è da considerarsi non adatto alla socializzazione oltre che potenzialmente pericoloso.

Esito perizia psichiatrica: **affidamento sconsigliato**.

Notò che la scheda aveva un buco slabbrato sulla parte inferiore: era stata strappata da un altro schedario. Ma allora perché si trovava lì? Perché il professore sembrava averla collegata al caso che Mancini stava seguendo?

Biga non c'era, non poteva spiegargli nulla.

Dallo schedario prese la scheda avana che la precedeva e la mise di fianco a quella verde per confrontarle. La cosa più evidente era che le schede avana erano state battute a macchina mentre quella verde presentava un carattere differente e meno marcato, come se fosse passata attraverso una specie di stampante. Il professore, però, sapeva a malapena accenderlo il computer. E quando doveva usarlo si faceva aiutare dalla donna.

Davanti agli occhi, improvvisa come uno schiaffo, gli balenò l'immagine di una mano che afferrava la scheda verde. Aveva visto Carlo Biga farlo? No. Neppure al Comando usavano roba del genere, era tutto su file. Ma dove, allora?

Rilesse la scheda verde in cerca di un indizio, un nome, quello dell'estensore, del medico o del paziente di cui si parlava. Si sconsigliava l'affidamento del soggetto in questione. Quindi, si trattava di un minore. Ecco perché non c'erano nome e cognome ma solo due lettere, A.A.: per tutelarne la privacy.

Restava solo quella sigla che Enrico non aveva mai incontrato nel suo mestiere: C.C.S.

33

Roma, Portico di Ottavia

Non ci aveva pensato troppo. Anzi, non ci aveva riflettuto per niente, Enrico si era allontanato da casa di Carlo Biga con una sensazione di frustrazione addosso e invece di andare a buttarsi a letto si era messo in macchina ed era finito, con la sbronza fluttuante tra la testa e lo stomaco, al teatro di Marcello. La scheda verde ritrovata nell'archivio del professor Biga adesso era nella tasca interna della sua giacca di pelle.

Parcheggiò accanto all'Anagrafe, espose il contrassegno della polizia di Stato e si avviò. I primi sentori di una nuova mattina scivolavano dentro alla notte e Mancini voleva sbrigarsi. Poco prima, era passato dallo scavo del Campo Scellerato, dov'era stata ritrovata Monica Longo, per cercare qualcosa, magari solo lo stimolo giusto per *leggere* la scena del crimine, senza successo. Da Malagrotta Walter non aveva ancora riportato nessuna notizia sul luogo di ritrovamento della cassa di Francesco.

L'area attorno alle tre colonne del tempio di Apollo Sosiano era ancora recintata. Il commissario penetrò fra i nastri e arrivò all'entrata. La grata era chiusa ma la chiave, si stupì, era lì, attaccata a un chiodo. All'interno c'erano ancora i cartellini segnaletici gialli a indicare i punti delle tracce, del corpo della vittima, i mattoni e il sacco di calce. I marmi accatastati nell'angolo. Enrico si mise al centro e attese, guardandosi attorno. Attese invano. Non accadde nulla. Era passato troppo tempo dall'omicidio, forse era per quello che non riusciva a stabilire un contatto. Si accostò alla piccola nicchia in cui era stato legato il pianista e sfiorò la volta con le dita. Niente. Posò la mano a terra e chiuse gli occhi, richiamando dalla memoria la figura della vittima così come l'aveva vista durante il sopralluogo.

E di colpo Paolo Tancredi era lì, con lui.

Incatenato e tumefatto, Paolo Tancredi *era* lì. La mano mutilata. Quel segno sulla fronte. Enrico aprì gli occhi mentre la luce filtrava dalla piccola grata in alto e vide la forma scura dell'assassino senza volto, che scivolava dentro quella camera. Veloce e silenzioso poneva mattone sopra mattone mentre l'uomo in catene era sedato. Eccolo che immergeva il pollice della vittima nel sacco di calce e lasciava la propria firma sulla sua fronte, per poi sollevargli il muro davanti agli occhi. Infine, pigiava quella stessa cosa sulle pareti dieci, venti, trenta volte. E si fermava in mezzo alla stanza, il dito di Paolo Tancredi stretto in mano. Enrico provò a guardare meglio dentro al buco nero del cappuccio del killer, ma sapeva, per esperienza, che era una cosa impossibile.

Si sollevò con l'immagine che gli ballava davanti agli occhi e la penombra che piano piano conquistava l'ambiente. Perché quel gioco macabro con il pollice? Perché l'assassino aveva fatto quel segno sulla fronte di Paolo Tancredi e di Monica Longo? E la specie di graffio su quella del clochard?

Il cellulare si illuminò del viso sorridente di Giulia.

« Già sveglia? »

« Dove sei? »

Enrico fece finta di non cogliere il tono indispettito. Non aveva nessuna voglia di discutere.

« Ho fatto due passi. »

« Stai bene? »

« Credo di sì. Ci vediamo a colazione? »

« Facciamo pranzo? »

« Sentiamoci dopo. »

« Va bene, Enrico. »

Quando il cellulare si spense inghiottendo la voce di Giulia Foderà, la penombra e il silenzio ricaddero nell'ambiente sotterraneo come il manto nero sotto cui il killer continuava a nascondersi.

Mancini uscì nell'aria fresca con le idee meno chiare di prima. Era sceso là sotto per cercare una visione e l'aveva trovata, alla fine. Ma non gli aveva rivelato niente di diverso da quello a cui lo avevano portato le indagini e la stesura del profilo criminale. S'incamminò verso la macchina inspirando l'aria tersa. Si mise alla guida continuando a girare mentalmente sopra gli stessi particolari dell'indagine.

Attraversò piazza Venezia rievocando i luoghi dei ritrovamenti, imboccò via Quattro Novembre analizzando le amputazioni delle vittime e raggiunse il Comando ripassando il modus operandi del serial killer. Parcheggiò e salì le scale con un pensiero che gli ballava in testa senza che riuscisse a metterlo a fuoco. Si univa alla strana sensazione che lo seguiva negli ultimi tempi. E al fastidio che non riusciva a scrollarsi di dosso, un presentimento. O qualcosa di simile.

34

Roma, Comando di Montesacro

Il bar del Comando era un bugigattolo di venti metri quadrati. La signora che lo aveva in gestione era un tipo grosso e mascolino, con un piglio feroce da B-movie poliziesco anni Settanta. In un angolo, accostati a un alto tavolino circolare, c'erano tre sgabelli che ospitavano altrettante paia di gambe. Due scarpe blu lucide con il tacco da nove centimetri fasciavano dei piedi curati, un paio di ballerine rosse ne incorniciavano due di pelle bianchissima e delle scarpe da tennis precedevano polpacci e gambe allenate dal jogging.

Giulia, Alexandra e Caterina stavano ordinando da bere, e chi le avesse viste per la prima volta avrebbe giurato che fossero vecchie amiche. La realtà, invece, era differente: la Foderà le aveva semplicemente convocate per un approfondimento dell'indagine. Dopo quanto accaduto a Biga, Enrico le era parso assente, e Giulia non voleva che il caso lo travolgesse come già accaduto in passato. Perciò quella riunione formale in un luogo informale era e sarebbe rimasta segreta.

«Le dita della mano destra per un pianista jazz

rappresentano lo strumento artistico in sé, la creazione, l'improvvisazione», spiegò Giulia. Aveva studiato pianoforte al conservatorio per far piacere alla madre, ma non si era mai diplomata.

«E il tempio di Apollo Sosiano è strettamente legato alla musica, e il nesso con la vittima, con il suo ruolo, il suo lavoro, è questo», confermò Alexandra sistemandosi una molletta a forma di gatto tra i capelli.

«Ma le dita sono state ritrovate in una fontana monumentale a qualche centinaio di metri dalla scena del crimine», s'inserì Caterina. «Non sono state lasciate lì a caso, secondo me. E anche le orecchie della seconda vittima sono state ritrovate in una fontanella vicino al Campo Scellerato.»

«Andiamo con ordine», disse la Foderà.

«Se lo schema è quello che si prefigura per Paolo Tancredi, allora le orecchie di Monica Longo cosa c'entrano con il suo lavoro di assistente sociale?» la interruppe ancora la De Marchi.

«E, soprattutto, cosa c'entra con il Campo Scellerato?» disse Alexandra.

«Be', la signora era illibata, al momento del decesso», la pm consultò la sua moleskine. «Così ci ha riferito Rocchi.»

Sotto il tavolino, Alexandra si sfilò una ballerina con la punta dell'altra scarpa. Sopra, il suo viso si tinse per un attimo di rosso. «Sì, allora questo è senz'altro il collegamento al luogo in cui è stata intrappolata», disse.

Caterina estrasse il cellulare e prese a far scorrere le foto delle due scene del crimine. Aveva scaricato sul dispositivo quelle che riteneva più significative per averle sempre a portata di mano.

« Non so perché, ma... E forse non dovrei dirlo... » disse, intimidita dalla presenza della pm. Ma con un cenno e uno sguardo limpido e curioso, Giulia la incoraggiò a proseguire.

« La verità è che questa scena del crimine, quella di Campo Scellerato intendo, mi ha inquietato molto di più dell'altra, quella del pianista. » Caterina osservò sul cellulare gli ultimi scatti: il pane, il latte... Un picnic tra fantasmi, una tragedia surreale che trasudava solitudine.

« Forse perché la vittima è una donna? » le chiese Alexandra.

Caterina si morse il labbro. « Forse, ma c'è qualcosa in questi omicidi, e nel modo in cui agisce l'assassino, che... »

« È così anche per me », intervenne Giulia. Mosse le mani come a ruotare una forma invisibile. « Ho provato a rovesciare la prospettiva, a guardare le cose come farebbe Enrico... »

« Con gli occhi del killer », disse Caterina.

« Sì. E, dopo aver letto i referti di Antonio e il profilo di Enrico, c'è una cosa che mi gira in testa da un po'. Potrei sbagliarmi, certo, ma intendo andare fino in fondo. »

« Cosa vuole che facciamo, dottoressa? » le chiese Alexandra.

« Ci sono alcuni elementi che dovremo analizzare insieme. Vorrei che tu, Alexandra, facessi una ricerca sulla figura dell'androgino nell'età classica. »

« Certo. »

« Tu, Caterina, occupati di mettere insieme le foto dei corpi, la fronte dei cadaveri soprattutto. Voglio immagini pulite, quanto più possibile. »

« Va bene. Il tempo di lavorarci. »

« Cerchiamo di arrivare in fondo all'indagine e di farlo velocemente », concluse la pm lasciandosi scappare un leggero sospiro.

Le ragazze la guardarono. Aveva un accenno di occhiaie che Cate e Alex non avevano mai notato sul suo viso sempre impeccabile. Doveva aver fatto le ore piccole per seguire il caso. Avrebbe dovuto limitarsi a coordinare le indagini ma ci si trovava dentro fino al collo. E non solo per ragioni professionali, questo era ben chiaro a entrambe.

Dopo una pausa fu Alexandra a rischiare: « Cos'è che ti preoccupa? » chiese rivolta alla Foderà.

D'istinto, Giulia non gradì quel tono informale. Ma si fermò un attimo prima di reagire.

« Lo vedo assente », riuscì a dire tra i fumi di un'improvvisa stanchezza. Non aveva dormito neppure un'ora. « Il commissario... » Non riusciva a dire « Enrico ».

« È l'indagine. È concentrato. E se posso permettermi », fece Caterina, « sono davvero contenta che sia tornato com'era. »

« Può darsi, ma ho la sensazione che ci sia qualcosa che va oltre la concentrazione o la fatica sul caso. »

« Perché dici così? » domandò Caterina. « Gli uomini sono semplici, fanno una cosa per volta, e ora, come dice Alexandra, il commissario si è messo anima e corpo su questo caso. »

« E se sommiamo la preoccupazione per il professor Biga... » aggiunse Alexandra.

Giulia si stropicciò gli occhi che bruciavano. « Sì, forse è così, lo spero. » Le osservò per un istante. « Scusate. Non avrei dovuto mettere di mezzo faccende personali. »

Caterina attese un istante, poi parlò guardando la Foderà con gli occhi penetranti, lo sguardo lucido. « Quando si ha a che fare con i morti, anche se per mestiere e a qualunque livello, come succede tra noi, è sempre un fatto personale. Non dovrebbe esserlo. Siamo professionisti. Ma è esattamente così che va. Ho passato notti a pensare a come isolare una parte dentro di me per usarla come fosse un piccolo deposito in cui scaricare quelle immagini orribili. Ho capito che la mia macchina fotografica mi aiuta. Ma non basta. Non basta mai. Ogni tanto quel deposito dentro di me si satura e quando le voci, le facce, i corpi emergono, io sto male. Quelle vite spezzate mi turbano, peggio, mi cambiano da dentro. Mi spaventano. E allora ho capito una cosa. Che è sempre una questione personale e che io non voglio più stare da sola. »

« Hai Walter, come fai a sentirti sola? » esclamò Alexandra.

La Foderà era assorta, ascoltava Caterina con un moto affannoso che le si agitava nel petto. Era vero. Era talmente semplice. « È così, Caterina », disse. Ma il sorriso che accompagnava le sue parole era fiacco.

« Per questo ho... ho deciso... » Caterina s'era fatta rossa in viso. « Ho deciso di adottare un bambino. » Non ce la faceva più a tenerselo tutto per sé, quel segreto. Subito aggiunse: « Ma ancora non l'ho detto a Walter ».

Alzò lo sguardo imbarazzato su Giulia aspettandosi che ricambiasse con severità. Invece sul suo viso scoprì un barlume di curiosità e affetto.

Alexandra le posò una mano sul braccio e strinse appena. « Brava, Cate! »

La Foderà le domandò: « A che punto sei? »

« Molto avanti, manca poco, ma non so come dirglielo. »

« A Walter? » chiese Alex.

« Già. »

« Qual è il problema? Sarà contento, no? » domandò ancora l'archeologa.

Il bar era vuoto e il rumore delle tazzine era solo un'eco immaginaria mentre il vapore fuoriusciva dalla grande macchina del caffè.

« Non è così semplice », disse la De Marchi. « Io voglio Niko. »

« Il rom? » disse la Foderà stupita.

« Quel ragazzino? » chiese Alexandra divertita.

« Lui. »

« Ma è una cosa bellissima, Caterina », esclamò Alexandra, che sembrava sinceramente contenta. « Walter sarà un padre fantastico. »

« Lo sarà », confermò Giulia, e Caterina sperò che fosse davvero così. « E hai ragione, Caterina: con il mestiere che facciamo, questo è l'unico modo di arginare la violenza, i morti. Non serve sperare che il nostro lavoro smetta di essere un fatto personale. Occorre arricchire la propria vita personale. »

Alexandra guardò prima una e poi l'altra e non riuscì a trattenersi. « È vero, e voi siete fortunate. Avete al vostro fianco dei colleghi. Sì, insomma, fanno la vostra stessa vita, vedono le stesse cose, gli stessi... Gli stessi morti. Anche Antonio... » Si interruppe. Poi riprese con un tono ironico: « Be', con Antonio, lo sapete, non è andata bene. E a questo proposito voglio dirvi grazie per non avermi fatto pesare il mio passato recente, per me questo vuol dire molto ».

Caterina annuì, poi si voltò verso il banco del bar. Mezzo incollato dall'umidità, sulla superficie del frigorifero dei gelati c'era un giornale aperto alla pagina della cronaca. Caterina lo fissò per un attimo, spaesata, e si alzò. Lo prese, gli diede una scorsa e lo depose sul tavolino, spostando lo sguardo dalla foto del viso barbuto di Mancini agli occhi di Giulia.

Il titolo dell'articolo recitava: IL COMMISSARIO MANCINI: UN FALLIMENTO ANNUNCIATO.

35

Roma, Questura Centrale

Al piano interrato di via di San Vitale si trovava il Registro Generale. Lì sotto c'erano documenti e faldoni su una quantità di casi che andavano dalla scomparsa all'omicidio di Stato, dalla a alla zeta. Mancini, però, cercava una persona. In fondo al corridoio est si trovava una porta di metallo pesante solo all'apparenza. Il commissario si accostò per origliare, poi diede due colpi con la nocca dell'indice, si fermò e subito altri due.

Un suono elettrico e la serratura scattò. Mancini guardò dentro. Era buio. Strizzò gli occhi e finalmente scorse una luce verde in un angolo. Veniva da una lampada da biblioteca, una Churchill. Si richiuse la porta alle spalle e attraversò lo stanzone stracolmo di scaffali, legno e alluminio provenienti da ere diverse. Si sporse per affacciarsi oltre la lampada che si trovava sopra un banco da scuola. Come una lepre dalla tana, la testa di un ometto con gli occhiali rotondi emerse dal centro di tre pile di scartoffie.

« Mancini. Cosa vuole? » chiese l'uomo spostando la testa di fianco come un uccello.

« Renato, come stai? »

I convenevoli si spensero prima d'iniziare. Renato Castello era un funzionario finito in disgrazia dopo essersi beccato un avviso di garanzia per corruzione. Il tempo gli aveva reso giustizia, ma troppo tardi, quando ormai le strategie di occultamento dei personaggi scomodi lo avevano relegato là sotto. E lui ci si trovava bene. Aveva una grande qualità, una memoria prodigiosa. E un difetto, un pessimo carattere: diceva sempre di no. La misantropia si era acuita in quegli anni di isolamento, ma Mancini era lì per la sua memoria.

« Secondo lei come sto? » disse Renato, facendo un gesto a indicare il caos in cui era immerso.

« Non perdiamo tempo », lo affrontò Mancini.

Era l'unico modo di trattare con lui. Renato Castello si raddrizzò e poggiò gli occhiali sul banco, accanto a un piccolo portatile. Le braccia, simili a quelle di un bambino, uscivano da una camicia celeste a maniche lunghe rimboccate. Raggiungeva a malapena il metro e sessanta.

Fece il verso a Mancini: « Non perdiamo tempo ».

Aveva i capelli lucidi e lisci, ancora scuri e divisi perfettamente a metà da una riga larga come il solco di un aratro.

Enrico lo fissò con il suo sguardo meno affabile: « Questa ».

Renato Castello allungò il braccio e aprì le dita curate per prendere la scheda verde.

« Al mio Comando, a Montesacro non c'è niente del genere », proseguì Mancini. « Ho controllato nel nostro archivio. Però ho la sensazione di averne già viste, di schede fatte così. »

« Sì... » sorrise Castello portandosi la carta verde vicino all'occhio per studiarla. « È stata stampata da una vecchia Canon Typestar 110, una delle prime macchine da scrivere elettroniche. Ormai non si usano più. »

Bene, non l'aveva compilata il professore. Lui aveva una Olivetti Lettera 32 con cui aveva battuto a macchina tutte le altre schede, quelle color avana.

« Potrebbero averla compilata qui. Ne avevamo ancora due, come pezzi da museo, ma sono entrambe finite in magazzino da un pezzo. »

« Sul formato della carta che mi dici? »

« Lo stesso, la usava la Questura Centrale parecchio tempo fa, più o meno quando c'erano le macchine da scrivere elettriche. Ma è stato tutto riportato su file da almeno dieci anni. »

« Capisco. » Mancini si sfregò la barba sotto il mento. Si guardò intorno, l'aria era pesante e polverosa. « Sai dirmi dove si trovavano queste due macchine elettriche prima di finire in magazzino? »

« Sicuro. Una era nell'ufficio dell'Anticrimine. Nera, massiccia, bell'attrezzo. Anche se ogni tanto si mangiava le 'i' e... »

« L'altra? » lo pressò il commissario.

Renato Castello si fermò. Un altro suo difetto, da ex funzionario, era che non sopportava di essere interrotto. Mancini provò ad addolcire la pillola con un mezzo sorriso che non ebbe effetto. L'ometto si posò le mani sui fianchi e rimase in silenzio fissandolo.

« Va bene. Dammi quella chiavetta », gli disse il commissario indicando la chiavetta del distributore automatico che Castello aveva al collo. Il suo punto debole era il caffè e quando qualcuno scendeva a chiedere favori, lui non accettava niente, a parte farsi ricaricare la chiavetta. Castello se la tolse e gliela porse. Aveva avuto la sua piccola rivincita e ora poteva parlare.

« L'altra Typestar si trovava di sopra, all'ultimo piano », disse con un gesto dell'indice che puntava in su e le labbra che si arricciavano in un ghigno. Tornò a sedersi, adagiò gli occhiali sul naso e non aggiunse altro.

Mancini uscì dallo stanzone e salì le scale, con la chiavetta del caffè da ricaricare. Il suo corpo si fermò al distributore nell'atrio, mentre la mente percorreva la distanza che la separava dall'unico ufficio presente all'ultimo piano.

36

Roma, Comando di Montesacro

Un'ora e mezzo dopo, sul desk all'entrata del Comando, Mancini trovò una busta di carta. Gliela stava porgendo l'agente addetto al pubblico.

« Per lei, commissario », disse continuando a parlare al microfono della cuffia.

Mancini annuì, prese la busta e proseguì dritto verso il suo ufficio che si trovava in fondo al lungo corridoio. A metà strada, riconobbe una voce che giungeva dalla porta aperta alla sua destra. Si affacciò. L'ispettore Capone stava battendo al computer una denuncia. Ma la voce che Mancini aveva riconosciuto non era la sua. Fece un cenno col capo a mo' di saluto e si sporse. Sulla sedia di fronte all'agente, in un bell'abito azzurro, c'era la dottoressa Antonelli. Ed era in lacrime.

« Che succede? » chiese entrando nella stanza.

La donna si asciugò le lacrime con un dito e rispose: « Niente, commissario. È solo... La denuncia per Amanda, perché... »

« Non è tornata? »

« È ancora col padre. »

« Non l'ha sentita? »

« Ha dimenticato il caricabatteria del telefonino a casa e suo padre... Non risponde. Come non preoccuparsi ora? »

Alla fine si era decisa a passare ai fatti, ma perché non l'aveva detto a lui? « Stia tranquilla. Hai già preso i riferimenti del padre? » domandò al vecchio Capone, che scosse la testa.

« Finisco qui e... »

« Dica a me, dottoressa. Ci vado io o ci mando l'ispettore Comello, non è un problema. »

« No, per favore, no. Spaventarlo sarebbe peggio... È un violento e Amanda è con lui. »

« Ho capito. Capone, mandi due agenti della Mobile », disse facendogli un segno di intesa.

Il poliziotto avrebbe tirato fuori indirizzo e dati sensibili per andare a rintracciare la bambina, se ancora si trovava a casa del padre. Una brutta sensazione attraversò il commissario, che però la scacciò, battendosi la busta di carta sul palmo. « Dottoressa, se ha bisogno di me sa dove trovarmi. »

« Grazie », disse lei senza voltarsi. « Resta valido l'appuntamento di domani », concluse.

Mancini avvertì l'imbarazzo crescere davanti all'ispettore che fingeva di non aver colto. « Certo, certo. »

La busta non conteneva un documento ufficiale, dato che non recava nessun timbro. Sul retro non c'era neppure il mittente. Enrico la aprì e si sedette. C'era un foglio bianco vergato a mano.

Riconobbe subito la grafia. Era quella di Oscar, l'omicida seriale conosciuto come l'Ombra di Roma che aveva arrestato pochi anni prima. Era quello il presentimento che si portava dentro?

Caro commissario Mancini,
ricorda l'ultima volta che ci siamo incontrati? Non so nemmeno quanto tempo è passato da allora, mi ha fatto piacere rivederla, nonostante tutto. È di nuovo a caccia? Come vede, adesso non riesco più a « seguirla ». Che parola dannosa e illogica, « adesso »: non so più nemmeno cosa vuol dire il tempo, qui.

Oscar era un mostro e per mano sua erano scomparse tante persone innocenti. In quell'uomo sconfitto dalla morte della madre lui, Enrico, aveva ritrovato l'immagine peggiore di sé dopo la perdita di Marisa. E quel legame spezzato con le donne della loro vita, il dolore e la rabbia, era rimasto come un filo sospeso tra i due anche dopo la chiusura del caso. Perciò Mancini gli aveva promesso le foto della madre rimaste negli archivi della polizia come materiale probatorio. Aveva fatto richiesta per esaminarlo in modo da poter fare velocemente alcune copie. Ma la vita, al solito, era stata più rapida.

Non importa. Negli ultimi mesi, chiuso tra queste pareti dense di paura, ho riflettuto con una lucidità che prima mi era sconosciuta. È sempre così, quando si ha tanto tempo ci si sofferma sulle medesime cose, e io ho provato, allora, a farlo cambiando prospettiva. Ho provato a giocare al profiler, commissario. A fare ciò che fa lei con quelli come noi. Quelli che chiamate « assassini seriali ». Così sono penetrato nella mia mente, ma dall'esterno, per analizzarmi. E ho visto quello che ho fatto. E ho visto il perché.

Ho visto l'errore. E ho il sospetto che le sia familiare.

Lo sbaglio mortale è stato decidere di esistere per qualcun altro. Io vivevo per specchiarmi in mia madre. In lei sola mi riconoscevo, falso come un riflesso. Lo comprendo solamente adesso che non si può usare nessuno, malgrado l'amore, per scoprire chi siamo. Ma sono convinto che ormai lei questo lo sappia.

Quelle poche parole avevano, ancora una volta, lasciato il segno. Da lontano, rinchiuso nella sua stanza, Oscar aveva parlato inquadrando perfettamente, senza saperlo, le sensazioni che Enrico stava provando in quelle settimane di caccia al mostro, di rinascita, di smarrimento. Potevano essere le sedute di psicoterapia che scavavano troppo a fondo? Oppure la storia con Giulia, o l'aver smarrito il suo tocco, le sue visioni sulla scena del crimine. Era questo che lo faceva sentire fuori asse? Lesse le ultime righe con un'agitazione crescente.

Per me, e per quel che conta, le cose vanno assai male. Ed è buffo, non le pare? Cerchiamo vie di fuga dai nostri incubi peggiori e quelli si ripresentano nelle medesime, orride, forme. Non c'è scampo, solo una mera distrazione, ma questo lei lo sa già. Lo sappiamo bene entrambi.

Sì, la vita è davvero buffa.

E la fine è così crudele.

Con i palmi delle mani sudati, Enrico prese il cellulare e cercò il numero del luogo in cui era rinchiuso Oscar. Chiamò. Dopo quattro squilli una donna rispose: « Sì? »

« Sono Mancini. »

Tutti i receptionist di Villa Cesira conoscevano il numero di Roma da cui chiamava e la voce del commissario di polizia che aveva arrestato il loro ospite più celebre. Non era la prima volta che telefonava prima di passare a fare visita al suo uomo.

In un sussurro cortese, la ragazza, che non doveva avere più di una ventina d'anni, replicò: « Commissario Mancini? Stavo per chiamarla... »

QUARTA PARTE

Con te se n'è andata la luce del mio mondo. E tu lo sapevi che ho paura del buio. Non riesco a muovermi e non trovo più l'orsacchiotto. Perché mi hai fatto questo? Perché non sei ancora tornata? Dove sei, mamma?

37

Roma, Comando di Montesacro

Giulia chiuse il giornale. Era evidente, qualcuno aveva parlato con la stampa. Aveva raccontato, spiegato nei particolari la situazione dentro al Comando, di più, dentro alla vita privata di Enrico. Era preoccupata, e le facce che aveva attorno tradivano il medesimo stato d'animo.

Dalla porta del bar fece capolino Walter. Era sudato. Entrò in cerca dell'aria che il ventilatore da soffitto agitava appena. « Che si dice? »

Alexandra, Caterina e Giulia si guardarono senza parlare. Caterina spostò il giornale aperto sulla cronaca locale per mostrarlo a Comello, che lo prese tra le mani e lesse.

IL COMMISSARIO MANCINI: UN FALLIMENTO ANNUNCIATO

Le migliaia di turisti che in questo periodo visitano la città eterna forse non sanno che, nottetempo, tra le vie nascoste e sconosciute del centro, si aggira un assassino. Un criminale che sequestra, tortura, mutila e uccide persone che hanno la sfortuna di trovarsi sui suoi passi. Il primo a farne le spese è stato il musicista Paolo Tancredi, ritrovato morto e orribilmente mutilato in pieno centro, a pochi passi dall'Altare della Patria. Una seconda vittima, di cui ancora non si ha identificazione ufficiale, è stata rinvenuta presso gli scavi di via 20 settembre.

L'allarme è massimo, anche perché il superpoliziotto chiamato a dirigere l'indagine sugli omicidi, commessi nelle ultime due settimane, presso i siti archeologici della capitale, brancola nel buio. E non è la prima volta che gli capita. Fonti vicine all'indagine in corso si dichiarano « particolarmente preoccupate » non solo dall'efferatezza del criminale cui viene data la caccia, ma soprattutto dall'evidente inadeguatezza del commissario Enrico Mancini rispetto alla complessità del caso.

Il pezzo, a firma del giornalista di cronaca Pietro Borrello, seguitava sullo stesso tono sottolineando l'incapacità della polizia, del questore e della magistratura di garantire la sicurezza in una città già tartassata dalla microcriminalità e attraversata sempre più spesso da episodi di feroce violenza estremista, che si scagliava contro gli immigrati e i rom. E chiudeva con un attacco frontale rivolto al commissario.

Enrico Mancini è una vecchia conoscenza della cronaca nera della capitale. Una leggenda che si sta trasformando in farsa, in un tragico bluff, un profiler formatosi niente meno che alla scuola americana di Quantico, un professionista di specchiata integrità, un indagatore acuto e infallibile... Anche ammesso che tutto questo fosse vero un tempo, di certo adesso non lo è più. Oggi Enrico Mancini è un vedovo afflitto da un lutto patologico, dedito all'alcol e ormai senza nerbo. Un uomo ben diverso dal « superpoliziotto » che dovrebbe assicurare l'assassino degli scavi di Roma alla giustizia.

Walter cambiò espressione e colore. Gli occhi fremevano in cerca di giustizia, pieni di rabbia; Caterina conosceva quello sguardo. E prima che una di loro potesse dire qualcosa o provare a fermarlo, l'ispettore sbatté il foglio di giornale sul tavolo e uscì a grandi falcate nervose dalla porta da cui era entrato.

Fra gli strati di pietra ed i livelli, la città respira, si muove, arranca come una vecchiaccia dalle ossa fradicie e indolenzite. Là sotto, il moto della storia, la memoria del marmo e delle rocce. Viscere di strade, cunicoli e pareti sopravvivono nell'oscuro silenzio millenario. Sopra la sua scorza coriacea, Roma occulta segreti e misteri e non c'è sasso, rovina o monumento, splendido e fastoso, che non abbia ricevuto il battesimo del sangue. Tutti custodiscono un'anima sudicia di morte; arene, obelischi e fontane.

Le fontane, sì, perché Roma è la regina delle acque, e i fiumi, il mare, i torrenti le sono sacri. Da venti secoli l'Acquedotto Vergine macina, spinge, insiste, convoglia piogge, sorgenti e diluvi sin dentro i confini del centro. Una vergine, si racconta, mostrò agli uomini di Agrippa i luoghi delle sorgenti dell'acqua da allora detta Virgo. Nei suoi tratti profondi e cavernosi il passaggio è largo due metri, in cemento, muratura e reticolato, oppure si snoda attraverso compatti banchi di tufo scavati a farne gallerie sino ai quaranta metri di profondità. Cunicoli trasversi alle falde prendono le acque sorgive attraverso blocchi di pozzolana, sgorgano in polle e ruscelli e bacini artificiali.

L'acquedotto di Agrippa ancora serpeggia petroso, a

distribuire fluidi ai monumenti, placando la sete dei Quattro fiumi di piazza Navona e della Barcaccia a piazza di Spagna. Arriva fino a sua maestà la fontana di Trevi e lì, a poche centinaia di metri dai giochi di scogli e di cavalli, ma sottoterra, c'è un caseggiato, una domus patrizia, il vicus caprarius. *Oggi il suo nome è Città dell'Acqua, perché l'effetto che ne ricava il visitatore di questo museo è quello di un piccolo quartiere sprofondato in cui ancora sgorga acqua dal sottosuolo stillando tra le mura in laterizio. C'è anche un enorme serbatoio idrico, il Castello dell'acqua, puntellato da pali e da transenne. Nel sito i lavori di manutenzione sono continui e ogni tanto il museo chiude.*

Come stanotte.

Tra le madide spoglie di quel mondo sommerso, il boia degli scavi attirerà il suo ultimo uomo nel silenzio. È qui, tra mura, cisterne, edifici, che condurrà a giudizio la sua vittima, che condannerà il suo carnefice. Nel modo più terribile gli imporrà il buio e il silenzio della notte perenne, rotti solo dal pigro gorgoglio dell'acqua.

Perché tutto inizia e finisce nell'acqua.

39

Strada regionale 148

La vecchia Mini volava sulla Pontina, ignorando buche e rappezzamenti stradali. Uscì all'altezza della Nettunense, lanciata ben oltre il limite di cinquanta chilometri all'ora che intimavano i cartelli. C'era traffico e Mancini prese dal cruscotto la sirena, aprì il finestrino e la fissò sul tetto dell'auto, accendendola.

Era partito di fretta subito dopo la telefonata. Doveva correre, sbrigarsi a dare una forma al presentimento di un'ora prima.

«Cosa doveva dirmi? Cosa è successo?» aveva chiesto alla receptionist di Villa Cesira.

Attratti da un vortice improvviso, l'indagine, la vestale, il pianista e il clochard, Antonio, Giulia, il professore, Roma, tutto fagocitato nel gorgo che quella domanda aveva generato.

«Non riusciamo a trovarlo», aveva risposto la donna.

Mancini aveva interpretato la lettera di Oscar come un addio. Aveva pensato che si sarebbe tolto la vita. Invece, molto più prosaicamente, l'assassino era evaso. Un'inattesa delusione, nell'apprendere la notizia, gli aveva incrinato la voce. « È scappato? »

« Sì. Stamattina l'infermiera è andata a cambiargli la flebo e non l'ha trovato, la finestra era spalancata. »

« Ma la stanza è al terzo piano », aveva replicato Mancini.

« Da quando lei è venuto qui l'ultima volta, commissario, abbiamo iniziato a fare i lavori di manutenzione del tetto e abbiamo dovuto trasferire gli ospiti al piano rialzato. »

« Non era sorvegliato? »

« Non era più tra i pazienti pericolosi. E poi, nelle sue condizioni... Ultimamente si era aggravato. »

Oscar era rimasto vittima di un incendio che aveva provocato lui stesso durante una colluttazione con il commissario. La testa cosparsa di piaghe tra i capelli, il naso ridotto a un nulla, la pelle delle mani e delle braccia irrimediabilmente ustionata, Oscar si sarebbe dovuto sottoporre a flebo di antidolorifici a base di oppiacei per il resto della sua vita. Camminava a fatica, il che avrebbe dovuto rendere impossibile qualsiasi tentativo di fuga. Eppure ci era riuscito.

« Ma lo avete cercato? Nel giardino, o nel boschetto lì attorno alla villa. Non può essere andato lontano. »

La receptionist si ammutolì per un istante, poi provò a giustificarsi: « Guardi, purtropp... »

Mancini le aveva attaccato il telefono in faccia e

subito, sfarfallando con le mani nelle tasche in cerca delle chiavi, era corso nel parcheggio a prendere l'auto che ora si portava dietro il lamento insistente della sirena.

Quelle strutture si chiamavano REMS – residenze per l'esecuzione delle misure di sicurezza sanitaria – ma Villa Cesira, situata su una collina in provincia di Latina, aveva piuttosto l'aspetto di un albergo a cinque stelle in collina con tanto di stucchi e fontane. La Mini del commissario si fermò davanti alla scala d'accesso nel piazzale. La breccia e il prato bagnato sfavillavano sotto il sole alto. Il nuovo direttore lo aspettava sulla porta.

« Abbiamo trovato alcune tracce che arrivano fino alla fine del giardino », gli disse indicando un punto vicino a una bassa siepe di alloro. « Ma da lì in poi, più niente. Forse c'era qualcuno ad aspettarlo in macchina. »

« Usciva? »

« Qualche breve passeggiata per il giardino, accompagnato da due infermieri. Poi tornava in camera. »

« Mi mostri la sua stanza. »

Salirono le scale dell'androne e svoltarono a sinistra. L'odore di disinfettante all'essenza di pino si sposava perfettamente con il colore delle pareti del corridoio, verde scuro. Era il piano in cui si trovavano i detenuti in custodia preventiva sottoposti a perizia psichiatrica, ma negli ultimi mesi la stanza numero 4 era stata assegnata proprio a Oscar. Entrarono. Anche quei muri erano verdi, ma più chiari. C'erano un letto con l'asta per la flebo, un comodino con una foto, una poltroncina e un tavolino sotto una finestra coperta da tende azzurre.

Mancini spostò il tavolino, aprì le tende e si affacciò.

« Stava sempre seduto sulla poltrona, non accendeva mai la tv. Si era chiuso. Da quando aveva saputo della malattia. »

« Quale malattia? » alzò la voce Mancini, pregando dentro di sé che non fosse vero, che le parole della lettera di Oscar non volessero dire quello.

« Ha una neoplasia al cervello, purtroppo. »

Eccolo l'incubo che ritorna, l'inganno dello specchio che aveva tradito Oscar. Mancini si passò veloce una mano sugli occhi. « Saliamo nella sua vecchia stanza », disse lasciando il tavolino e le tende così com'erano e uscendo nel corridoio. Presero l'ascensore per il terzo piano. Le porte lì erano tutte antisfondamento. L'odore di lavanda pizzicava le narici e il viola alle pareti affaticava la vista. Era il piano degli psicotici pericolosi che avevano commesso reati gravi contro persone. La terza porta era la numero 5. La spalancò come se credesse di trovarci qualcuno all'interno. La camera era vuota, priva di mobilia, e dalla finestra senza tende si vedevano le impalcature montate per il restauro della facciata e del tetto.

Il direttore lo osservava dalla soglia senza trovare il coraggio di dir nulla. Il commissario si affacciò all'esterno, lasciando correre lo sguardo oltre l'ingombro dei ponteggi. L'ultima volta che era stato a Villa Cesira aveva discusso con Oscar ed erano rimasti a guardare fuori da quella finestra. Chiuse gli occhi, in cerca di un ricordo.

E gli ritornarono alla mente non immagini, bensì parole.

« Ecco, mi piacerebbe andare laggiù », aveva detto Oscar indicando un punto oltre il giardino. Il commissario riaprì gli occhi e guardò. Si vedeva un canale, attraversava una strada asfaltata da poco e scompariva in un boschetto di eucalipti. Riappariva per sfociare nel mare, forse un paio di chilometri più giù.

« Il mare », disse voltandosi.

« Come? »

Si infilò in macchina, mise in moto e partì. La strada bucava il bosco che era folto e odoroso. Un gruppo di nuvole nere minacciava le fronde immobili. Con i finestrini aperti, il commissario respirava in attesa dell'odore di mare. La luce inondò l'abitacolo, e la linea blu dell'acqua sfolgorò improvvisa davanti ai suoi occhi.

A cinquecento metri dalla fine della strada l'asfalto si sbriciolava nella ghiaia. Mancini fermò l'automobile e proseguì a piedi. La spiaggia era sudicia e chiara. Per terra le orme strascicate di due grossi piedi. La battigia ospitava gelatine di medusa e bastoni infraciditi, la sabbia vomitava lattine, cartoni e buste di plastica. La costa era un lembo di terra che si stendeva per qualche chilometro da entrambe le parti. In alto il cielo s'era fatto nero. A sud, lontano, Mancini notò una piccola torre fortificata in mezzo al mare con una grossa macchia alle spalle. Lì c'era il Poligono militare di Nettuno e subito dopo, sopra una coltre d'eucalipti e pini, svettava la cupola bianca della Centrale nucleare di Borgo Sabotino.

Era lì che Oscar stava andando. Ne era certo. Nascosta nella foresta paludosa tra i reattori mortali c'era la casa in cui aveva vissuto, progettando gli omicidi commessi in quel terribile settembre. Ma non era quello il motivo della fuga di Oscar. Mancini ricordava ogni istante della sua prigionia in quella casa. Non aveva scordato neppure una parola tra loro. E non poteva scordare nemmeno il giardino brumoso in cui era riemerso prima di essere portato in salvo. Era lì, in quel giardino, che si trovava la ragione della fuga di Oscar.

Si rimise in macchina e percorse la strada litoranea verso il grande bosco in preda a un'allucinazione temporale. Era tutto come lo aveva lasciato l'ultima volta. Il cancello con il canale di scolo da cui era passato. Nella rete però c'era un buco abbastanza grande e Mancini lo valicò. Attraversò il prato incolto e si accostò alla casa e all'annesso stando attento a non farsi vedere. L'aroma dolce degli eucalipti scossi dal vento lo investì come il ricordo della sofferenza.

Aggirò il magazzino e si affacciò, accucciato, sui

tre scalini che davano sulla portafinestra del retro. C'era una zanzariera attraverso cui riusciva a vedere dentro. Non c'era nessuno. Era chiusa e la polvere sugli stipiti diceva che non ci veniva anima viva da parecchio. Scrutò all'interno mettendo le mani accanto agli occhi: un gioco di luce creato da un'altra finestra confondeva i volumi. Poi, improvvisamente, nella casa qualcosa si mosse.

Mancini si abbassò e la mano corse alla fondina. Non c'erano rumori, tranne le nuvole che iniziavano a cozzare nel cielo già in pena. Tese l'orecchio e decise di entrare. Tirò piano la zanzariera e poi spinse la porta, che cigolò appena. Non lo aveva sentito nessuno, ne era certo. Era una grossa cucina piena di polvere e oggetti accatastati probabilmente durante le indagini della Scientifica anni prima. Scivolò tra una madia e un attaccapanni e si affacciò in un corridoio.

Le serrande erano abbassate ma la casa era immersa nella penombra, da qualche parte doveva esserci una finestra. Avanzò silenzioso nel corridoio. Sulla destra c'era un arco, era una camera da letto. Ed era deserta. Più avanti, sulla sinistra, c'era una porta aperta su una stanza al buio. Il commissario la illuminò con la torcia del telefono. Altra mobilia ammucchiata ovunque. Rimise il cellulare in tasca. Più avanti c'era un bagno da cui veniva odore di acqua marcia. Era rimasta solo la stanza in fondo al corridoio, che doveva essere la sala. Si addossò alla parete e raggiunse lo stipite. Si sporse rapido per guardare dentro e qualcosa si mosse nella semioscurità. Lo aveva visto?

Quando il commissario si spostò sulla soglia, lo vide. Era lì. Lo aspettava, in piedi, in fondo al vasto spazio rettangolare, del tutto vuoto, una stanza che a occhio doveva essere sui cinquanta metri quadri.

Immobile, l'altro attendeva che facesse una mossa.

E Mancini la fece.

Schizzò in avanti per coprire la distanza e lanciarglisi addosso. Oscar non poteva evitarlo, era malato e indebolito. Non c'erano altre vie d'uscita. E Mancini doveva riportarlo in clinica.

Otto furono i passi della sua corsa. Poi si fermò, incredulo, di fronte all'uomo che gli stava davanti.

Dentro la cornice della portafinestra oscurata dalla serranda abbassata, Mancini si scoprì a fissare il proprio riflesso.

Il proprio, oscuro, doppio.

40

Roma, piazza Mastai

Walter ci aveva messo meno di mezz'ora a trovare indirizzo, numero di telefono, orari di lavoro e informazioni riservate sull'autore del pezzo uscito sul giornale. E adesso si trovava sotto casa sua. Aveva atteso in macchina e quando lo aveva visto scendere dal bus lo aveva raggiunto sorridendo. L'uomo si era allontanato convinto di trovarsi al cospetto di un pazzo finché Walter non gli aveva mostrato il distintivo chiedendogli di seguirlo in una chiostrina lontano dagli sguardi.

«Informazioni su sua figlia», aveva mentito facendogli l'occhietto.

Il pesce aveva abboccato subito e Walter non si era sentito nemmeno un po' in colpa quando invece lo aveva afferrato per il colletto e scosso sollevandolo di peso, i giornali che volavano per terra.

«Mancini», aveva detto.

E l'altro aveva cambiato faccia. Dallo spavento era passato a un'aria strafottente che voleva dire «e allora?», ma Walter non era uno che si faceva mettere in croce dalle sfumature, per lui era tutto bianco o nero, giusto o sbagliato. E l'articolo sensazionalistico di quel figlio di una cagna era davvero un'infamia inspiegabile, almeno per lui.

« Allora? » aveva detto lui, invece.

« Allora cosa? Ho fatto solo il mio mestiere! »

« Non gridare. » La mano destra di Walter lo aveva afferrato per il collo dando solo una lieve stretta, sufficiente però a fargli strabuzzare gli occhi dal terrore. « Sennò ti strappo la trachea. »

« Cosa vuole da me? » supplicò passando la lingua sulle labbra dolenti.

« Non mi interessa il perché. Io voglio sapere chi. » Per chiarire che le sue minacce erano più che serie, Walter conficcò indice e pollice nel collo, ai lati della trachea.

Pietro Borrello tossì, e un conato gli salì in gola. « Non so di cosa parla. È meglio che mi lasci stare o la denuncio alle autorità competenti. »

« Sì? »

« Sono molto amico del viceministro dell'Interno e... »

« Davvero? »

Il colletto era sollevato sopra la figura che pendeva dal braccio dell'ispettore Comello.

« Certo, e non ci metterò molto a scoprire come si chiama e a segnalarla a... »

Stavolta fu un manrovescio a spezzare le parole sulla punta della lingua e a rompere il labbro superiore di Pietro Borrello.

« Non fare così, perché oggi sono arrabbiato sul serio. Chiaro? »

« Chiaro », bofonchiò il giornalista.

« Allora, chi ti ha dato le informazioni sul commissario Mancini? »

« Nes... nessuno. Le ho trovate io. » Doveva esserci qualcosa di grosso dietro se la paura era più forte del dolore.

« Sicuro? » chiese l'ispettore affondando le dita. Era una tecnica wing chun che portava allo svenimento in pochi secondi per asfissia. E che, allentando la presa quanto bastava, poteva trasformarsi in una tortura protratta all'infinito.

Alla fine, l'uomo cedette, le guance rosse e le pupille dilatate. Boccheggiava e non era buon segno. Walter lo lasciò e abbassò la testa finché gli occhi, freddi, trovarono quelli del giornalista.

« Chi ti ha fatto la soffiata, eh? Avanti, voglio il nome. »

Esausto, Pietro Borrello si lasciò andare e Comello si ritrovò la sua fronte sulla spalla. Poi, lentamente, spostò il capo e in un sussurro venne fuori il nome della talpa che aveva venduto la vita del commissario Mancini ai giornali.

E tutto gli fu improvvisamente chiaro.

41

Stasera l'uomo con la cravatta è triste. Ha solo una cosa in testa: arrivare a casa e chiudersi dentro, nel vuoto che riempie le pareti in cui ha scelto di aspettare che la sua vita si consumi. Lo attendono una mobilia scolorita e la tinta tenue alle pareti, un infelice giallo canarino. Cammina per strada, al massimo quindici minuti e arriverà al palazzetto vicino piazza Venezia, salirà al penultimo piano con il minuscolo ascensore di legno, la seduta, lo slot per le monete. Sospira a pieno petto e guarda le stelle.

L'uomo con la giacca avana e la cravatta marrone ora è di fronte al portoncino. Si gira convinto che ci sia una persona che deve entrare dietro di lui.

Non c'è nessuno.

Guarda su, quattro piani più in alto. Le persiane del suo appartamento sono accostate, come sempre. E, come sempre, in attesa che qualcuno – lui, perché non c'è nessun altro – le spalanchi per far entrare la bella luce dell'alba. Mancano ancora un paio d'ore e la notte se n'è andata da sola, lasciandolo vagare per la città. Lui quella città non l'ha mai amata. La grande Roma, la bellissima Roma, la leggendaria Roma. No, lui Roma non la sopporta: sporca, violenta, impraticabile, paralizzata. Ecco, paralizzata. Per un istante la mano si ferma e la chiave resta a metà, nella toppa del portoncino. Paralizzata, come la sua vita. E un pensiero banale lo afferra: è per colpa di quella città che si è ammalato di quella noia orribile. Poi, certo, avrebbe potuto distrarsi mettendo su famiglia, perseverando nella quotidiana finzione dell'amore domestico, una donna e un paio di figli da tirare su. La rassicurante condanna del nulla. Ma le donne che ha amato hanno detto di no. Qualcosa si è mosso dietro di lui. C'è una fila di macchine parcheggiate e qualcosa ci deve essere lì dietro. Una sagoma. Gugliotti estrae la chiave dalla toppa e si avvicina alla Mercedes. Si sporge sul cofano per vedere se c'è qualcuno accucciato là dietro.

Ma sono le paranoie di un vecchio, non c'è nessuno.

Si volta e lancia uno sguardo di sfida in su. Non torno, dice alla sua casa, come se quel rifiuto fosse pronunciato verso una moglie asfissiante. Eccola l'unica cosa fedele della sua vita, l'unica che lo aspetta: « la » casa invece che « a » casa. Volta le spalle e se ne va, fiero di se stesso. Aspetterà l'alba, ancora due passi, un caffè appena apre il bar, poi salirà a spalancare quelle benedette persiane che danno sui tetti di Roma e spazzerà via le ombre della sua melanconia. Di questo è certo.

Quello che non sa è che presto la casa rimarrà orfana del suo figlio prediletto. Perché la bestia che sotterra le prede è lì. Lo segue da un'ora, trenta passi più indietro, leggera e silenziosa come una lince. E aspetta il suo momento. Per un attimo ha temuto che lui se ne andasse, ma lo conosce, sono mesi che lo segue, che ha scoperto i tempi, gli spazi e i piccoli segreti dell'uomo con la cravatta.

Eppure sarebbe potuto accadere, pensa lui. Le donne non gli sono mai mancate, tranne quella che voleva lui. E adesso, per sentirsi ancora dentro alla vita, gli tocca frequentare donne occasionali, più giovani, spesso nemmeno si diverte. A volte si sente vivo. A volte, quando tutto finisce e sfuma anche il vago aroma della smania, tutto dentro di lui si scioglie in una pozza di angoscia. E allora le lascia andare, le respinge, le caccia dall'altro appartamento, quello che ha preso in affitto nel centro di Roma e che usa solo a quello scopo. Perché in quei momenti, placate le brame del corpo, si ritrova di fronte all'involucro di una donna, chiunque essa sia, e lo schifo lo invade, lo disgusta. E non basta chiamarle tutte con lo stesso nome, quel nome, Giulia, per prolungare l'illusione che lei sia sua anche per un solo istante.

Fa il giro della piazza dei Santissimi Apostoli e senza accorgersene torna sui suoi passi, quelli che lo hanno portato dal lavoro a casa. A quella casa vuota che non lo aspetta, che non lo ha mai aspettato. Anche in pieno centro, di giorno, ci sono ambulanti e senzatetto avvolti da un puzzo di sporco e piscio che lì non dovrebbe arrivare. E invece...

Si gira, l'istantanea sensazione di avere qualcuno addosso, attaccato alla schiena, a mezzo metro. Non c'è nessuno. La sua è solo deformazione professionale, si racconta. O stanchezza. Ha voglia di un caffè, ora.

Il migliore lo fanno in un baretto proprio accanto alla fontana di Trevi. Ci va spesso, e poi gli piace passeggiare tra le vie del centro.

Si avvia ma si gira di colpo. Le facce dei dodici apostoli baluginano sopra il portico quattrocentesco della basilica, da lì lo inseguono gli occhi di pietra di Cristo. Dentro, le reliquie di Filippo e Giacomo, sterpi d'arti rinsecchiti, e la tomba vuota di Michelangelo. L'uomo scruta tra le inferriate che chiudono il portico di notte, si avvicina, guarda meglio. Non c'è nessuno.

Volta a destra in via del Vaccaro, poi subito a sinistra, veloce, in via dell'Archetto. Duecento metri nella stradina stretta, nemmeno un rumore. Quest'assenza, si dice, dovrebbe tranquillizzarmi, e invece la fronte s'imperla. È il caldo, si ripete due volte. No, gli dice quell'altra voce, quella che parla in forma di incubo. Hai paura. Prende via dell'Umiltà e come ogni volta che ci passa gli viene da ridere: lui non lo è mai stato, umile. Altrimenti non sarebbe arrivato dove è arrivato. Quando volta a sinistra sente l'odore dell'acqua. Ancora non si vede la fontana di Trevi ma lui sente il vociare dei turisti e immagina gli zampilli gorgheggiare.

Tira dritto, ha voglia di quel caffè, ma una voce, un grido soffocato, un lamento proviene da un vicoletto. Si ferma. La paura è volata via, l'allarme ne ha preso il posto. È una voce di donna? Si affaccia dietro l'angolo, rasente al muro, il vecchio mestiere di strada gli torna utile. Non vede niente. Sull'edificio, in alto, la lapide recita « via del Puttarello ». È vicino alla gran-

de fontana ma è un vicolo nascosto. Una testa spunta appena da una rientranza e subito viene ricacciata all'interno da un gomito e una mano che l'afferra. Ancora un guaito. È una donna, ne è certo. Si sposta in mezzo alla strada e scopre una porta socchiusa con accanto un cartello: CITTÀ DELL'ACQUA, SCAVO ARCHEOLOGICO. *C'è un'appendice di carta che avverte:* CHIUSO PER RESTAURO.

Quando il terzo guaito giunge dall'interno, lui si precipita dentro.

42

Borgo Sabotino, Centrale nucleare

Il commissario spostò un braccio, per esserne sicuro. Era davvero la sua immagine quella che vedeva? Sconfitto e infuriato per qualcosa che non capiva, si avvicinò pronto a sfasciare quel vetro con un calcio per distruggere tutto ciò che conteneva. Invece, vi posò le mani sopra e il freddo che gli salì dai palmi ai polsi lo raffreddò, calmandolo.

Tirò su la serranda e aprì la portafinestra. Era sulla veranda quando fu sorpreso da un gemito forte e doloroso che proveniva da qualche parte alla sua sinistra. Si abbassò d'istinto e, protetto dal muretto del portico, sbirciò. In mezzo al prato c'era una croce di marmo accanto a una grossa lapide su cui era poggiato il corpo ansimante di Oscar. Era la tomba che aveva scavato lui stesso per la madre.

Mancini scese gli scalini del portico con il passo incerto, la voglia di essere altrove, il bisogno di andare avanti, e tagliò per il vialetto di ghiaia per fermarsi dove iniziava il prato. Un'aria umida percorse il giardino portandosi dietro l'aroma dell'erba. Mise un piede sul verde e inspirò riempiendo i polmoni di ossigeno. Comandò le gambe e si avvicinò ancora.

« Oscar, sono io. »

La sagoma si aggrappò alla lapide. La pietra si mosse e lui si ritrovò sulle ginocchia. Indossava il camice dei pazienti sopra un pigiama blu. La pelle del viso era arrossata, le labbra cotte, il naso mangiato da quel maledetto incendio.

Gli occhi luccicarono per un attimo: « Commissario ».

« Ho letto la lettera », disse Mancini immobile a pochi passi. « Devo riportarti in clinica, adesso. »

La risposta fu un guizzo improvviso sulla guancia, un sorriso sghembo che se ne andò com'era venuto. « Io resto qui. »

A quelle tre parole seguì un movimento veloce e inatteso, una mano verso la bocca e la gola inghiottì qualcosa.

« Sono tornato », disse rivolto alla lapide della madre mentre le prime gocce di pioggia precipitavano pesanti dal cielo nero.

« Che hai fatto? » Mancini si avvicinò.

« Stricnina », tossì.

« Veleno per topi. »

« Un forte ricostituente per i nervi. O un veleno mortale. Era nella farmacia della clinica. Ricorda che sono bravo con i veleni? » Stavolta fu un conato a spezzargli le parole.

« Vieni con me, andiamo in clinica. »

« Io resto qui », ripeté con la voce di un bambino. « Sono malato, commissario. L'incubo è tornato. »

L'ossigeno si stava diradando nel suo corpo per effetto delle pasticche di stricnina. Le vertigini lo facevano ondeggiare nonostante la posizione inginocchiata. Oscar portò le mani alla gola, che bruciava come quella di un drago.

« Vada via! » L'urlo animale volò per incontrare i borbottii del cielo in tempesta e il piede di Mancini slittò all'indietro, incerto.

Le convulsioni arrivarono in pochi secondi, Oscar cadde a terra, la faccia sul suolo che copriva i resti della madre. Poi iniziò a irrigidirsi. Mancini gli si fece accanto. Era come se quel momento, rimandato per anni, alla fine fosse giunto comunque. Era come se entrambi lo sapessero. Lo avessero sempre saputo. Era andata come voleva lui. Come aveva sempre voluto. Aveva finalmente ottenuto la giustizia che aveva in mente.

Nell'assurda quiete della radura, la pioggia cadeva sollevando la polvere dalla breccia del vialetto. Il corpo di Oscar aveva trovato la sua posizione, rannicchiato accanto alla lapide, prima di spirare. Enrico cercava di staccare gli occhi, ma era impossibile. Oscar era come un bambino coperto d'acqua, gli occhi chiusi, sicuri della protezione che gli dava il corpo solido della tomba della madre.

La vibrazione del cellulare nella tasca lo destò.

« Sì? » Non sapeva nemmeno perché aveva risposto.

Il vento spirava dal mare e scuoteva il largo fogliame degli eucalipti da una parte e dall'altra. Si infilava tra il magazzino e la casa soffiandogli addosso note aspre. Anche l'erba restava spettinata e il gallo di ferro sul tetto barcollava insieme all'antenna. Tutto quel piccolo mondo sembrava sconvolto dalla tempesta in arrivo. Tutto tranne quel corpo per terra.

« Commissario, sono Alexandra », il tono incerto.

« Che c'è, Alex? »

Si sentì improvvisamente debole, Enrico. Sotto il peso di quella pioggia fitta era come un animale, solo, di fronte al silenzioso spettacolo della morte. Era esausto per tutto quel male senza senso, senza speranza. Ecco il motivo per cui non aveva più le sue « visioni » sulla scena del crimine.

« Mi scusi, commissario. Ha visto il giornale di oggi? »

43

Roma, ospedale San Giovanni

Il professor Biga si trovava nel suo letto, nella stanza 278. Era stato riportato su dal reparto di Terapia intensiva ma era ancora incosciente e monitorato continuamente. L'operazione per l'installazione di un bypass e uno stent l'aveva provato allo stremo, e la semiparesi che lo affliggeva non era stata d'aiuto. Il decorso sarebbe stato lungo e gli esiti incerti.

Fuori, la notte bruciava consumando l'aria, e dentro l'ospedale il corpo di Carlo Biga ansimava sudando. Dietro le palpebre del professore i bulbi viaggiavano al ritmo dei battiti del polso e gli impulsi sonori dei monitor assumevano la scansione metrica dell'incubo. Su uno sfondo rosso lampeggiava un rettangolo scuro, saettava da destra a sinistra finché si fermava cambiando in un blu scuro. L'intensità con cui scavava nel buio gli faceva male agli occhi, ma ora lo sapeva, quello era il suo quaderno.

Pagine, nomi, storie, indagini, paura, vita, segreti.

Nello stesso istante, dietro al rettangolo emerse il profilo di un uomo. Lentamente, tanto che gli occhi sembravano sanguinargli per lo sforzo di concentrazione, il volto si girò frontalmente. La pelle era blu, dato che tentava di uscire dalla copertina del suo quaderno. Chi era?

Numeri, cognomi, storie, casi, terrore, morte, segreti.

La faccia di Enrico squarciò il velo e il cuore di Biga perse un colpo. Era lui? Il suo allievo? Cercò di aprire gli occhi, ma era chiuso lì dentro e quelli di Enrico lo scrutavano. Erano blu scuro e in quel mare di segreti Carlo Biga sentì di annegare. Il respiro si fece corto e serrato, la sonda al naso ballava spandendo la nausea tra lo stomaco e il palato. Di botto si aprirono gli occhi. Ma erano ciechi, appannati, come se stesse ancora affogando nel torpore della chimica. Era immerso in una nebbia fittissima e le piccole iridi rinsecchite avvampavano. Il monitor sulla destra lanciò un atono grido d'allarme. La pressione sistolica saliva e la luce venne inghiottita da un nuovo buio a occhi aperti. Spalancò la bocca per prendere aria impedito dal sondino nel naso.

Commissione Casi Speciali, occultazione identità del minore. Affidamento ~~consigliato~~ SCONSIGLIATO.

Scosse la testa, ma solo nei suoi pensieri, perché lì davanti, sul palco del subconscio, passavano file di volti irriconoscibili, scorrevano veloci come i colori di una girandola colpita dal vento. Iniziarono a rallentare, ma non riuscì a riconoscerne neppure uno. Capiva che erano colorati, blu, bianchi, rossi, gialli.

Era il lunapark del suo mondo psichico? Poi si fermarono e lui si riscoprì ad avere paura, paura di guardare, di vedere, di scorgere i lineamenti, l'identità di quelle sagome.

Mentre il cuore batteva stanco, quaranta pulsazioni al minuto, la faccia blu venne avanti. Sapeva che era quella di Enrico ma quando gli fu vicina si accorse che stava cambiando, che la forma e il colore erano mutati. Un rosso acceso metteva in risalto zigomi e un mento minuti, infantili. Sulla fronte, una dopo l'altra, vennero fuori due cifre. No. Non erano cifre. Erano due lettere.

A.A.

44

Roma, Colosseo

Mancini aveva guidato sotto un diluvio estivo per rientrare a Roma da Villa Cesira. Avevano riportato il corpo senza vita di Oscar nel suo letto dove sarebbe stato prelevato per l'autopsia di rito. Sarebbe finito su un tavolo metallico, poi in un frigo, poi ancora in un fornetto sbattuto chissà dove. Era riuscito ad andare a morire sulla tomba della madre ma non sarebbe stato sepolto accanto a lei e questo, nonostante tutto, gli dispiaceva.

Non si sentiva invece per nulla scosso dal caso che era montato con l'uscita dell'articolo su di lui. Non aveva detto nulla quando Alexandra gliel'aveva portato. Aveva preso il giornale e lo teneva sotto braccio mentre scendevano da via Marco Aurelio per una stradina stipata di macchine parcheggiate sopra i marciapiedi. Il commissario batteva il ritmo con il tacco dei suoi stivaletti mentre la dottoressa Nigro gli andava dietro caracollando sopra l'asfalto bollente.

« Come le dicevo, questa è la lista delle guide turistiche di Roma. Mi sono permessa di evidenziare le persone che rientrano nell'età ipotizzata nel suo profilo e ho aggiunto una seconda lista delle guide non autorizzate. Quelle che conosco, almeno.»

Sembrava che non la ascoltasse mentre prendevano a destra e superavano via Capo d'Africa. Svoltarono a sinistra. «Eccolo», disse Mancini indicando un bar con un piccolo pergolato sotto cui c'erano quattro tavolini di legno.

Una volta che furono seduti davanti al grosso ventilatore a spruzzo ed ebbero ordinato due caffè, il commissario le parlò: «Come mai questa lista?» chiese, senza alcuna nota polemica nella voce.

«Io... Noi abbiamo fatto il punto dell'indagine e...»

«Noi chi?» domandò Mancini, incuriosito.

Alexandra arrossì. «Io, Caterina e Giulia... La dottoressa Foderà, cioè», precisò. «E ci è venuta l'idea che, considerati i luoghi dei ritrovamenti e delle torture, ci fosse... Insomma, che l'assassino potesse essere qualcuno che lavora nel mondo dell'archeologia.»

Il sole s'incanalava in via dei Santi Quattro bagnando di luce la facciata est del Colosseo. Si trovavano lì perché Walter aveva appuntamento al Commissariato del Celio e li avrebbe raggiunti presto. Nella palazzina accanto si trovava l'Archivio persone scomparse della Prefettura di Roma. Su disposizione del ministero dell'Interno, sette anni prima, era stato costituito un registro online, ma riguardava casi di minori e di persone realmente scomparse nel nulla. C'era invece una sezione dedicata a quelli che si erano « trasformati » finendo in mezzo a una strada per necessità o per scelta. Clochard, stanziali o nomadi, di tutte le nazionalità che abitavano le zone scure della capitale.

« Perché non un insegnante di storia dell'arte o di architettura, allora? »

« Sto facendo una lista anche di quelli, includendo, come per quella delle guide, le zone di residenza, visto che lei ha ipotizzato... »

« Che il nostro uomo sia pratico del centro, sì. »

« Bene », disse Alexandra.

« Per niente », rispose Mancini finendo il caffè e posando la tazza sul tavolino.

La sagoma corpulenta di Walter proiettò l'ombra su di loro. « Alexandra », salutò con un sorriso. « Commissario, notizie dall'Archivio. Ho trovato il nostro amico Francesco. Non indovinerà mai », disse con la faccia stravolta dal caldo e dal sorriso ingenuo che Mancini conosceva. E temeva. In mano agitava dei fogli piegati. Erano fotocopie.

« Non ho voglia di indovinare, Walter. »

« Ha ragione, commissario, mi scusi. Dunque, il nostro clochard prima di abitare sotto i ponti è stato nientemeno che un giudice. »

« Che cosa? » disse Mancini sistemandosi sulla sedia.

« Questo darebbe anche un senso alla cassa che l'uomo del chiosco ha visto sul lungotevere sotto al Palazzo di Giustizia, al Palazzaccio », commentò l'ispettore.

Il commissario lo stoppò sollevando una mano. « Walter, il nome? »

« Si chiama Francesco Noce », Comello consultò il taccuino. « Nato a Roma e ancora residente in via Isonzo. Ha esercitato la professione di giudice tutelare per oltre trent'anni presso il Tribunale dei minori di Roma. Annalisa Noce, moglie. Deceduta due anni fa. Arianna Noce, figlia. Nelle prossime ore la contatterò, commissario. »

« Muoviamoci, allora », disse spostando la sedia indietro per alzarsi.

Walter, che era rimasto in piedi con i fogli in mano, diede un colpo di tosse. « Commissario... »

« C'è altro, Walter? »

« Ho bisogno di dirle una cosa. » Abbassò lo sguardo nel suo modo semplice.

Mancini rimase un istante a fissarlo. Si accarezzò la barba e si rimise seduto. « Alexandra, puoi lasciarci soli? »

La ragazza si sollevò facendo cadere lo zainetto che teneva sulle ginocchia: « Avevo finito, dottore ».

« Abbiamo appuntamento più tardi, giusto? »

« Dalla dottoressa Foderà, sì. »

Sorrise a Comello, ma era un sorriso deluso, e si avviò lungo la strada per cercare di prendere il bus in piazza del Colosseo.

« Dimmi », disse Mancini aprendo il giornale davanti a sé.

Walter sbatté le fotocopie sul tavolino e indicò la

pagina su cui si era soffermato il commissario. « Eccola. È di questo che volevo parlarle. »

Mancini fissava l'articolo con le labbra strette e gli occhi semichiusi. « È la prima volta che mi attaccano direttamente, ma non è questo pezzo che mi preoccupa. Il mandante, piuttosto. Chi c'è dietro, e chi ha dato quelle informazioni alla stampa. »

« Sono la stessa persona. So chi è stato, commissario. »

Il commissario abbassò il giornale. « Cos'hai fatto, Walter? »

« Mi scusi. Non potevo starmene fermo. »

« Cos'hai fatto? » lo incalzò Mancini.

« Io... Ho incontrato il signore che ha scritto quell'articolo. »

« 'Incontrato'? » domandò sollevando un sopracciglio.

« Be', lo sono andato a trovare e... »

« Walter... Hai minacciato un giornalista? »

Si metteva male e Comello decise di non girarci troppo attorno e di tagliare la testa al toro.

« Commissario, è stato Gugliotti. »

45

Roma

« Il commissario sta sbrigando una faccenda e si unirà a noi appena avrà finito », disse la pm, mentre rispondeva velocemente all'sms di Enrico che le scriveva di iniziare senza di lui.

Giulia Foderà era a casa dei suoi genitori. Suo figlio stava dai nonni, in quei giorni d'indagine concitata, ma appena poteva lei passava a trovarlo. Marco stava studiando, Giulia lo vedeva nella camera accanto, chino sui libri, la biro in un angolo della bocca, mordicchiata in cerca di una concentrazione che pareva non essere proprio nelle corde di quel bambino tanto vivace. Giulia staccò gli occhi da lui e tornò a guardare il monitor del suo portatile. Era connessa in conference call con gli altri componenti della squadra. Considerato che il professor Biga era ancora ricoverato in Terapia intensiva, non avevano voluto riunirsi a casa sua e avevano deciso di procedere in maniera virtuale.

« Quello che mi pare di rilevare », riprese da dove si era interrotta, « è un atteggiamento atipico. Ora, io non sono una profiler ma se consideriamo gli appunti di Enri... del commissario Mancini e i referti del dottor Rocchi, allora quest'uomo si comporta in maniera che definirei incoerente. »

« In che senso? » chiese Alexandra Nigro.

« Seguitemi. Immobilizza la vittima sorprendendola alle spalle con un taser, le inietta un farmaco anestetico, la mutila, infine la rinchiude da qualche parte. »

Per la prima volta nella sua carriera, Mancini aveva condiviso con l'intera squadra il profilo provvisorio del loro seriale, le informazioni e i referti annessi al caso.

« Hai fatto quelle ricerche che ti avevo chiesto? » chiese Giulia ad Alexandra, prendendola in contropiede.

Da una tavola calda in zona Colosseo dov'era rimasta dopo aver perso un paio di bus per distrazione, connessa col suo mac, Alex rispondeva con un secondo di ritardo rispetto alle immagini. « Ho stampato tutto. Ecco qua. » Estrasse dallo zaino una serie di fogli A4 spillati, li sventolò davanti alla telecamera del computer, poi li poggiò accanto a sé per consultarli. « Sul mito dell'androgino c'è tantissimo a partire dalla Grecia, e ho messo insieme le informazioni che riguardano la figura in generale e poi a Roma. »

« Puoi farci un sunto, Alex? » Giulia sapeva essere convincente grazie a un tono di voce saldo e impostato.

La cornetta verde sullo schermo gracchiò due volte, poi altre due.

« È Antonio », fece Giulia evitando lo sguardo di Alexandra nel riquadro in alto a destra.

Il medico legale entrò nella chat e subito l'atmosfera, benché virtuale, si fece pesante. Era seduto nel suo laboratorio di Talenti, salutò con un « ciao » e aprì la valigetta metallica estraendone dei fogli.

« Allora », prese a parlare come se si trovasse di fronte a un congresso medico.

« Aspetta », Alexandra scavallò le gambe e spostò il portatile per fare spazio alla Coca-Cola in arrivo, « stavo riferendo io, Antonio. »

Per un attimo il silenzio fu perfetto, glaciale. Rocchi prese i fogli e li posò sul tavolino, chiuse la valigetta e la mise a terra, accavallò le gambe e incrociò le braccia. Stava fissando Alexandra.

Caterina era connessa da casa sua. Walter le aveva lasciato detto in segreteria che doveva intercettare una testimone fondamentale per il caso.

« Vogliamo proseguire? Alexandra, ci stavi riassumendo i risultati della ricerca sulla figura dell'androgino. »

« Cosa c'entra l'androgino? » chiese Rocchi.

« Sono stata io a chiederle una ricerca che mettesse insieme gli elementi a disposizione e il background classicheggiante delle scene del crimine. »

Rocchi, un quadrato in basso a destra negli schermi, sembrava scettico, o forse solo infastidito dalla presenza di Alexandra. Ma rimase in ascolto, le sopracciglia sollevate.

« I luoghi di ritrovamento, gli scavi, insomma, e

il tipo di azione sulla scena del crimine e nei suoi dintorni mi hanno fatto riflettere molto sulla natura del nostro assassino.» Giulia portò una tazza alla bocca. Era una tisana alle erbe, fresca di frigo.

«'Azione'?» chiese Caterina, i gomiti sul tavolo, il viso tuffato tra le mani.

«Sì», rispose la pm. «Perché secondo me qui manca l'esercizio della potenza. Nel profilo, Enrico ha scritto che il killer appare al contempo organizzato e disorganizzato. In altri termini, ha un profilo misto. E questo mi ha fatto pensare parecchio... Insomma, è come se il suo modus operandi fosse minato da una specie di insicurezza.»

«Ho capito», fece Antonio togliendosi gli occhiali per massaggiare le palpebre stanche, «quindi quando parli di assenza dell'esercizio di potenza intendi che nel nostro uomo la componente maschile è attenuata o in un certo senso sporcata?»

«Precisamente, c'è una sorta di fragilità, una componente passiva che...»

«Ma ce n'è una feroce, attiva, quando lega la vittima e la tortura, la mutila», s'intromise Caterina facendo capolino sullo schermo.

«È vero. C'è una componente incerta e passiva quando usa il taser e la siringa, è come se volesse mantenere una distanza dalle vittime. Ma poi annulla questa distanza, e scatta la componente feroce e dominante del suo metodo. Mutila le vittime strappando dita, orecchie...»

«E occhi», intervenne Rocchi, dando una scorsa

al foglio che si era messo davanti. « Francesco Noce ha subito l'escissione del bulbo oculare con un bisturi, non sono stati né gli uccelli né la pala meccanica. Ed è ancora sedato e sotto osservazione. »

« Ok, quindi anche questo fa parte del rituale », disse Giulia.

« Questa commistione di comportamenti », intervenne Alexandra, « mi ha fatto pensare, nell'ambito dell'antichità classica, alla figura dell'androgino. »

« Spiegaci, Alexandra », la invitò la pm.

« Androgino è una parola greca che vuol dire uomo e donna insieme », proseguì la ragazza. « Un'ambigua combinazione di caratteristiche maschili e femminili dentro uno stesso individuo. Veniva considerato il terzo genere: come gli uomini erano figli del sole e le donne della terra, così l'androgino era figlio della luna. Platone dice che una volta tutti gli esseri umani erano così, uniti. Poi quell'interezza, quella perfezione e autosufficienza, rese gli esseri umani talmente arroganti da pensare di poter scalare l'Olimpo per raggiungere gli dèi, che li punirono separandoli per sempre. »

« Allora l'androgino sarebbe completo, due in uno », disse Caterina spostando un braccio verso la pancia e posandovi sopra una mano per ritrarla subito come se si fosse scottata.

« Esattamente, Caterina. E la sua tradizione attraversa le culture e i sistemi di pensiero e religione, dallo gnosticismo alla cabala, fino all'alchimia. »

« Avevo letto qualcosa sulla coincidenza degli opposti a tal proposito », disse Rocchi.

« *Coincidentia oppositorum*, sì. Il suo animale mitico è l'Uroboro, il serpente che si morde la coda. »

« Stiamo andando fuori tema, scusate », disse Giulia battendo la mano sul tavolo. Il portatile traballò. « Non c'è nulla che si colleghi agli scavi in cui sono state trovate le vittime? »

« L'androgino è un simbolo che attraversa tutta la classicità, ma non c'è un sito nella Roma antica dedicato al suo culto. Alla Galleria Borghese è conservata la statua, stupenda, dell'Ermafrodita dormiente, ma è già un'altra cosa rispetto all'androgino. »

« Capisco. » Giulia era delusa che il suo intuito avesse preso un abbaglio del genere.

« Però... » iniziò Alexandra, esitando. Poi prese coraggio: « Ok, non è nemmeno il mio, di lavoro, ma anche se non si lega alle scene del crimine, magari la questione dell'androgino può avere a che fare con il profilo del killer... »

« Per la questione dell'identità sessuale, intendi? » disse Caterina. « Credi si possa trattare di un individuo dall'omosessualità latente? »

Giulia annuì senza parole. Nello schermo, vide Caterina abbassare lo sguardo d'improvviso, come per leggere qualcosa sul cellulare. Qualcosa che la inquietò. Giulia stava per chiederle cosa stesse succedendo, quando Rocchi si fece avanti.

« Scusate, volevo solo dire », il viso di Rocchi si era avvicinato alla telecamera e ora il suo riquadro era riempito dalla faccia, « che questa considerazione di Giulia può tornare utile. »

La Foderà sollevò il mento, ansiosa di ricevere una dose di positività inattesa.

« In un certo senso si sposa con i risultati delle mie analisi sui corpi delle vittime. Be', in realtà è stato il clochard, Francesco Noce, a fornirmi un nuovo elemento. Anche lui ha un secondo buco sul braccio, quello che presentano tutte le vittime dell'assassino delle rovine. Ma su di lui ho scoperto qualcosa che sugli altri mi era impossibile rilevare. Secondo me », disse legandosi i capelli in una coda alta, « stavolta ci siamo. »

46

Roma, Garbatella

Caterina aveva abbandonato la videochat dopo che Giulia aveva chiesto di attendere il rientro del commissario. Mancini non si era ancora fatto sentire e nessuno – nemmeno Giulia, a quanto sembrava – sapeva dove fosse e a quale aspetto del caso stesse lavorando.

Ma Caterina non aveva il tempo di aspettare nuovi sviluppi: il messaggio che aveva ricevuto le aveva stravolto le priorità. Fece partire la chiamata e si portò il cellulare all'orecchio.

« Ho la risposta, Caterina », annunciò Donatella.

Era un'amicizia abbastanza recente. Da un paio d'anni erano diventate intime. Lavorava al Tribunale dei minori nell'ufficio adozioni e affidamenti bambini disagiati. E per l'appunto si stava occupando della richiesta di Caterina e aveva cercato di sveltire le pratiche che altrimenti sarebbero durate anni.

« E quindi? »

« Favorevole! »

« Oddio », si fece scappare. « Ma allora è vero? Posso dirglielo? »

« Ho bisogno di qualche giorno per formalizzare

tutto e per partire con le visite controllate che dovrete fare. A casa tua, si intende, con il ragazzo e un assistente sociale. »

« Certo, va benissimo. Niko è un bravo ragazzo, non darà problemi. È integrato, ti dicevo. Non darà problemi », la voce le tremava per l'incredulità. Era felice? Sconvolta di certo, ma nel senso più bello che potesse immaginare. Presto sarebbero stati insieme per un periodo di prova, tutti e due. No, tutti e tre.

« Perfetto, ci vediamo presto. Raccolgo tutti i documenti da firmare e ti faccio sapere. »

« Grazie, Dona. Non so come ringraziarti. »

« Come al solito. Uno dei tuoi sorrisi e un paio di spritz! » ridacchiò prima di attaccare.

Però a Walter doveva ancora dirlo. Lui aveva aiutato Niko per farle un piacere, ma era convinta che in fondo gli si fosse affezionato. Tanto che Walter le aveva confessato di averlo tenuto a casa sua in attesa che trovasse un posto sicuro e lei aveva preso la palla al balzo chiedendogli di tenercelo qualche giorno in più. Era arrivato il momento di essere sincera, giusto? Cosa gli avrebbe detto? Facile: che voleva aiutare quel ragazzino, che gli voleva bene, tanto. Talmente tanto che aveva deciso di adottarlo. Walter non avrebbe capito e lei non poteva dargli torto. Non sarebbe stato per nulla facile, ma Caterina già se la immaginava una vita con Niko. Certo, non sarebbe stato come avere un neonato o un bimbo piccolo per casa, ma chissà, magari poi Niko sarebbe stato un bravo fratello maggiore. Con un'adozione riuscita alle spalle sarebbe stato più facile ottenere un secondo figlio, magari una bambina piccola.

Stava sognando, ma non era il momento. Prima c'erano da affrontare le forche degli assistenti sociali. Ce l'avrebbe fatta con l'aiuto di quel ragazzino speciale che le aveva rubato il cuore.

47

Roma, Porta Pia

Comello camminava sotto la palla infuocata del sole riparandosi sotto le fronde degli alberi che bordavano il lungotevere. Il commissario gli aveva mollato l'ennesima bega e ancora non era riuscito a venirne a capo. Non gli andava per niente, aveva voglia di una Coca ghiacciata e di chiudere quella giornata con un paio d'ore in palestra a sfasciarsi di fatica e a farsi dare un sacco di botte dal maestro di wing chun.

Prese a sinistra e si ritrovò di fronte al palazzo di Giustizia. Aveva un appuntamento con la figlia di Francesco Noce. Non aveva un telefono fisso. Cellulare inesistente. Ma Walter aveva preso il vecchio indirizzo del padre e si era appostato fin quando, una sera verso le nove, la aveva vista uscire dal cancello di via Isonzo.

Elegante nell'aspetto, il collo lungo sotto una capigliatura nera folta ma corta, due occhi truccati da egizia nascondevano perfettamente la verità della sua carta d'identità. Walter sapeva del suo passato di leggera tossicodipendenza, di una madre difficile morta da poco, di un padre assente prima, quando era sano di mente, e invisibile da quando si era dato alla macchia.

Con le sue maniere delicate Walter le aveva sbattuto il distintivo in faccia e l'aveva consigliata di seguirlo.

« Ho un appuntamento », aveva risposto lei.

« E io un mandato di perquisizione. Mi fa vedere il contenuto della borsetta? » aveva messo in chiaro Comello a modo suo.

« Cosa vuole? » aveva risposto Arianna Noce tirando fuori una sigaretta sottile e un accendino rosa.

« Parlare di suo padre », le aveva detto lasciandole il suo biglietto.

La faccia della donna aveva assunto una posizione obliqua, modificando la forma stessa del viso. Una smorfia di disappunto o di meraviglia? Lo avrebbe scoperto subito Walter se non fosse arrivata una Mercedes con tanto di autista e lei non lo avesse implorato con lo sguardo di lasciarla andare.

Ora, dopo una breve telefonata arrivata da un numero non tracciabile, la aspettava di fronte al Palazzaccio. Il chiosco delle grattachecche era affollato e l'ispettore si spostò sul marciapiede attraversando ponte Umberto I. La mole dell'edificio era opprimente e Walter si ritrovò a confrontarsi con le parole di sua madre, anni prima, che gli aveva raccontato delle esecuzioni che si facevano lì dentro. Con la sedia elettrica, aveva aggiunto. Lui lo sapeva che erano favole, ma all'epoca aveva guardato a quel mostro di marmo come a una trappola gigantesca, e adesso che era passato dalla parte della Giustizia e le cose le vedeva dall'interno poteva dire, sebbene metaforicamente, di non essersi affatto sbagliato.

Arianna Noce lo aspettava con una mise che Comello non si sarebbe immaginato. Indossava una maglietta giallo banana e una gonna a sbuffi rosa, sembrava spettinata, e quando la raggiunse sbottò: « Vediamo di finire subito questa stronzata ».

Che signora, pensò Walter, squadrandola meglio. Sembrava reduce da una notte brava. Senza il trucco, spiccavano le occhiaie profonde che raccontavano degli stravizi con cui si accompagnava da qualche annetto.

« Facciamo subito. Voglio sapere di suo padre. »

« Ma che cazzo di domanda è? »

Sembrava un'altra persona rispetto alla sera in cui l'aveva incontrata sotto casa, anche nei modi.

« Sa che fine ha fatto? »

« Certo che lo so », rispose stizzita.

Walter si stava innervosendo. « È finito sotto un ponte. »

« Non sotto un ponte qualunque, ispettore. Sotto quello dietro casa mia. »

« E non dice niente? » si fece scappare Comello, che non poteva credere alle sue orecchie.

La donna lo squadrò e assunse un'aria di sufficienza che se fosse stata un uomo Walter non avrebbe esitato a farle rimangiare: « Non ci è 'finito', là sotto. Ci è andato lui ».

La sorpresa sul viso di Walter diede forza alla

donna, che proseguì con lo stesso piglio fastidioso: « Ci ha lasciate sole. Mia madre è morta di crepacuore ».

In realtà la madre era stata a lungo malata, Walter ricordava di averlo letto nella sua scheda.

« Perché se n'è andato? » domandò facendo cenno di spostarsi per raggiungere il parchetto che circondava Castel Sant'Angelo.

« Era uscito di testa. »

Walter camminava alla destra di Arianna e ne studiava il passo: era incerto e irregolare, nonostante portasse delle scarpe da tennis. Era sicuramente diverso da quello stabile e sicuro che ostentava qualche sera prima sopra i tacchi. « Una malattia, un episodio traumatico? »

« Ispettore », Arianna Noce si fermò sotto i platani che accompagnavano il lungotevere Castello, il sole crepitava sulle foglie, « mio padre ha perso la testa per una donna. »

« Aveva un'amante? »

« No. Era una donna che non poteva avere. »

« Non capisco », borbottò Comello cercando di mettere insieme una serie di informazioni che si rincorrevano tra le volute della sua testa.

« Una ragazza, ispettore. Poco più che una bambina, anzi. »

« Sa, a volte succede che... »

« Stia zitto. Lei non sa di cosa parla. »

Arianna Noce fissava un punto lontano fra i tronchi. Walter lo cercò inseguendo lo sguardo di lei che serpeggiava sul Tevere luccicante e si perdeva tra la sinagoga e i Fori. Si voltò e la vide indurita, gli occhi che trattenevano con forza un'ondata di amarezza.

« Mi scusi », rispose lui.

« Era una minorenne. Uno dei casi di custodia e affidamento programmato a cui lavorava. »

48

Roma, Questura Centrale

Mancini saliva l'enorme scalone della Questura, i larghi gradini grigi. Avrebbe potuto prendere l'ascensore, ma non voleva farsi vedere e poi la fatica lo caricava, gli faceva montare la rabbia.

Si fermò a respirare per una manciata di secondi prima di entrare nell'ufficio di Gugliotti. Non aveva riflettuto su nulla durante quella scarpinata, c'erano solo due elementi che si rimpallavano emozioni e dubbi: le informazioni che Gugliotti aveva passato alla stampa e la macchina da scrivere Typestar che si trovava nell'ufficio del questore. Avrebbe dovuto metterli insieme per avere le risposte che cercava. Tutto ciò poteva avere a che fare con l'indagine sul killer degli scavi archeologici? Altrimenti perché Biga gli avrebbe fatto trovare il quaderno e la scheda nascosta nella biblioteca privata?

Ma prima c'erano le spiegazioni che il questore gli doveva. E Mancini non aveva intenzione di fare sconti. Del resto erano anni che Gugliotti faceva di tutto per arrivare allo scontro. Finalmente c'era riuscito.

Mancini bussò forte alla porta in legno massello

dell'ultimo piano. Aveva lo sguardo di un predatore, aspettava un segnale per scattare e tirar fuori una sequela di accuse che sarebbero morte dentro quella stanza ma che avrebbero messo in chiaro, almeno tra loro due, la verità.

Bussò nuovamente, due colpi con le nocche. Stavolta sulla targhetta d'ottone che recava titolo e nome. Attese. Poi i colpi furono tre, l'ultimo molto forte mentre si annunciava: « Sono Mancini! »

La porta si aprì verso l'interno con uno scatto. Il commissario entrò senza aspettare risposta.

L'ufficio del questore splendeva nella luce del pomeriggio, i mobili luccicavano pallidi e spigolosi e sopra il divano davanti alla scrivania troneggiava un grosso scatolone. Ma Vincenzo Gugliotti non c'era. Il primo pensiero di Mancini fu lo stesso che lo inseguiva da quando era uscito quel pezzo sul giornale: il questore era da qualche parte a proseguire l'opera di disfacimento della sua immagine pubblica. Il fastidio iniziò a scalare le vette della rabbia e Mancini fu sul punto di indietreggiare e uscire quando, nello scatolone, vide la tastiera del computer circondata da molte altre cose. Già, stava per andare in pensione e faceva fagotto come un impiegato qualunque, pensò. Ma lui adesso aveva bisogno di risposte. Dov'era finito quel bastardo di Gugliotti? Non avrebbe potuto dargli le risposte di cui aveva bisogno, ma forse...

Tornò alla porta e la chiuse senza far rumore.

Si avvicinò allo scatolone e guardò dentro. C'era

il materiale d'ufficio che aveva affollato la scrivania del questore fino a pochi giorni prima. Il boccale portapenne, il tagliacarte fiorentino, le cornici con le foto di gioventù che lo ritraevano in divisa. Lo scrittoio di pelle nera, infilato di traverso, copriva il resto delle cianfrusaglie. Evidentemente Gugliotti si stava preparando a lasciare il suo incarico e quell'ufficio, forse anche con un certo anticipo rispetto alla naturale scadenza del suo mandato e della pensione.

Spostò lo scrittoio e guardò in fondo allo scatolone. C'era un parallelepipedo in legno con una piccola maniglia. L'afferrò e lo estrasse. Era un mischedario in legno grezzo. Ebbe un fremito di eccitazione. Era quello che cercava? Si sedette sulla porzione di divano libera e se lo mise in grembo. Un'etichetta bianca recava una scritta nera nella grafia del questore: C.C.S.

Mancini tirò la piccola maniglia nera. C'erano decine di sottili schede verdi come quella che aveva trovato nella biblioteca del professor Biga. Erano infilate in un passante di ferro che le bucava al centro della base. C'erano dei numeri in alto, e dei nomi. I polpastrelli anticiparono il pensiero correndo sulle creste in cerca di una conferma che gli sembrava impossibile.

A metà della corsa le dita si fermarono tra due schede. Le divaricò, allontanandole, e vide quello che cercava. Sul fondo dello schedario, sotto al passante di metallo, c'erano dei minuscoli pezzetti di carta, una striscia verde a cui mancava una mezzaluna al centro. Mancini estrasse la scheda che portava con sé e raccolse il pezzo di carta con le mani tremanti. Sudava e non era per il caldo nell'ufficio. I pezzi combaciavano.

Scorse velocemente le altre schede, rubando impressioni nel timore che la porta si riaprisse e Gugliotti in persona lo condannasse all'esclusione da ogni indagine presente o futura. Era uno schedario speciale, segreto, e lui cercava qualcosa che gli dicesse cos'era veramente. Lesse la prima scheda, che riportava una data, « aprile 1990 ». Erano poche righe scritte con la Canon Typestar 110 finita otto piani più giù, in un magazzino dello stesso palazzo. « Caso F.C. Disturbo da stress post-traumatico (DSPT). Consiglio: voto espresso: 3/4 sfavorevoli. Non idoneo al ritorno in servizio. Rivedibile in tre mesi. »

Ne scorse altre, a caso, lanciando sguardi furtivi alla porta, certo che si sarebbe aperta mentre lui non guardava. Erano tutti casi archiviati. Sembravano riguardare minori. Alcune volte c'erano indicazioni diverse.

Il campanello dell'ascensore risuonò fuori dall'ufficio e Mancini si paralizzò per un istante. Poi s'affrettò a rimettere lo schedario nello scatolone muovendosi come un gatto. Un istante dopo ci furono due colpi alla porta. Si spostò piano, raggiungendo il guardaroba del questore. Era profondo e lo avrebbe nascosto se fosse entrato qualcuno. Rapidamente scomparve dentro la porta, mentre quella principale risuonava con altri due colpi. « Dottore, sono qui per la seduta psicoterapeutica. »

Mancini conosceva bene quella voce. Era la Antonelli che andava « a domicilio » a strizzare il cervello al questore. Chissà quanta robaccia ci troverà, pensò scansando vecchi cappotti polverosi.

« Dottore? » ripeté la voce, intimidita.

Mancini guardò l'orologio. Anche lui aveva un appuntamento con la psicologa, poche ore dopo. Chissà se anche Gugliotti aveva segreti personali, come quelli di cui Enrico si liberava di fronte alla dottoressa. Forse era l'unica cosa che avevano in comune lui e il questore, le confessioni intime e dolorose a quella donna. Per il resto non lo aveva mai considerato un collega, nemmeno un poliziotto vero, e peraltro il fastidio che nutriva verso di lui era ricambiato senza alcun pudore.

Udì dei passi e poi il sibilo della porta dell'ascensore che si chiudeva. Uscì dal guardaroba e accostò l'orecchio allo stipite. Se n'era andata. Doveva andare via anche lui. Non era riuscito ad approfittarne per frugare altrove, per scoprire cosa fosse quella sigla, prima di tutto. In tutti quegli anni non aveva mai sentito parlare di alcun « C.C.S. » ma era certo che fosse tutto legato a quelle tre lettere. Se solo Biga si fosse svegliato... Ma sapeva che non sarebbe successo presto. E si ritrovò per la prima volta a immaginarsi senza di lui.

Uscì dal buio del guardaroba, aprì la porta e scese per le scale, attento a non farsi notare.

49

Roma, Comando di Montesacro,
studio della dottoressa Antonelli

« La volante non è potuta uscire, dottoressa. Mi dispiace. Stanno ancora aspettando il mandato, ma credo sia questione di ore. Poi gli agenti potranno entrare in azione e andare a riprendere la sua Amanda. »

« Grazie. »

« Non ho fatto nulla. Avrei voluto, ma lei... »

« Lasci stare. Va bene così. Anche dal punto di vista della deontologia professionale, forse è meglio tenere le cose separate. »

Scosse il capo e stirò le labbra, dispiaciuta. « In realtà può essere tutto inutile, forse esagerato. Insomma, il padre le vuole bene e anche Amanda gliene vuole. Il problema è... la casa. La casa è così vuota senza di lei. » Le s'inumidirono ancora gli occhi.

« Posso immaginare », si fece scappare Mancini.

Stavolta la Antonelli non lo riprese. « Una casa senza giochi. Amanda non è una di quelle bambine che si vergognano a giocare con la madre, sa? Anzi. » Un fremito le prese il labbro superiore che vibrò. « Nascondino, soprattutto. Perché la casa è grande, sin troppo per una madre e una figlia... »

La psicologa si alzò e andò ad abbassare le veneziane. Tornando raddrizzò la schiena con l'aiuto delle mani. Si massaggiò i reni con un'espressione di sofferenza e quando vide che il commissario la osservava si ricompose: « Le preoccupazioni di certo non aiutano il sonno, commissario, Ma passerà ».

Il paziente la osservò, poi guardò l'orologio al polso, imbarazzato.

« Bene. » Claudia Antonelli fece un sospiro e un bel sorriso s'impresse sulla bocca che di colpo aveva acquistato fiducia. Era pronta a cominciare la seduta. « Se le va, iniziamo. »

Mancini si mise a sedere sul divanetto e si lasciò andare appoggiandosi allo schienale, rilassò le spalle ed espirò, come gli aveva insegnato lei. Una stanchezza ponderata si posò sugli occhi e le palpebre calarono lente.

« La seduta di oggi sarà dedicata al suo mestiere, commissario. Alla comprensione della psiche disturbata degli assassini. Il punto da capire è se questo la disturbi a sua volta o meno e, se sì, fino a che punto », disse un po' approssimativa.

Mancini la guardò come si guarda un bambino che ha appena fatto una domanda improbabile.

La dottoressa se ne accorse e arrossì: « Racconti le sue sensazioni, quello che prova realmente quando ha a che fare con questi assassini... seriali. Cosa prova quando cerca di svelare la loro identità, non anagrafica ovviamente, ma profonda, perversa. »

« La discesa, la chiamo così », cominciò Mancini e la dottoressa corrugò la fronte. « Una specie di immersione nella palude mentale dei miei assassini. È una discesa che si fa con gli strumenti adatti e un salvagente, anzi, direi uno scafandro. Gli strumenti sono oggettivi. Sono le cose che conosciamo, come si muove, la sua firma, le tracce che lascia. Lo scafandro invece è una specie di corazza che ogni profiler indossa quando deve calarsi nell'inferno interiore di questi soggetti. »

« Perciò lei ritiene che ci sia un inferno in ogni omicida seriale. »

« Sì. C'è. Io lo immagino come un pozzo, o una palude, di fuoco. Lì sono nascoste le paure, le disgrazie, le violenze subite, le deviazioni, e lì nascono le fantasie, le violenze perpetrate. »

« Quindi lei tende a giustificare, in un certo senso, le azioni violente? Ovviamente la psicologia fa risalire all'infanzia e all'età preadolescenziale quasi tutti i traumi segnanti. »

« No, non giustifico. In parte, dottoressa, faccio quello che fa lei con me: analizzo. » Sorrise.

« Ma l'analisi non basta. Giusto? »

« L'analisi è l'inizio dell'immersione. La melma di quelle paludi è fatta di traumi e deviazioni, di disumanità tanto inflitta quanto subita. Ma è il terreno fertile per le idee, le fantasie, i riti indispensabili per edificare i castelli d'orrore che fanno notizia sui giornali. »

« Questa è la procedura che seguono tutti i profiler, commissario. Ma il punto è un altro: le sue sensazioni. Cosa prova lei, commissario Mancini, durante quelle immersioni? »

« No, il punto non è cosa provo, ma cosa *trovo*. Sa cosa si trova in fondo a quelle paludi, dottoressa? »

« Cosa? »

« Uno specchio. »

La dottoressa lo fissò in silenzio, aveva capito che non era il momento di incalzarlo. Forse sperava che Mancini fosse a un punto di svolta, ma Enrico si ritrasse all'ultimo secondo dall'abisso e ritornò a indossare lo scafandro del profiler.

« Io non faccio altro che mettere insieme i dati oggettivi e tracciare un profilo psicologico di questi criminali. »

« Lo fornisce ai colleghi che si mettono in caccia. »

« Sì, oppure, come nell'ultimo caso, me ne occupo io. »

« Prova mai paura, o ansia? »

« Adesso non più, ma quando ho iniziato era diverso. In America era diverso. Perché ero all'inizio, e perché avevo qualcuno che mi aspettava a casa. C'era Marisa. »

« E adesso? »

« Adesso no. »

« Non ha nessuno che l'aspetta? », il dubbio nella voce.

« Direi di no », scosse la testa Mancini, il volto segnato da un'espressione dura.

« Ma ha qualcuno? »

« Sì. Ma non ho una casa, un luogo in cui stare, dove tornare per trovare qualcuno che mi aspetti. Non so se riesco a spiegarmi. »

« Chiarissimo. La sua casa è ancora abitata dai fantasmi delle cose che possedeva, e lei, che ha fatto un gran lavoro ed è uscito dal lutto riuscendo a reinvestire il suo capitale affettivo, non si sente a proprio agio tra quelle mura. »

« L'altra sera non volevo tornarci, ci giravo attorno, provavo fastidio, ero nervoso. »

« È interessante che abbia parlato dello specchio, prima, commissario. Anche durante la scorsa seduta, se ricorda, è emerso questo discorso. La casa è uno specchio, ma se l'immagine che restituisce spaventa, allora non restano che due possibilità. »

« Quali? »

« Abbandonare il luogo o rompere lo specchio. »

QUINTA PARTE

La pancia mi fa tanto male. L'acqua da bere è finita. E mi è sembrato di sentire un rumore di sopra. Ma non ho più forza. Neppure per gridare. Mi hai lasciata qui da sola? Dove sono? E tu, mamma, tu, dove sei?

50

Roma, via dei Bresciani

Caterina giunse al Tribunale dei minori, nel centro di Roma, tra il lungotevere Sangallo e corso Vittorio. Aveva in petto l'emozione che provava prima di un esame importante. L'appuntamento con la persona che l'aveva aiutata era nell'ufficio del Tribunale, ma un paio di minuti prima aveva ricevuto un sms che le diceva di andare invece al Museo criminologico che si trovava a poche decine di metri e che aveva visitato tante volte da studentessa e da fotografa tirocinante. Perciò esibì il tesserino ed entrò.

Oltre la tenda rossa c'era una saletta in cui compariva una carrellata di strumenti di tortura. La vergine di Norimberga e la sedia chiodata l'avevano sempre impressionata. Ma l'ascia per la decapitazione rappresentava l'orrore puro insieme alle ghigliottine esposte nella stanza successiva e ora, per la prima volta, Caterina si chiedeva come fosse in grado di calcare la scena del crimine senza disgusto mentre lì dentro le si rivoltava lo stomaco semplicemente a immaginare i supplizi dei corpi. La risposta era, come sempre, appesa al suo collo. La Nikon era il suo angelo meccanico che la proteggeva aiutandola a filtrare, attraverso i suoi scatti sul luogo di un delitto, la morte e la carne. Era così che riusciva a trasformare quei cadaveri in scatti, in immagini pure e senza il carico emotivo e orrifico che la violenza si porta dietro.

Per gioco sollevò la macchina fotografica e se la portò davanti al viso. Non c'era divieto di scattare e allora Caterina prese a guardare attraverso l'obiettivo. Il mantello rosso con il cappuccio appartenuto a Mastro Titta, il boia di Roma in auge a metà dell'Ottocento nello Stato Pontificio; e poi lame, gogne, fruste e scudisci concludevano la prima parte del tour. La sala successiva, dedicata all'antropologia criminale, si apriva con documenti sulle antiche tecniche della polizia scientifica, sui manicomi giudiziari e sul brigantaggio, alcune prime edizioni di opere di Lombroso, *Genio e follia*, *L'uomo delinquente* e *La donna delinquente*. La terza stanza era dedicata al Novecento con una raccolta di armi impiegate in casi di omicidio o celebri fatti di cronaca. In fondo, oltre una tenda nera, c'era una teca che raccoglieva un paio di occhiali, un plantare, delle chiavi, un anello con una pietra rossa, una serie di magliette e altre cose appartenute a Pier Paolo Pasolini e donati, come recitava un cartello, dal Tribunale dei minori di Roma al Museo criminologico nel 1985. Caterina abbassò la Nikon sul petto. L'aria di tragedia, umana e di Stato, che permeava quel piccolo spazio espositivo le metteva sempre una grande malinconia addosso, con le fototessere ritrovate, insieme a tutto il resto, sulla scena del crimine all'Idroscalo di Ostia. Un senso di vuoto e incertezza aumentava man mano che spostava lo sguardo sugli indumenti, sul libretto degli assegni sporco di fango come quello dell'ordine dei giornalisti.

Qualcosa le sfiorò una spalla e Caterina trasalì. Un breve grido le sbocciò dalle labbra.

« Sono solo io », disse Donatella Pace accorgendosi di averla spaventata.

« Oddio, scusa. Ero sovrappensiero », rispose Caterina voltandosi e lasciando alle spalle quello spazio che considerava personale.

Donatella Pace era una donna semplice, sin dal modo di vestire con scarpe basse, pantaloni di lino come la giacca, tutto sul chiaro, che nascondeva un petto importante. Aveva un viso limpido e aperto che le donava un'aria di tranquillità e trasmetteva un'immediata simpatia. Gli occhi azzurri sopra un naso rotondo assieme a un sorriso morbido ne facevano un essere umano delizioso. O almeno così la giudicava Caterina che la conosceva da un paio d'anni, da quando, insomma, aveva scoperto di non poter avere figli e aveva iniziato a interessarsi di adozioni. Poi era arrivato Walter e non aveva voluto dirgli nulla, né della sterilità né, poi, del suo desiderio di maternità.

« Ho preferito vederti qui perché i colleghi non gradiscono », disse Donatella Pace, storcendo la bocca.

Caterina capì subito cosa intendesse. Donatella si era sfogata con lei in più occasioni, raccontandole per filo e per segno dello schifo che le passava accanto ogni giorno negli uffici del tribunale. C'erano figure istituzionali e, aveva detto così, « paraistituzionali », che fungevano da intermediari tra le famiglie e i bambini disponibili per le adozioni. Si comportavano come fossero agenzie immobiliari, ma erano soltanto parassiti che si insinuavano tra lo Stato e i genitori per portare a casa un sacco di soldi. L'adozione di un minore comportava tempi lunghissimi, estenuanti, aggravati dall'incertezza del risultato. Per questo, molti si rassegnavano a oliare un po' i meccanismi e spargere denaro, tanto denaro, attorno ai pezzi di carta istituzionali.

In quel caso era stato diverso, perché lei aveva chiesto pulizia e chiarezza. Ma Donatella aveva trovato una paradossale resistenza. Ormai le regole erano altre, le avevano fatto capire, e poco contava che la sua amica fosse una poliziotta. A quel punto Donatella non aveva potuto far altro che coinvolgere suo marito, un giudice temuto in tutto il tribunale per la spietatezza con cui denunciava gli abusi di potere.

Così Caterina aveva ottenuto nei tempi giusti una risposta positiva e ora Donatella le portava i documenti firmati dal tribunale che avrebbero avviato l'iter per l'affidamento di Niko. Si fermarono davanti a una grande ghigliottina e Caterina le prese le mani.

« Non so come ringraziarti. »

« Di nulla, davvero. Faccio solo le cose giuste, e questa lo era », sorrise e le si illuminarono gli occhi.

« Non voglio sembrarti scortese ma... Mi hai portato quello che ti ho chiesto? »

Un piccolo brivido di entusiasmo la percorse finendo dritto nel petto. Era la prima volta, da quando lavorava con la squadra, che Caterina azzardava qualcosa che non fosse prestabilito e coordinato. Le metteva addosso un leggero stato d'ansia che però giudicava vivo, positivo. A dire il vero anche gli altri si stavano muovendo secondo un canovaccio differente, condiviso da Mancini ma in un certo senso più libero. Non sapeva bene se quella libertà, che era anche distanza dal capo, le facesse del tutto piacere. Avvertiva però che non era frutto di un caso, ma che il commissario aveva deciso di lasciare a tutti un po' di quell'iniziativa necessaria a far crescere ciascuno di loro. Così Walter aveva portato avanti la ricerca della figlia del senzatetto che si era rivelato un giudice tutelare. Francesco Noce aveva lavorato per qualche anno proprio tra quelle mura e Caterina, che all'insaputa di Comello stava portando avanti gli incartamenti per Niko, aveva pensato bene di mettere insieme utile e dilettevole e aveva incaricato Donatella di raccogliere informazioni, magari anche presso suo marito.

« Ho trovato questa, ma non so se può esserti utile, Cate. »

Dalla tasca della giacca di lino Donatella prese tre fogli. Erano fotocopie ripiegate. Le porse a Caterina. Riguardavano il clochard vittima dell'assassino degli scavi, il giudice tutelare Francesco Noce.

« Ho chiesto anche a mio marito che è l'unico con una memoria storica sufficiente lì dentro. »

« Che ti ha detto? » domandò Caterina aprendo la fotocopia.

« Il giudice Noce è stato espulso dall'ordine. Ci fu uno scandalo con una minore di cui aveva la tutela. Un caso terribile, una ragazza malata di cui lui era innamorato pazzo. »

Mentre la sua testa giocava con i tasselli di un mosaico inquietante, Caterina chinò il capo e lesse il primo foglio. Era una specie di curriculum istituzionale, Donatella doveva averlo trafugato, perché comparivano meriti e demeriti. In fondo al foglio c'era infatti scritto: RADIATO PER GRAVE VIOLAZIONE DEL CODICE ETICO.

Sul secondo e sul terzo comparivano invece tutti i casi di affidamento e adozione dei minori che aveva seguito Francesco Noce. Mancava ogni riferimento anagrafico per via della privacy. Ma c'erano i nomi e i cognomi delle coppie che avevano fatto richiesta. Erano in ordine alfabetico e scritti in piccolo, tanto che ce ne dovevano essere più di duecento. Caterina li scorse distratta mentre ringraziava ancora Donatella. « Davvero, non so proprio... »

A metà frase si fermò. In fondo all'ultimo foglio, alla lettera T, un nome lampeggiò e una sirena si accese nella testa di Caterina.

51

Roma, Garbatella

La casa dello sbirro biondo e della sua amica non era niente male. Niko aveva acceso il televisore e cambiava i canali in cerca di qualcosa di interessante. Al campo la tv ce l'avevano nella sala comune ma la guardavano solo quando davano le partite. E poi era tutto un casino: centoventi persone stipate là dentro a urlare, bere e mangiare.

In quella casa, invece, c'era un gran silenzio e il frigo era pieno. Però Niko sentiva la mancanza di quei pranzi al campo con i suoi. La mamma gliene aveva parlato spesso della cucina rom. Era una storia che veniva da lontano, che aveva attraversato secoli e Paesi dall'India, al Medio Oriente, fino all'Europa. Il suo gruppo era arrivato in Italia dopo due generazioni in Ungheria e la ricetta rom del gulash della mamma si era arricchita di sapori romani, dalla gallina alla coda vaccina, a cui si univano vecchie costanti come il porcospino, che però al campo non si mangiava. La rielaborazione del cibo era alla base della loro storia, qualcosa di immutabile e peculiare come la musica che li accompagnava ovunque. Ma erano suoni e sapori ormai scomparsi per lui che era solo e non sapeva cucinare, e che mangiava i panini dei fast food.

Spense il televisore e si alzò dal divano. Walter non lo voleva a casa sua, anche se lo aveva salvato da quei due bastardi. Lo sbirro non aveva detto niente quando Caterina aveva offerto a Niko di restare lì qualche giorno in più, ma era chiaro che la cosa lo infastidiva. Gli aveva lasciato degli asciugamani ordinandogli di farsi una doccia. Ma Niko preferiva bagnarsi al fiume o lavarsi al vecchio mattatoio, dove c'erano dei bagni pubblici. Caterina gli aveva anche fatto mettere dei jeans corti e una maglietta tutti nuovi. Erano lì sulla sedia, ma lui non riusciva a cambiarsi. Ci aveva provato, si era avvicinato come una bestiola diffidente. Ma poi aveva deciso che no, non voleva spogliarsi in una casa che non era casa sua. Era un ambiente strano, spigoloso, e lui se ne stava alla finestra a fissare i pini in giardino e più li guardava più voleva uscire. Andarsene. Si sentiva stretto, non sapeva se in quella casa o nella situazione in cui Caterina lo aveva messo.

Un rumore secco giunse proprio dalla finestra. Niko si avvicinò al vetro. Aveva pensato a un uccellino. Non c'era nulla a parte un piccolissimo segno quasi al centro. Ma probabilmente c'era già prima. Posò un gomito sul davanzale e la guancia sulla mano e tornò a passeggiare tra i suoi pensieri. Quella storia dell'adozione, che sarebbero stati insieme sempre, be', lui non lo sapeva se la voleva davvero una famiglia. Ma questo non aveva nemmeno il coraggio di dirlo a lei, che stava facendo « tutte le richieste », gli ripeteva, per averlo con sé. Walter invece sì che si sarebbe arrabbiato. Gli stava simpatico quel poliziotto, in fondo. Anche lui voleva essere libero. E Niko aveva deciso che poteva fare a meno dei vestiti, della casa, di quella strana coppia, del cibo facile e tutto il resto. Quello a cui non voleva rinunciare era invece Caterina. Avrebbe voluto continuare a vederla, a incontrarla. Ma come? Sarebbe arrivato il momento di allontanarsi prima o poi e, ci aveva ragionato su, era meglio che fosse prima.

Dal cestino di vimini accanto al forno prese un grosso panino all'olio dalla busta di carta, se lo ficcò in bocca e iniziò a masticare inspirando forte il buon odore del pane. Avrebbe voluto salutare Caterina e spiegarle perché se ne doveva andare. Il motivo gli balenò davanti agli occhi come l'immagine rossa della casetta che nelle ultime giornate si era arricchita di particolari. Una sorgente e degli alberi da frutto, così sarebbe stato davvero autonomo e le mele non le avrebbe più messe in pesanti cassette. E poi un bel cane, un cagnolino, ovvio, perché lui di quelli grossi aveva una fifa matta. Qualcuno per sentirsi meno solo quando rientrava dalle sue scorribande nel bosco vicino.

Prese la matita vicino al telefono rammaricandosi di non aver imparato a scrivere, e sul blocco aperto disegnò un cuore incerto con dentro un grosso sorriso.

Un altro colpo alla finestra. Possibile? Stavolta si sbrigò a raggiungerla e la aprì. Sul davanzale c'era un sassolino. Niko lo prese e guardò giù. Fu un attimo. Un'impressione, l'arco d'accesso al giardino della vecchia palazzina si riempì per un istante. Una sagoma scura. La testa rasata. Non era possibile, non poteva essere lì per lui. Si sporse e lo vide. E anche l'uomo fermo al portone vide lui, poi scomparve.

L'odore del pane nelle narici era svanito, al suo posto il sudore freddo e il ricordo della benzina sul corpo. Quel pensiero lo ferì e gli fece perdere lucidità. Niko corse alla porta, la aprì e uscì di casa per lasciarsi quel mondo alle spalle e tornare alla sua vita sul Tevere.

« Che cazzo ci fai qui, ladro? »

Di fronte a lui c'era un uomo. Aveva dei lividi sulla faccia ed era rasato, ma non era nessuno dei due che lo avevano aggredito nella casa sotto al fico, ne era sicuro. Sembrava piuttosto...

« Allora? Dov'è Comello? » ruggì l'altro.

Quando il ragazzino vide la pistola nella fondina e la sicura del manganello al fianco che si slacciava, una rabbia oscena lo afferrò.

L'ispettore Bettini sorrise. Era lì per prendersi la rivincita su Comello e invece ora, a quanto pareva, gli avrebbe pure fatto un favore.

Niko urlò e si scagliò addosso al poliziotto, che non fece in tempo a estrarre l'arma e si trovò per terra colpito da una testata al basso ventre. Quando si voltò per riacciuffarlo si rese conto che il piccolo rom era volato giù per le scale e via, attraverso il giardino, per andarsi a nascondere in chissà quale delle sue sudice baracche.

52

Roma, Montesacro

Se c'era una cosa che Enrico Mancini amava quasi quanto una pinta di stout era Roma alle ultime luci del giorno. Alla sera, quando il sole moriva dietro la villa del professore, scivolando lontano oltre la superficie del Tirreno, tutto appariva irreale. L'arancio sopra i tetti si legava al colore delle tegole sciogliendosi in un'unica superficie orizzontale simile a un enorme campo di terra. Le antenne, i comignoli, la punta delle cupole investiti dai raggi di lava si fondevano per trasformarsi in sghembe strutture mentali.

Lì sopra Enrico immaginava di riuscire a vivere, lì credeva di ritrovare un mondo docile e abitabile. Perché sotto a quel mondo, Roma era una palude di macerie. Quando poteva, quell'ora la passava sulla poltrona spostata di fronte alla finestra, e lì, sprofondato come quel sole arrogante, riusciva a pensare.

Pensava all'indagine che aveva tra le mani. Due vittime e un sopravvissuto per sbaglio – Francesco Noce, che era ancora tenuto in coma farmacologico – a distanza di pochi giorni. Dinamiche pressoché identiche, stessa mano, non c'era dubbio. Un profilo misto, gli interrogativi sulla scheda di valutazione nel secrétaire del professore e quella sigla: C.C.S. Gugliotti che si era messo a giocare le sue ultime carte contro di lui, stavolta allo scoperto. Dopo anni di insofferenza, forse risentimento, per ragioni che Mancini non riusciva a comprendere fino in fondo, il questore aveva rotto gli indugi, probabilmente alle soglie della pensione, e lo aveva messo in mezzo sfruttando le secche in cui s'era impaludata l'indagine.

La bomba era scoppiata e ormai non poteva farci nulla, non si poteva tornare indietro. Stavolta il professore non sarebbe accorso in aiuto del suo allievo. E forse, in fondo, Enrico preferiva così. Era sempre stato una presenza importante, come un padre, ma a un certo punto arriva il momento dell'omicidio metaforico del padre. Biga però si trovava davvero dentro al tunnel della morte.

Aveva chiamato i medici, non voleva andare a trovarlo mentre il professore era ancora in stato di incoscienza. Aveva da fare con l'indagine, e... C'era qualcosa che continuava a girargli in testa, come la mosca di Nietzsche. Biga gli aveva tenuto nascosta una parte della sua vita professionale. Qualcosa che lo riguardava da vicino e che lo legava, in maniere insondabili, all'uomo che stava cercando di farlo fuori, Vincenzo Gugliotti.

Sopra quei piani mentali correva poi il pensiero di Oscar e del suo addio. Aveva sempre saputo che sarebbe finita in quel modo, un giorno o l'altro. Era come una storia d'amore rimasta in sospeso, in cui entrambe le parti sanno che prima o poi si dovrà consumare una fine vera e propria, perché le cose irrisolte spaventano tanto il cacciatore quanto la preda. Enrico aveva ancora con sé la lettera di Oscar. Sapeva che l'avrebbe riletta, ma non ora.

Una confusione d'immagini e sensazioni che non riusciva a domare. Non era nemmeno riuscito a parlarne con la Antonelli. Ma aveva lasciato la seduta portandosi dietro una strana sensazione liberatoria, stavolta. Come se avesse messo tutto a posto, come se le ombre che lo avevano accompagnato in precedenza si fossero sciolte in una mera suggestione dell'animo. Mancava una sola seduta, poi si sarebbe lasciato alle spalle anche quella noiosa faccenda.

Una vibrazione fece guizzare gli occhi sul tavolino da tè. Era un messaggio. Per un attimo tornò a fissare il vuoto. Poi, adagio, il desiderio di riemergere da quel pantano mentale lo spinse ad allungare la mano. Prese il cellulare e lesse.

«Aggiornamenti!» annunciava Giulia. Mancini aveva lasciato sola anche lei, e si sentì in colpa. Cercò di pensare alle notti con lei, alle poche serate trascorse quell'inverno a fissare le fiamme nel camino di casa sua mentre Marco, il figlio di Giulia, dormiva al piano di sopra. Già, quel bambino. Voleva perderli entrambi? Una punta di tepore s'insinuò sotto lo sterno e un barlume di speranza parve rasserenarlo. Rimise il telefonino a posto e lasciò che lo sguardo vagasse ancora lontano. Stavolta però il tepore del tramonto sembrava essersi smarrito oltre la soglia del mondo visibile e la mano di Enrico riafferrò di corsa il cellulare.

Tasto di chiamata veloce numero 2, perché lei si trovava solo dopo il professore. *Primo squillo*. Il palato si seccava e la voglia di una birra fredda aumentava, ma le aveva promesso che avrebbe atteso la fine dell'indagine. *Secondo squillo*. Perché non rispondeva? *Terzo squillo*. Forza, Giulia, sbrigati. I tetti stavano perdendo la liquida magia del sole. Più in basso le tende di un balcone ondeggiavano e quell'onda gli parve un saluto. Aveva imparato a non tremare di fronte alla morte, lui che l'affrontava ogni giorno, ma quel senso di solitudine immanente lo divorava dall'interno. *Quarto squillo*.

« Eccomi. »

« Finalmente », disse per pentirsene subito dopo.

« Grazie », fu la risposta stupita di Giulia. « Ti ho scritto perché ci sono delle novità sul caso e vorremmo incontrarci al più presto. »

Enrico ascoltava poco, lo sguardo assente, la voglia di averla vicino. Presto. Subito. « Va bene. »

« Okay, be', allora dove e quando ci vediamo? » chiese.

Non l'aveva richiamata per conoscere gli aggiornamenti dell'indagine, no. Ora gli era chiaro. L'aveva chiamata perché gli mancava. Perché forse il dispiacere per Biga, il peso del caso irrisolto, della polemica sui giornali e la sciocca guerra di Gugliotti lo stavano fiaccando. E lui non aveva nessuna intenzione di cedere il passo allo sconforto dopo tutta la fatica che aveva fatto e la fortuna di avere incontrato lei. Avrebbe voluto dirle tante cose, o magari rispondere alla domanda che gli aveva fatto. Ma dal petto gli nacque una frase diversa: « Perché il questore ce l'ha tanto con me? »

Giulia passò il telefonino da un orecchio all'altro, avvertì dentro di sé il fardello di quella domanda in quell'esatto momento umano di Enrico e, con una voce forte e trasparente come l'acqua, rispose senza esitare: « Perché io l'ho rifiutato, Enrico ».

L'aria della sera inondò il soggiorno e investì Mancini come un enorme pugno nel ventre. La nuca s'inumidì gelandogli il cervello in una morsa. Poi l'onda d'urto scese dentro al cuore. E tutto gli fu chiaro in un attimo.

Non poteva, non voleva restare più solo in quella casa, con se stesso. Improvvisamente tutti quanti loro divennero presenze concrete, non meri fantasmi della memoria, e sentì che li voleva con sé. Sentì che aveva bisogno di Giulia accanto a sé, non solo in quel momento, per quella maledetta indagine, ma per ogni attimo del tempo che avrebbe avuto davanti.

Bagnò le labbra con la punta della lingua, abbassò le palpebre e sorrise a se stesso prima di pronunciare le uniche due parole che gli salivano dal petto: « Vi aspetto ».

Clinica psichiatrica minorile
Scheda di valutazione n. 2 C.C.S. paziente A.A.

Dopo un anno di osservazione del soggetto, la commissione non è giunta a un parere univoco. Tre elementi della commissione restano sfavorevoli al reinserimento sociofamiliare, sconsigliando l'affidamento in ragione delle ambiguità comportamentali che il soggetto manifesta e delle inclinazioni mimetico-patologiche giudicate potenzialmente pericolose.

L'altro elemento della commissione è invece favorevole all'affidamento, previo passaggio per una struttura di mediazione sociofamiliare, giudicando necessario il contatto con il mondo esterno e, in un secondo momento, l'inserimento in un contesto domestico normalizzante.

Non avendo raggiunto l'unanimità necessaria, il paziente A.A. sarà trattenuto nella nostra clinica per essere sottoposto a ulteriori accertamenti nei successivi sei mesi.

Si rimette il giudizio definitivo alla prossima riunione della Commissione Casi Speciali entro e non oltre anni due dalla presente.

54

Roma, Montesacro

« Eccoci », annunciò la voce della Foderà.

Mancini aveva lasciato il portone aperto e la porta accostata. Era seduto sulla poltrona e dava loro le spalle.

Con Giulia c'erano Alexandra, Caterina, Walter e Antonio. L'intera squadra per la prima volta riunita nell'appartamento di Enrico. Nonostante tutto, quella era la prima volta che ci entrava anche Giulia, e una specie di timore reverenziale l'avvolse quando si ritrovò in un ambiente che non avrebbe mai attribuito a Enrico, per come lo conosceva, almeno.

« Prego », rispose Mancini voltandosi e facendo cenno di chiudere la porta.

Aveva spostato in salotto un tavolino ovale che di solito teneva nel suo studiolo, la stanza sempre chiusa a chiave in cui aveva ammassato un sacco di roba che non serviva, o che non voleva avere sott'occhio. Lo aveva messo tra la poltrona e la finestra.

Il gruppo si mosse nel disordine della stanza. Comello, che era già stato lì qualche volta, stentava a riconoscere la casa. Tutti i mobili – scaffali, una piccola libreria, le sedie, anche il tavolo da pranzo – erano accatastati contro la lunga parete su cui si apriva la porta che dava nella zona notte.

Giulia procedeva per ultima tra le macerie di un'esistenza mentre Mancini faceva loro cenno di avanzare. La finestra era spalancata e la luce artificiale dei lampioni sbriciolava il profilo del davanzale. Mancini indicò il pavimento e sul viso delle ragazze si disegnò un grosso punto interrogativo. Rocchi fece una smorfia di disappunto mentre Walter si accucciava.

Il commissario gli sorrise, benevolo. La Foderà, in piedi davanti al rettangolo di luce, incrociò le braccia interrogativa. Caterina e Alexandra si abbassarono. Antonio non riuscì a trattenere un grosso sorriso da matto.

« Ci siamo. »

« Enrico... » disse la Foderà stringendosi ancora più forte le braccia al petto.

« Giulia. » Mancini inclinò la testa e la luce giallastra scomparve dietro la massa di ricci della pm. « Vieni qui, davanti a me. »

C'era qualcosa di bizzarro e ipnotico in quella scena, se ne rendevano conto tutti. La Foderà scosse il capo, si morse le labbra. Mancini abbassò lo sguardo sullo spazio vuoto di fronte a sé e lentamente Giulia si accomodò.

« Vi ascolto. »

Per l'ora successiva la squadra aggiornò il commissario sugli ultimi dettagli. Lui li ascoltava e prendeva appunti su un grosso foglio di carta bianco. Partirono dalle ipotesi di Giulia sull'ambiguità sessuale dell'omicida sulla scena del crimine. Poi fu la volta di Rocchi: gli esami su Francesco Noce avevano rivelato la composizione chimica della seconda sostanza iniettata nelle vittime.

« È un nuovo farmaco utilizzato in ambito anestesiologico. Si chiama Sugammadex », esordì Antonio.

Scossero la testa, mai sentito nominare.

« È conosciuto tra gli addetti ai lavori perché è in grado di far tornare cosciente il paziente sottoposto ad anestesia preoperatoria in due, tre minuti. E ha il vantaggio di riuscire a far recuperare quasi immediatamente le funzioni muscolari e respiratorie. Purtroppo ha un costo elevato e in Italia non si usa dappertutto. »

« Okay », disse incerto Mancini che fissava Rocchi in cerca di spiegazioni ma con la sensazione che i nodi stessero venendo al pettine. La resa dei conti si avvicinava e l'adrenalina cresceva, contenuta da una serenità del tutto nuova.

« Quello che sappiamo è che il killer ha usato il taser per stordirli. Inietta la ketamina ed esegue il suo rituale. Le mutilazioni. Poi però succede qualcosa. » Le pupille di Rocchi scintillarono e Alexandra riconobbe un brivido dentro di sé.

Mancini lo precedette: « Inietta questo farmaco ».

« Proprio così. »

« Per farli svegliare. »

« Già. »

« Lo sapevo », batté il palmo sul tavolino facendo volare i foglietti. « Questo è coerente con le tue ipotesi, Giulia. »

« Davvero? » domandò lei.

« La firma dell'assassino non è la mutilazione, ma la costrizione. O, più precisamente, lo spettacolo. »

« Lo spettacolo? » disse Alexandra.

« Certo. Lui resta sulla scena del crimine ad assistere. »

« Ma se li ha murati vivi, in un modo o nell'altro, cosa poteva vedere? » osservò Caterina togliendo la Nikon dal tavolino e posandola sulle gambe.

« Sì, ma resta lì, ne sono certo, fermo, nel buio e nel silenzio, aspetta, ascolta. Si gode lo spettacolo e forse fa qualcos'altro. »

« Cosa? » chiese Giulia rapita dal flusso di pensieri di Enrico.

« Lui non aspetta la morte, perché sa già che quella avverrà, prima o poi. Ma pensate al modo in cui prepara la scena... Non ha solo un valore simbolico. Non è soltanto una serie di indizi metaforici. Quello è un palcoscenico. E lo spettacolo non è la morte del protagonista, ma la disperazione con cui le vittime cercano di sfuggire al proprio destino. Le osserva mentre lottano per sfondare le gabbie cieche che gli ha costruito attorno, per cercare la luce. »

« Magari trae godimento dal loro suicidio. Anche

se non possiamo saperlo, questo », propose Antonio aggiustandosi gli occhiali sul naso.

« È così. Abbandonano la speranza, cedendo lentamente al buio. Ecco, sono questi i due concetti chiave. La disperazione e lo spettacolo che produce e rappresenta per l'assassino. Li osserva confusi nel buio, di fronte a una morte certa e percepita come inevitabile. Li ascolta nell'ombra mentre si smarriscono, perdendo ogni riferimento, sciogliendosi nello specchio nero della morte. »

« Cosa hai detto? » gli chiese Giulia.

Mancini le rispose inarcando le sopracciglia: « Che li osserva morire e... »

« No, alla fine. L'ultima parte. Ripeti », insisté la pm tagliando l'aria con una mano che si piantò sull'altro palmo.

« Li ascolta mentre si smarriscono, mentre perdono ogni riferimento e si sciolgono nello specchio nero... »

« Eccoci. Lo specchio. È questo il punto. Quando ho chiesto ad Alexandra di fare le ricerche sulla figura dell'androgino avevo in mente il tuo primo abbozzo di profilo psicologico e pensavo a un comportamento misto del nostro uomo. Attivo e passivo, a fasi alterne. Regista prima, spettatore poi. »

Mancini la ascoltava incuriosito. Alexandra annuiva in silenzio e Antonio la sbirciava con una luce intensa negli occhi. Walter e Caterina erano seduti accanto.

« Ho creduto che questa componente passiva potesse avere a che fare con una patologia sessuale o psicologica legata a un'ambiguità o devianza sessuale. Ma mi sbagliavo. »

« E lo specchio cosa c'entra? » chiese Walter.

« Il nucleo doloroso e scatenante che è alla base della psiche del nostro seriale è il suo rapporto, fisico o metaforico, con lo specchio. »

« Vale a dire? » fece Alexandra.

« La sua identità », intervenne Mancini con un'espressione soddisfatta, la barba tormentata dalle dita nervose. « È questo che fa quando resta lì a studiare e a godere della morte lenta delle sue vittime. Si specchia. »

Walter sembrava perplesso: « Non so se vi seguo fino in fondo... »

Prima che la Foderà potesse argomentare s'intromise Rocchi: « L'identità nella morte. Perché nella morte trovano una identità ».

Gli sguardi della squadra pesavano sul medico legale come macigni. Ma lui proseguì, guidato dal flusso di immagini che gli si accavallavano in testa.

« La troviamo tutti. Anzi », ridacchiò mesto, « è l'unico modo di trovarla. Solo in quel momento, nella nicchia, sottoterra, o sul mio tavolo autoptico », sospirò, « sono *veri*, sono *uno*. Nella morte c'è la loro identità, l'unica possibile. »

Walter spostò piano la testa in cerca degli altri, assorti in quel discorso che sembrava un po' folle. La pausa che seguì sapeva di silenzio. Poi qualcuno lo ruppe. Qualcuno che si era ripromesso di non lasciarsi più andare: « Che ti succede, Antonio? »

Si voltarono verso Alexandra. Giulia cercò di ammonirla con una smorfia di disappunto ma Alexandra aveva gli occhi dentro a quelli di Antonio. Tremolavano sofferenti, mentre quelli di lui traboccavano di dolore e rabbia.

« Sapete », gli angoli della bocca si sollevarono a fatica, « sono stanco di tutta questa roba. Dei morti ammazzati, delle autopsie, delle indagini », disse d'un fiato e quando terminò sul viso gli si dipinse un'espressione di stupore. « Non riesco più a ritrovarmi. Perché non so più chi sono io. So soltanto chi sono *loro*, so *tutto* di loro. Di tutti loro. Altezza, peso, età, colore dei capelli, gusti sessuali. So cos'hanno mangiato poche ore prima di morire. So quanto hanno sofferto, quali sono state le loro ultime sensazioni. Contemplo le loro smorfie sbilenche, disumane. »

Mancini lo fissava e non rammentava di aver mai visto quella fiamma oscura che animava lo sguardo di Antonio. Mai.

« Io so come muoiono, cosa sentono negli ultimi istanti, mentre faccio a pezzi quei corpi come fossero costruzioni giocattolo, immagino i loro ultimi pensieri scanditi dal ritmo della chimica della morte. »

Si volse, perché le lacrime avevano scavalcato le palpebre e la vergogna era troppa, di fronte agli altri. Di fronte ad Alexandra. Si tolse gli occhiali e li mise a cavallo della gamba. « Io non sono solo questo. Non sono il mio mestiere, le cose che faccio, io sono altro», allargò le braccia come per mostrarsi.

Il commissario era in balia di tante emozioni, a cui mise fine per provare a parlare. Rocchi era un suo amico e lui doveva...

All'improvviso, il viso tirato di Antonio si ammorbidì: «Quello che vorrei dirvi è che la luce dei loro occhi, quello che hanno dentro, è fatta di buio, quel barlume opaco è l'identità più intima, l'unica cosa che conta quando invece di loro non resta che un nome, un corpo, un ruolo. Ma chi erano davvero? E soprattutto...»

Gli zigomi, tornati a sostenere le lenti degli occhiali, si sollevarono in quello che parve a tutti un ghigno irriverente. «Chi sono io?» Li aveva presi in giro? «È questo che si chiede il nostro seriale, giusto, Enrico? Corretto, Giulia?» domandò asciugandosi la faccia umida.

Mancini poggiò i gomiti sul tavolino e tentò di alzarsi, ma era incastrato. Erano straordinari. Caterina, Giulia, Antonio, Walter, Alex. Ognuno di loro aveva...

«Aspettate», Caterina stava frugando nella borsa della Nikon. «Eccole qua», disse mettendo sul tavolo delle fotografie in bianco e nero. «Le ho fatte così per esaltare il contrasto.»

Sul tavolino che traballava mentre il commissario se ne tirava finalmente fuori c'erano tre immagini. Tra rughe, lividi e tagli, la pelle della fronte dei tre soggetti era una tela su cui l'autore aveva apposto la propria firma. Una dietro l'altra, nell'ordine dei ritrovamenti, la fronte di Paolo Tancredi, quella di Monica Longo e quella di Francesco Noce svelavano il loro messaggio segreto.

Nessuno parlava. Ma nella mente di Mancini si accavallavano immagini, scene del crimine, vittime, schede, le parole di Giulia e Antonio, le foto e... La lettera di Oscar. Lo specchio, l'identità, l'io. Il commissario accostò la punta dell'indice al bordo della prima e disse: « E ». Lo spostò sulla seconda: « G », e finì con la terza: « O ».

« Ego », disse Giulia Foderà.

55

Il rumore penetra il sonno come uno spillo nel collo, calmo e spietato. Un prurito diffuso, un solletico forse, alle estremità dei quattro arti, poi più niente. Quiete, un'inerzia sospesa nel tempo, docile come l'incoscienza di sé. I sensi lenti si destano, il formicolio li accende prima che il pensiero si faccia vivo, lucido, pronto. È un tempo di mezzo quello che assapora. Sente che si sta risvegliando, poi, di nuovo, affonda nel letargico oceano del non essere. Un dito sussulta d'un impulso elettrico. Il sangue invade la testa, il cuore si sveglia.

Un guaito d'agonia. È nudo, su una sedia, al centro di uno spazio illusorio. Ha freddo, la pelle è bagnata da una luce fievole che scende dall'alto. Le gambe legate da cinghie di cuoio. Le vede, strette a quelle della sedia, ginocchia e caviglie. Sembra una seggiola da ufficio, di plastica, con il sedile e lo schienale di feltro. I legacci serpeggiano attorno ai braccioli dove inchiodano gomiti e polsi. Mentre osserva, la stanza vacilla, le mura in ombra ballano liquide. Ma le onde sono dentro la sua testa, perché tutto torna a posto in un attimo. Una serie di immagini intermezzate da sequenze visive ustionanti per gli occhi e le tempie. Il vicolo, la porta, il colpo al petto.

Da qualche parte una goccia rintocca come una sen-

tenza e Vincenzo Gugliotti capisce tutto in un istante. Capisce che è nella Città dell'Acqua che si trova. A venti metri sotto terra, in quello che di norma è un museo visitato da migliaia di persone e che adesso sta per diventare una tomba. Capisce che l'odore viene dalle piccole muffe sul soffitto a volta. Gli occhi captano un lieve luccichio, deve venire dall'alto, dalla parte superiore del museo. Ma quaggiù è solo il riflesso delle umide mura di tufo.

Ma soprattutto il vecchio questore percepisce una sensazione di pericolo profonda, più profonda della sua situazione, della posizione, della sedia su cui è legato, dei buchi sulla spalla e del destino che lo aspetta. No, è profonda quanto la storia di Roma, quanto una storia che lui ha dimenticato, che ha sotterrato dentro se stesso, che ha ignorato, che ha finto non esistesse per tanti, troppi anni. Sperava di andarsene in pensione e invece è lì sotto che finirà i suoi giorni: lo sbirro nascosto sotto la sua scorza di burocrate glielo dice come il battito del cuore gli dice che è vivo.

Ma ancora per quanto?

Non ha spazio per muovere gli arti, e nemmeno la forza. È come se si fosse svegliato da un'operazione, da un sonno chimico. Il braccio destro gli fa male. Però una cosa può farla, pensa. Può gridare, se serve a qualcosa. Ma non vuole, sa per esperienza che nei casi di sequestro non è mai una buona idea.

Improvvisa, avverte una presenza a pochi passi, forse dietro una parete. Un movimento? Solo gocce che piovono dall'alto e si perdono nell'acqua ai suoi piedi, alta due, forse tre dita. La luce languisce, ma lui sa che qualcuno lo guarda, in attesa che si svegli sul serio. E adesso Vincenzo Gugliotti è sveglio davvero. E muove la testa: è il suo segnale – vediamo chi sei.

Nessuna reazione. Un'altra goccia sonora.

Ma lui lo sa, sì, qualcuno c'è.

Qualcuno c'è. E vuole che lui abbia paura. Ma non succederà, non può succedere, deve conservare la sicurezza, anche se soltanto apparente, come il suo ruolo gli ha sempre imposto. La paura non ha freni e lui lotta per nasconderla all'essere invisibile che lo sta certamente osservando.

« Esci! » intima.

L'eco risuona beffarda rimbalzando tra i caseggiati della Città dell'Acqua e spegnendosi da qualche parte nel buio.

Resta in ascolto, forse si è sbagliato, forse non c'è nessuno. Ma poi lo sente, un respiro lento, una tensione astratta come di una persona che resta immobile. Gli anni di addestramento glielo hanno insegnato, ma adesso non serve. Sentirsi osservato dalle mura lo snerva. Allora sale veloce una vampa d'adrenalina e lui si concentra per tenerla a bada. Deve prendere tempo.

« Chi c'è? »

Sente freddo. Guarda in alto e la testa torna sulla giostra, lo schifo in bocca. Chiude gli occhi. È stanco, troppo stanco, ma il cervello non si ferma e allora lui pensa. Pensa a chi può esserci, là dietro. Perché è da dietro quel muretto alto non più di un metro e settanta che si sente osservato, ora.

« È uno scherzo? » dice con un tono che non convince neppure lui.

No che non lo è.

« Cosa vuoi? » insiste, ma la voce leggera, incapace, si perde veloce.

Un conato gli strizza lo stomaco quando qualcosa si muove dietro quel maledetto muro. Un passo. Forse due.

Allora c'è davvero qualcuno.

56

Roma, Montesacro

Il blu scuro della notte si mescolava al giallo tenue dei lampioni di sotto e Antonio fumava una canna affacciato alla finestra. Giulia analizzava con Caterina e Alexandra le foto. Avevano ragionato sul senso più profondo di quella parola, « ego », sul significato che le aveva attribuito l'assassino. Non poteva essere un'affermazione del sé, o forse una ricerca della propria identità? Ma perché la stava cercando, l'aveva smarrita? E se sì, in che modo pensava di ritrovarla, cosa stava tentando di fare con quella serie di omicidi?

Walter era seduto e batteva le dita sul bordo stondato del tavolo a mo' di bacchette della batteria. Caterina lo guardò male ma la disapprovazione nel suo sguardo lasciò subito il posto all'imbarazzo per ciò che gli stava tacendo. Quando Mancini tornò dalla cucina con del caffè per tutti, l'ispettore colse la palla al balzo: « Commissario, ho parlato con la figlia di Francesco Noce, il giudice tutelare finito sotto a un ponte ».

Caterina s'illuminò e aprì le fotocopie che teneva

in mano. Le indagini di Walter convergevano con le sue? Erano a un punto di svolta?

« Sono venute a galla alcune cose interessanti. Prima di tutto il nostro senzatetto è andato fuori di testa e ha abbandonato moglie e figlia per una ragazzina. Ma la cosa peggiore è che era una minore. »

« Una minore che aveva in custodia », intervenne Caterina e cinque paia d'occhi si spostarono su di lei. « Radiato per grave violazione del codice etico. » Aveva spianato i fogli sulla superficie di legno. Li fece scorrere fino al commissario. « Non abbiamo il nome della minore, ovviamente. Però ho trovato qualcosa che all'inizio mi è suonato assurdo. Ma adesso... non so, commissario. »

« Come hai fatto ad avere questi documenti? Non dovrebbero essere riservati? » chiese Mancini stupefatto.

Walter la guardava come se la vedesse per la prima volta. Era per quello che nell'ultimo periodo era stata spesso fuori? Voleva portare un contributo importante all'indagine? Comunque fosse, era fiero di lei, della poliziotta che era diventata in pochissimo tempo.

« Un'amica al Tribunale dei minori. Con un marito importante, diciamo », disse Caterina, arrossendo appena. Poi spostò di poco il primo foglio che Mancini stava leggendo, quello del curriculum del giudice, e gli fece scivolare accanto il secondo. « Queste sono le coppie che hanno chiesto minori in affidamento sotto la tutela del nostro giudice senzatetto, Francesco Noce. »

Lentamente, Caterina fece scorrere l'indice verso il basso, catturando lo sguardo del commissario, fin quasi al termine dell'elenco alfabetico.

« C'è un nome che conosciamo », mormorò Caterina.

Mancini avvicinò gli occhi alla scritta piccolissima e lesse ad alta voce: « Cristiana e Paolo Tancredi ».

57

Clinica psichiatrica minorile
Scheda di valutazione n. 3 C.C.S. paziente A.A.

Gli ultimi eventi hanno accelerato la valutazione dell'affido del paziente. Dopo un ulteriore anno di osservazione del soggetto, la commissione è giunta a un parere favorevole anche se non condiviso. Due elementi su quattro della commissione, più un terzo elemento « favorevole con riserva », approvano il reinserimento sociofamiliare progressivo che verrà mediato per un tempo da stabilire da un istituto specializzato. Tale istituto provvederà al primo reinserimento sociale nella formula semicollegiale (protetta) che è propria della struttura. La stessa si occuperà, mediata dalla supervisione di questa commissione, di analizzare atteggiamenti e interazioni e stabilire, qualora lo ritenesse congruo, contatti con l'esterno che saranno sempre sottoposti a vigilanza.

58

Roma, Portico di Ottavia

Quando il campanello all'ingresso cantò il suo morbido *ding-dong*, Cristiana Tancredi stava leggendo nello studio che fungeva da camera da musica per suo marito. Si allarmò: il portiere non arrivava mai senza annunciarsi e nessun altro poteva salire senza passare per la portineria. Sua figlia dormiva ancora, si era presa due settimane di ferie dalla scuola media dove insegnava matematica e scienze.

La sorpresa fu ancor maggiore al momento di aprire la porta. Due uomini e due donne si presentarono come funzionari di polizia e in breve tempo, senza che lei neppure si rendesse ben conto di quanto accadeva, erano nel suo soggiorno.

« Signora Tancredi, mi perdoni, so che è un brutto momento per lei e sua figlia, ma... »

« Non mi disturba. » La moglie del pianista scomparso aveva una voce morbida come il suo fisico, i capelli fatti da poco e un raffinato vestito nero, che evidentemente indossava anche in casa. « Se posso esserle utile per scoprire chi ha... Chi... » Il tono s'incrinò ma subito Cristiana Tancredi riuscì a rimetterlo sui binari della formalità.

« Devo farle una domanda », disse Mancini serio.

« Prego. »

Il sole arrancava pigro dietro i pini del cortile diffondendo un tiepido lucore odoroso. Mancini aveva chiesto a Giulia, malgrado, o grazie alla sua influenza sul questore, di andare a parlarci per provare a capire cosa si nascondesse dentro quel piccolo archivio portatile, quello da cui era stata strappata e portata via la scheda che Mancini aveva ritrovato nel secrétaire di Biga.

« Anni fa, prima di avere sua figlia... Lei e suo marito avevate fatto domanda per un'adozione? »

Nell'appartamento signorile al Portico di Ottavia qualcosa si fermò. Era il cuore di Cristiana Tancredi. Le labbra s'erano fatte di pietra, la bocca secca. « Posso chiederle perché me lo domanda, commissario? »

Caterina le si avvicinò e la fece sedere sull'ampio divano dorato. Poi si accomodarono tutti.

« Non glielo domando, signora. Lo so. E capisco che possa essere doloroso, ma le chiedo di fidarsi di me. È necessario per l'indagine. »

Stavolta il silenzio durò lo spazio di pochi secondi e Mancini percepì un grande imbarazzo. Il volto della donna, una bella signora elegante dell'alta borghesia romana, era spento. « Non è stato prima di mia figlia, ma dopo. Elena era già grande, aveva sedici anni, sì. »

Mancini notò che la signora aveva abbassato la

voce di un tono. « Ricorda anche perché la domanda fu rifiutata? » le domandò.

« Rifiutata? » Cristiana Tancredi sistemò l'orlo del vestito e mise le mani in grembo. Erano sottili. « No, commissario, si sbaglia. La nostra domanda fu accolta. »

« Scusi? » chiese Mancini.

« Era un affidamento pro tempore. »

Caterina sospirò senza rendersene conto. Walter appuntò qualcosa sul taccuino a spirale. Alexandra annuì.

« E cosa è successo dopo, allora? Perché non lo confermarono? »

Stavolta la pausa fu più lunga. Le labbra secche domandavano da bere, ma forse sperava di liberarsi velocemente di quel fastidio, almeno così la pensava Caterina.

« Fummo noi a rimandarla indietro. »

« Posso chiederle perché? »

« Mia figlia non la voleva. La ragazzina rimase da noi due mesi. All'inizio andò tutto bene, avevamo già fatto vari incontri qui a casa, ma poi è successo qualcosa. »

« Cosa è accaduto? »

« Non ne ho idea, commissario. » Scorgendo il dubbio sulla faccia di Mancini la signora insisté: « Mia figlia era diventata strana, insofferente, direi che... »

« Avevo paura. No. Ero terrorizzata. »

La voce proveniva dalle spalle di Mancini e Walter che sedevano su due poltrone di fronte alla signora e Caterina. Sulla soglia della cucina era comparsa Elena Tancredi. Alta, la faccia del padre con gli occhi castani e i capelli cortissimi. Si fece avanti salutando con un cenno della testa.

« Buongiorno, signora Tancredi. Siamo qui... »

« Lo so. L'indagine su papà. » Si era appena svegliata e, a giudicare dalle occhiaie e dal trucco spalmato sul viso, non doveva aver passato una nottata tranquilla. « E per quella ragazza. »

Tremavano, le labbra della madre, di sconforto, di timore. Non era chiaro, ma era di certo emotivamente ancora molto scossa.

« Perché la spaventava? »

« Sono passati secoli, commissario Mancini », disse restando in piedi, le mani che si sfregavano. « Però ricordo perfettamente quella sensazione. Dopo alcuni giorni che era qui, quella ragazza è... È cambiata. All'inizio, piccole cose, atteggiamenti... Strani. Non so come altro spiegarlo. Mamma le aveva dato una stanza tutta sua, ma lei voleva a tutti i costi stare in camera con me. »

« È normale », disse sottovoce Alexandra.

« La notte si alzava e veniva da me. Restava lì per ore a guardarmi dormire. »

« Come se n'è accorta? » domandò Caterina.

Al suo fianco, sul divano, Cristiana Tancredi teneva le dita davanti al viso, incredula. La figlia se ne accorse: « Mia madre non sa niente, non ne ho mai parlato, finché mio padre è stato con noi, finché era vivo ».

« Elena... Io... »

Elena scosse la testa e staccò con violenza gli occhi dalla madre. Erano anni che si teneva dentro quel segreto che ora stava sputando addosso alla madre, più che a loro.

« Ricordo che una notte, era tardissimo, un rumore mi ha svegliata. Ho aperto un occhio e ho visto una sagoma di fronte al mio armadio. Era di spalle e non si era accorta che ero vigile. Sono rimasta immobile come da piccola, quando tremavo in silenzio per il cane matto sotto il letto. Me lo diceva papà, di starci attenta. Quanti danni hai fatto, papà », sorrise cercandolo oltre il soffitto. « Quella ragazza si guardava allo specchio e faceva delle facce. »

« Delle facce? » disse Alexandra.

« Sì. Dopo un po' l'ho sentita venire vicino al letto ed è rimasta a guardarmi da vicino. Avevo voglia di alzarmi e urlare, ma non riuscivo ad aprire gli occhi. »

« Dio mio », disse Cristiana Tancredi coprendosi gli occhi.

« Una mattina ricordo che sono andata da mamma », guardò la donna sul divano, « Ero in lacrime perché quella ragazzina mi aveva terrorizzata. »

« Era diventata violenta? »

« No. No, quello no. Peggio. Avevo scoperto che veniva tutte le notti a farmi visita. E che quelle che faceva allo specchio non erano facce buffe. »

« Non erano smorfie? » domandò Mancini assorto nel racconto di Elena.

« No, commissario. Lei... be', sì, lei mi imitava. Lo faceva per ore davanti a quel maledetto specchio. »

Mancini guardò i ragazzi e tornò su Elena Tancredi mentre cercava di dare spazio alle sinapsi che traducevano gli stimoli chimici in un'unica immagine: la scheda verde di Biga.

« Io non so come, forse aveva approfittato del mio sonno, aveva preso un mio vestito dall'armadio e lo aveva indossato. Ce l'avevo davanti e mi sembrava di impazzire perché non riuscivo ad aprire gli occhi. La sbirciavo da una fessura e credo che lei mi vedesse, sì, insomma, che lo sapesse che la vedevo. Quello mi spaventò ancora di più, lo aveva sempre saputo che ero sveglia. Aprii gli occhi e lei continuò a fare quello che stava facendo. Si muoveva, spostava i capelli dal viso, sorrideva come me. Era identica a me. Avevo il corpo gelato, me lo ricordo benissimo. Ma non mi muovevo. Se ne andò dopo un po' e io non riuscii a spostare un solo muscolo per un'ora. Mi feci la pipì a letto, malgrado l'età. Te lo ricordi questo, mamma? Il tuo sguardo io non lo scorderò mai più. »

La donna annuì, sentendosi colpevole per un rimprovero che arrivava da lontano e si traduceva nell'eco di una sofferenza, nel timore di allora che le paure e le turbe della figlia si stessero trasformando in vere e proprie fobie. E invece...

« La mattina dopo mi svegliai con un senso di inquietudine addosso. E quando mi alzai lei era lì. Già vestita, mi aspettava. Ma non per stare insieme. Aveva i miei abiti e si era fatta delle codine uguali alle mie. Andai in cucina per la colazione, i miei non c'erano, e mi si piazzò davanti ferma, a ricopiare quello che facevo. Però non era un gioco. Stava zitta e ogni volta che sulla mia faccia si muoveva un muscolo, il suo guizzava veloce a ricopiare. Quando alla fine le dissi di smetterla, che mi faceva paura, lei mi rispose: 'Io sono te, Elena' e la sua voce, mio Dio, la sua voce era la mia. Me l'aveva strappata di notte, pensavo. Si mise a piangere quando scoppiai in lacrime per il disgusto. E le sue mani si muovevano come facevano sempre le mie. » Elena se le guardò, l'una nell'altra, chiuse al mondo e a se stessa. « Era come se fossi... come se fossi di fronte a uno specchio. Ma era mostruosa. Spaventosa e cattiva. Quegli occhi inespressivi mi terrorizzavano. Andò avanti per una settimana e la mattina, ogni mattina, lei mi aveva rubato qualcos'altro. Il trucco, la postura, l'intonazione della voce, la mia risata, quella che facevo quando papà mi prendeva in giro... »

« Quanti anni avevate? » Mancini provò a interrompere il doloroso flusso di coscienza.

« Erano grandi, quasi coetanee », intervenne Cristiana Tancredi alzandosi in piedi a fatica. Si avvicinò alla figlia con gli occhi lucidi, per quello che aveva sentito, per l'improvvisa scomparsa del marito e per come era avvenuta. Cosa c'entrava quella vecchia faccenda con loro?

Quella scheda, possibile fosse davvero tutto lì dentro? pensò Mancini.

« La rimandammo all'istituto e anche se Elena aveva sempre desiderato una sorella, non facemmo più richiesta. Potete immaginare quanto questa cosa sconvolse mio marito. Era un uomo pacifico, spesso assente per le tournée, e voleva una compagnia per Elena, ma dopo di lei io ebbi un intervento e non fu più... possibile. »

Caterina scavallò le gambe e si tirò su, seguita da Walter e Mancini. Madre e figlia erano abbracciate, Cristiana aveva preso una piccola cornice ovale e la mostrava piangendo a Elena. Era troppo piccola per distinguere bene i visi delle persone, ma Alexandra pensò che fossero loro tre.

Cristiana Tancredi alzò lo sguardo verso il commissario. « Io non lo sapevo, mi creda. Elena ne aveva parlato soltanto con mio marito, e... »

« Non mi avresti creduta », intervenne Elena. « Ma ho sbagliato anche io a non parlartene. »

La madre abbassò il capo per un istante. « Io ricordo solo il giorno in cui Paolo l'ha ridata indietro, come fosse un pacco indesiderato. L'ha messa alla porta, consegnandola all'assistente sociale. Rammento ancora le parole di quella donna: 'Sapevo che sarebbe finita così', disse, e a me parve così crudele... »

La signora Tancredi rimise al suo posto la cornice ovale e sospirò.

« Signora, ho solo un'altra cosa da chiederle »,

disse Mancini, in un tono delicato che però non riusciva a mascherare del tutto l'urgenza. « Questa faccenda a quanti anni fa risale? »

« Sono anziana, dottore, come lo era mio marito, anche se era in splendida salute e non avrebbe dovuto... Mi scusi. All'incirca trent'anni fa. »

« E come si chiamava quella ragazza? Lo ricorda? »

La donna scosse la testa. « È stata qui pochi giorni... »

Elena invece fece un mezzo passo avanti. « Certo che me lo ricordo. Non avrei potuto scordarlo. Noi usavamo il nome che le avevano dato all'istituto: Anna. »

59

Roma, Montesacro

Giulia ed Enrico camminavano su viale Carnaro, diretti a casa del professore. L'ufficio del questore era ancora vuoto e Gugliotti, si era informata Giulia, non aveva comunicato né malattia, né ferie, né altro. Ergo: non era riuscita a cavare un ragno dal buco sulla questione dell'archivio e delle schede. Erano diretti lì perché Giulia ricordava il grosso faldone pieno di foto e ritagli di giornale sulla panca del bovindo. Non era molto, ma poteva essere l'ultima chance per venire a capo di quella faccenda.

Nel frattempo, nonostante l'orario, Caterina era al Tribunale dei minori con Donatella per scavare tra le scartoffie burocratiche alla ricerca di qualcosa sulla ragazza adottata e poi rifiutata dai Tancredi. «Anna» era evidentemente il nome che le avevano dato nell'istituto che la teneva in custodia, ma almeno era una pista. Alexandra era al lavoro sul background storico-archeologico delle scene del crimine. Walter si stava occupando di individuare l'istituto a cui faceva riferimento Cristiana Tancredi.

Mancini infilò la chiave nella toppa del cancelletto di villa Biga e quella scattò mentre un rapido fruscio schizzò tra le siepi. Il vialetto era pieno di terra. I corvi zampettavano coi becchi bassi nel prato in cerca di vermi. Mancini e Giulia entrarono nella casa buia mentre fuori il fresco serale saliva dall'erba. Il commissario accese la luce del salone, guardandosi attorno. Avanzò e buttò la giacca di pelle sul divano del professore, quello davanti al caminetto.

« Saliamo », disse a Giulia che gli si fece accanto sul grande scalone mentre le dita si cercavano.

Giunsero al piano superiore e andarono dritti alla panca perimetrale del bovindo mettendosi a sedere. La penombra della casa con le scuri accostate o chiuse faceva vibrare entrambi di un'aspettativa sospesa. Giulia prese il quadernone ma, prima che potesse aprirlo, Enrico le posò una mano sulla sua, fermandola. La fissava e non ricordava di avere mai visto un volto più rassicurante e pieno di speranza. Lei se ne accorse e abbassò piano le palpebre lasciando che il tepore che avvolgeva le dita si diffondesse dappertutto. Ma proprio in quel momento Enrico lasciò andare la sua mano e gli occhi di Giulia gli chiesero perché. La risposta tardò appena un istante, quando le mani del commissario si posarono sul suo viso e lui le premette le labbra leggere sulle sue. Poi Mancini le si fece accanto, la tirò a sé e la strinse, lasciando che l'odore della pelle sul collo gli penetrasse fin dentro al cervello, quietando il suo naturale disordine.

Per dieci minuti restarono abbracciati senza parlare. Ascoltando il lieve movimento dei corpi che respiravano l'uno sull'altro, che vivevano, insieme. Giulia si staccò appena e una lama di freddo li divise.

« Ti va se apriamo questo coso e cerchiamo di chiudere velocemente il caso? » disse Giulia ravviandosi i capelli. Era tornata in sé, ma nella sua voce c'era ancora l'ombra di una concessione alla tenerezza che Enrico sfruttò per un ultimo bacio.

Sul tavolo c'era il quadernone con copertine di cartone chiuse da uno spago. In perfetto stile Biga, era una rapsodica collezione di foto, polaroid, ritagli di giornale e pagine volanti. Dentro di sé Enrico non aveva perdonato il professore per avergli tenuto nascosto quel passato. Se, come faceva per tutto il resto, lo avesse raccontato al suo allievo più fidato, ora il caso sarebbe stato risolto. E invece...

Trovò in fretta quello che stava cercando.

Erano quattro articoli ritagliati da riviste e giornali che risalivano a più di trent'anni prima. Riportavano un pezzo di cronaca nera che doveva aver fatto scalpore. Enrico non lo ricordava e non rammentava neppure di averlo studiato.

« Mai sentito? » chiese a Giulia che era al suo fianco.

« Mai. »

IN CANTINA CON IL MOSTRO

Sabato, in una località dei castelli romani, sulla strada statale 7 Appia nuova, è stata ritrovata una bambina di circa sei anni in evidente stato confusionale. Nelle fondamenta della casa cantoniera era stato ricavato un locale con bagno dove la minore sarebbe rimasta chiusa addirittura per anni. Le grida della bambina hanno attirato l'attenzione di un automobilista che si era fermato per una foratura.

La piccola recava segni di denutrizione e paura ed è stata subito affidata a un'équipe medica e psichiatrica.

Il secondo ritaglio della rivista che Biga aveva incollato su quella specie di quadernone era arricchito da una grossa foto che ritraeva un gruppo di adulti, tra i quali alcuni poliziotti in divisa, attorno a una bambina in sottana, con un pupazzo stretto e gli occhi vuoti di spavento, segnati da anni di buio. Nell'immagine si notavano i capelli lunghissimi assieme al pallore mortale. Ma l'articolo era peggio della foto.

LA FIGLIA DEL MOSTRO?

Non ha ancora un nome la bambina ritrovata nella casa cantoniera sulla strada statale 7, ma le indagini convergono sul criminale conosciuto come il Mostro dell'Appia. Secondo quanto lasciano trapelare gli inquirenti Luca Casara, il carnefice di tre giovani donne scomparse negli ultimi anni nella zona dei castelli romani, sarebbe anche al centro del sequestro della minore senza nome.

Indagato per il rapimento di Ida Corbucci, Benedetta Amendola e Viviana Foschi, Luca Casara è stato processato per omicidio plurimo e occultamento di cadavere ed è stato condannato a tre ergastoli. Durante i processi si è sempre rifiutato di parlare, ma le prove contro di lui sono state schiaccianti. Nella sua casa di campagna, nel comune di Velletri, sono infatti state ritrovate parti dei corpi delle vittime, tra cui le dita che hanno permesso il riconoscimento delle donne uccise.

È notizia di pochi giorni fa che i tre cadaveri sono stati ritrovati nel giardino della casa cantoniera assieme a una quarta vittima, anch'essa di sesso femminile, seppellita nell'orto. L'orrore, purtroppo, non ha mai fine, se si considera che anche quest'ultima era priva delle dita di ambo le mani. A giudicare dallo stato di conservazione del corpo, il medico legale ha ipotizzato che la morte sia sopravvenuta non più di due anni fa. E un dubbio atroce si fa strada nel caso ancora aperto: la donna dell'orto può essere la madre della bambina miracolosamente scampata al mostro?

Il terzo era costituito da poche righe inquietanti. Giulia ed Enrico le lessero assieme. Era un ritaglio da un quotidiano senza data.

La bambina, hanno stabilito gli inquirenti e gli psicologi, dopo la morte della madre è rimasta nel seminterrato della casa cantoniera per diversi anni. Al buio, in condizioni igieniche disastrose, e priva di qualunque riferimento umano e affettivo che non fosse il piccolo montacarichi con cui l'aguzzino le faceva avere cibo e acqua. Al momento dell'arresto dell'uomo, la bambina è stata privata del sostentamento e non si capisce come possa essere sopravvissuta tanto a lungo.

Il quarto era più lungo e molto più recente.

Luca Casara, questo il nome dell'omicida conosciuto con il soprannome del Mostro dell'Appia, è morto questa mattina nella sua cella a Regina Coeli per arresto cardiaco. Aveva 67 anni e da più di trenta era imprigionato per sequestro, omicidio, occultamento di cadavere nonché, dopo la riesumazione delle salme, di violenza sessuale ai danni di quattro giovani donne. Per anni interrogato da una squadra di psicologi forensi e investigatori sul suo passato, sui moventi, sull'ubicazione dei cadaveri (poi rinvenuti in una casa cantoniera sulla strada statale 7), non ha mai voluto rispondere trincerandosi in un silenzio completo. Le speranze di conoscere la storia della figlia avuta dall'ultima vittima sono definitivamente morte con un mostro di cui nessuno sentirà la mancanza.

Giulia estrasse l'iPhone dalla borsetta e prese a scattare. « Mando questa roba ai ragazzi », disse, e poi aggiunse: « Pensi che questa vecchia storia abbia a che fare con noi? »

Enrico indicò la data di pubblicazione dell'ultimo articolo. Il mostro era spirato in carcere poco prima del ritrovamento del pianista ucciso.

« Credo sia questo il fattore scatenante, il cambiamento decisivo che ha dato origine alla sequenza di uccisioni.»

«La morte del padre...» mormorò Giulia.

«Ma occorre aspettare notizie da Caterina e Walter», continuò Mancini. «Mi serve il nome dell'istituto, mi serve il nome della ragazzina di cui si era innamorato Noce e che i Tancredi hanno rifiutato.»

Enrico sentiva che dall'ispettore e dalla fotorilevatrice avrebbe ricevuto conferma di qualcosa che si faceva sempre più chiaro ai suoi occhi. Eppure, al contempo si sentiva confuso, disorientato. Non aveva mai affrontato un caso in cui due probabili soggetti implicati fossero un superiore e il suo mentore. Poteva soltanto sperare che il loro coinvolgimento fosse esterno, collaterale. Gugliotti e Biga condividevano troppe cose e, viste le condizioni del professore, l'unico che poteva portare una testimonianza diretta era proprio il questore. Che però si era dato alla macchia.

Enrico si sforzò di riportare l'attenzione sul cuore dell'indagine e sugli indizi appena scoperti. Riepilogò ad alta voce, rivolgendosi a Giulia come se fosse una semplice collega, mentre cercava di fare chiarezza.

«Al momento c'è la ragazza che Francesco Noce aveva in custodia, di cui si era innamorato e per la quale è finito per strada. Sappiamo con tutta probabilità che è la stessa ragazza che il giudice Noce aveva affidato temporaneamente alla famiglia Tancredi. Questo è il primo collegamento solido fra le vittime. Almeno fra due di esse», disse Mancini.

« E la Longo? »

« C'è una possibilità concreta, ma per averne certezza sto attendendo un documento via mail dall'AssNAS », rispose Mancini, approfittandone per controllare la posta elettronica sul cellulare. Ancora niente.

« E che cos'è l'AssNAS? » domandò Giulia alzandosi dalla panca e appoggiandosi alla finestra del bovindo.

« Monica Longo faceva l'assistente sociale, ricordi? Magari ha avuto a che fare con la ragazzina senza nome. »

« Non è abbastanza? »

« Per cosa? »

« Non credi che sia la bambina di quella foto? » disse Giulia voltandosi ancora per indicare il ritaglio di giornale. La ragazzina aveva un visetto spaurito, un'espressione vacua. « Mentre venivamo qui mi hai detto che Elena Tancredi ha parlato di occhi inespressivi, ricordi? »

« Che la spaventavano, sì. E di una grande capacità mimetica », aggiunse il commissario. « Come riportato nella scheda di affidamento che ho trovato nell'archivio del professore. » Enrico tacque su quello del questore.

« È vero. »

« Perciò, dottoressa Foderà », la guardò intensamente, « la domanda non è se credo o meno che sia la stessa persona. Ma in cosa potrebbe essersi trasformata quella ragazzina senza nome, oggi. »

60

Al tratto sotterraneo s'accede attraverso larghe scale di metallo che sfolgorano orribili vicino alle mura della Città dell'Acqua. Sentieri metallici che scompaiono tra le pietre, cinque o sei metri più giù. Una parte del piccolo scavo è visibile dall'alto, illuminata dalle lampade gialle, ma da un certo punto in poi si snodano dedali di mezze pareti, soffitti sconnessi, vasche e pozzi rovinosi e s'inabissano i tunnel facendosi, passo passo, muti e più oscuri.

In fondo, dove i turisti non giungono mai, ci sono due edifici accostati e il castellum aquae, *l'antica cisterna di raccolta e distribuzione dell'acqua Virgo in tutto il rione Trevi.*

Finalmente la nausea è passata e un'onda di energia lo investe, smuove le braccia e le gambe, torce il busto, scuote le spalle, ma le caviglie sono legate in modo che le piante dei piedi non riescano a toccare terra. Tutta la rabbia finisce per scaricarsi nella struttura della sedia. L'uomo suda. Possibile che cinque secondi di sforzo...

Nella propria voce Vincenzo Gugliotti percepisce un'incrinatura che lo disturba. Ha lasciato che l'altro, quell'altro, sapesse che ha paura. È stato per via di quella cosa che è comparsa per terra. Quel secchio.

« Non ho paura », prova a mentire. I nervi fremono

e scoppia a ridere per non suonare patetico anche a se stesso. Ma in quella risata, Vincenzo, inaspettatamente, scopre una nota di dolore, di autocommiserazione, di solitudine, anche. La risata di un uomo che ha già toccato la morte in vita.

Ascolta. Non ode niente, ma qualcosa c'è. Il silenzio gli rimbomba nelle orecchie insieme al sangue. Poi un altro piccolo suono. Indistinguibile. Qualcosa che rotola a terra. Qualche metro alla sua sinistra. Non sa cos'è ma sa che non gli piace per niente. Cerca di dissimulare, di fingere di non aver sentito. Anzi, cerca di non far capire – a chi? – che sa che qualcosa di orribile sta per succedergli. La mente vola alla Scuola di polizia, quando lui era matricola; agli schiaffi, alle botte. Una cosa l'ha imparata, allora: mai fare la vittima o si finisce per diventarla sul serio. Deve bleffare. Far finta di non aver capito che andrà a finire male.

È come se i suoni gli girassero attorno. Lui è al centro di questa stanza coi muri fradici, un antichissimo reperto romano. Le ossa scricchiolano e gli occhi bruciano già di febbre. Ma l'unica cosa che vuole sapere è cosa si trovi in quel secchio. Da dietro stavolta sente due passi nell'acqua, ciaf ciaf. *Non c'è dubbio.*

« Chi c'è? » grida ignorando ogni buon proposito.

Un altro passo alle spalle.

61

Roma, Tribunale dei minori

« Eccolo qua. »

« Cosa? » sussurrò Caterina, terrorizzata che potessero sorprenderle.

La biblioteca del Tribunale dei minori aveva un'area riservata aperta ventiquattro ore su ventiquattro. E non c'era niente da temere, come le aveva detto Donatella. Ma era sempre una biblioteca e lei era abituata a rispettare il silenzio di quei luoghi sin da quando era una studentessa.

La grande sala rotonda era deserta. Completamente rivestita da pannelli di legno lucido, sembrava sradicata da qualche università britannica, con i tavolini di ciliegio numerati e le lampade Churchill che ci germogliavano sopra. Alla loro destra si apriva un arco chiuso da una tenda. Era lì che Donatella la stava portando.

« Il Registro nazionale dei minori in affido. »

Oltre la tenda c'era una lunghissima parete coperta da scaffali con vetrate chiuse a chiave. In alto campeggiavano lettere in metallo, in ordine alfabetico. Donatella si spostò velocemente facendo cenno a Caterina di seguirla. Si posizionarono sotto la

A e Donatella prese la chiave che le aveva dato suo marito.

« Ma abbiamo solo il nome? »

« Sì: Anna, ce lo ha detto la signora Tancredi che l'aveva chiesta in affido e poi... » Caterina s'interruppe, per un istante vide l'immagine di Niko che subito svanì.

Donatella le prese la mano. « Non ti devi preoccupare. Andrà tutto bene con il tuo ragazzino. Fidati di me. »

« Va bene. »

« Adesso ascolta. Il nome non è sufficiente. Dobbiamo cercare qualcos'altro. Qui dentro c'è tutto. Le cliniche, le strutture e gli istituti a cui venivano affidati i bambini tolti alle famiglie, compresi gli orfani per crimini domestici o efferati. C'è un registro qui all'inizio », disse aprendo la vetrina.

Tirò fuori un tomo rilegato in pelle di vitello.

« Possibile che sia tutto così vecchio qui dentro? Un archivio informatico, per esempio? »

« Non ancora », sorrise Donatella. « Qui ci sono segreti che quello che stiamo per scoprire in confronto è niente. E più di qualcuno preferisce rimandarne la trascrizione digitale. »

« Allora cosa cerchiamo? »

« L'istituto? »

« Cristiana Tancredi non se lo ricordava. Però aspetta, vediamo qui. » Caterina prese il portatile e lo accese. La scheda del caso era aperta. A ogni elemento, indizio, oggetto, nome, corrispondevano alcune informazioni. A volte c'erano solo dei punti interrogativi, come nel caso del significato della sigla C.C.S. e delle strane annotazioni del professor Biga.

Lo schermo del cellulare le si illuminò in tasca vibrando. « È Walter », disse. Un sms: « Niente sull'istituto di Anna. Sei ancora lì? Hai visto le foto dell'aggiornamento di Antonio? »

Quali foto? si chiese Caterina. Poi vide che sullo schermo del mac, in basso, c'era l'icona delle mail che lampeggiava con il numero 1. Ci cliccò sopra e la mail di Rocchi si aprì. Non c'era testo, solo delle foto, quelle dei quattro ritagli di giornale e delle riviste sul caso del mostro dell'Appia trovati nel quadernone del professor Biga.

« Ecco il nome del padre », disse Caterina.

« Cosa? »

« Il nome dell'assassino. Luca Casara. Proviamo a vedere se c'è un'Anna Casara. »

Si spostarono alla C e presero l'elenco sfogliandolo velocemente.

« Ovviamente non c'è », disse Donatella. « I cognomi di questi bambini venivano cambiati perché non subissero l'onta delle origini e per evitare che fossero individuati. Dalla seconda metà dell'Ottocento in Italia si adotta questo metodo. »

« Diotallevi, Casadei? »

« Esatto. Ce n'erano di vari tipi. Quelli che ricordavano la mancanza della paternità degli orfani o dei bambini abbandonati: Venturini, Trovato, Paternò. Altri che invece puntavano sul luogo in cui venivano accolti quegli sventurati. A Firenze c'era lo Spedale degli Innocenti e così ecco Nocenti, Nocentini, mentre a Milano, dove l'Ospedale Maggiore ha per simbolo la colomba, i cognomi assegnati erano Tortora, Colombo. Poi quelli che citavi tu, come anche Amadio, Casadio, che erano assegnati dagli istituti religiosi. I cognomi benauguranti come Vinci, Bennato o Vitali e infine i peggiori », sorrise, « quelli inventati di sana pianta. Di solito ricordavano il giorno o il mese in cui era stato accolto o ritrovato uno di questi bambini: Sabba, Di Marzio, Dominici. »

« Quindi siamo punto e a capo. Non abbiamo elementi che ci mettano sulla strada giusta, visto che non sappiamo nulla dell'istituto. »

« No », disse Donatella pensierosa, « ma forse... Mostrami la mail con le foto. »

« Hai visto qualcosa? »

« Le date. »

« C'è un registro cronologico? »

« Sì, ma non solo. Fino agli anni Settanta le strutture che accoglievano i bambini utilizzavano un metodo basato su codici alfabetici per dare un nuovo nome e cognome. »

Il primo articolo riportava la data del ritrovamento della bambina: il 5 gennaio.

« Vedi, la prima lettera del cognome veniva attribuita a seconda del mese in cui il minore era stato ritrovato o affidato all'istituto, e quella del nome seguiva lo stesso principio ma considerando la settimana.»

«Dio mio, si tratta di un'identità completamente inventata», commentò Caterina fissando la bambina in sottoveste della foto. Aveva degli occhi così grandi e innocenti. Spaesati ma anche vuoti, come se non avessero mai visto niente. Era così a tutti gli effetti. Quella piccola era nata e aveva vissuto per anni dentro un luogo chiuso, buio e, da un certo punto in poi, senza la madre.

«Quindi ci siamo. A, prima settimana, Anna. Chiarissimo.»

Caterina tornò a consultare il portatile. Nella scheda verde che il commissario aveva ritrovato e repertato compariva la sigla C.C.S., ancora indecifrata, ma c'era anche una coppia di iniziali: A.A.

«Corrisponde», disse poi, attraversata da una scossa rivelatrice. «Anche il cognome dovrebbe iniziare con la A. Sarà lunga, ma secondo me possiamo isolare nell'elenco A le Anna che hanno il cognome in A.»

«Mettiamoci al lavoro. Abbiamo tutta la notte davanti.»

62

Roma, Gianicolo

La macchina si arrampicava ruggendo sulla salita di via dei Quattro Venti. Fece il giro di porta San Pancrazio e due minuti più tardi si fermò di fronte alla grande terrazza del Gianicolo.

«Aspetta un attimo», disse Mancini a Walter.

Avevano le facce tirate, erano appena andati a bere un caffè doppio in una cornetteria vicino a viale Marconi. Con un sorriso ingordo, Comello pescò dal capiente sacchetto bianco un cornetto al pistacchio e nutella che mise i brividi al commissario. Non c'era nessuno in giro. I furgoncini degli ambulanti, che di giorno erano un fiorire scomposto di lupini, caramelle, cocco, zucchero filato, palloncini e bevande, fungevano da ricovero notturno. Il mini luna park e il teatrino dei burattini giacevano come povere cose senz'anima.

Mancini scese dalla macchina e raggiunse la terrazza principale, dove si sedette. Respirò il fresco umido del mattino. Alle sue spalle il gigantesco monumento equestre a Garibaldi vigilava sul profilo dorato del mondo. A est l'alba inondava i tetti della capitale, bagnava il manto dei cavalli sull'Altare della Patria e sfavillava sulla grande cupola di San Pietro. Per un attimo la città gli sembrò immobile, immortalata per sempre in quell'immagine perfetta di se stessa.

Ma durò solo un attimo perché il cicalino della radio della polizia gracchiò due volte sulla Giulietta di Walter.

« Ispettore Comello. Dite. »

Mancini si voltò in ascolto, ma non si mosse dalla terrazza.

« Nucleo squadra volante, agenti Cardi e Sgro. »

Il commissario si mise in piedi e si avvicinò.

Walter aggrottò la fronte. Li conosceva, erano due esaltati che pensavano di vivere in un poliziesco anni Settanta. « Dite. »

« Il commissario Mancini è con lei? »

« Sono qui », rispose Mancini risedendosi nell'automobile e afferrando la trasmittente.

« Commissario. Sono Cardi, dalla volante 51. »

« Dimmi. »

« La chiamo per l'intervento con mandato. »

Mancini aveva scordato del tutto la faccenda della figlia della Antonelli. « Novità? »

« Siamo andati dall'ex della dottoressa Antonelli, il signor Marco Timo. Abbiamo approfittato dell'ora insolita. »

« Che tipo è? »

« Ci è parso normale. Disoccupato sopra i cinquanta, se li porta male ma non è tossico né alcolizzato, la casa era a posto. »

« Bene. Come sta la bambina? » domandò Mancini con l'apprensione nella voce.

« Guardi, dottore... Non c'era nessuna bambina. »

« Come non c'è la bambina? Avete controllato nell'appartamento? »

« Sì, ma niente. Nemmeno un segno, un giocattolo, dei vestiti. Nulla che faccia pensare alla presenza di una minore. »

« Ma come cazzo è possibile? » Mancini guardò Walter con gli occhi di fuori.

« C'è di più, commissario. Timo sostiene di non avere mai avuto figli dalla sua ex moglie. »

In un attimo di panico accecante ogni singola casella del grande mosaico che Mancini aveva composto con fatica scivolò giù dal quadro sbriciolandosi. « Dove siete adesso, Cardi? »

« Siamo venuti via. Ma mentre eravamo sul posto abbiamo fatto un controllo incrociato con la Questura e l'Anagrafe. »

Il sole saliva lento, però adesso Mancini sudava e il senso di oppressione che lo aveva abbandonato da pochi giorni tornò ad assalirlo, improvvisamente.

« E? » disse con il cuore che batteva forte in petto.

« Ed è vero. Non ha nessun figlio. »

« Con chi hai parlato? »

« Con il vecchio Tommasi, che ha fatto la ricerca incrociata al volo da San Vitale, commissario. »

« Dammi l'interno che lo chiamo. »

« Che succede? » chiese Comello mentre Mancini digitava il numero di Alessio Tommasi, un tipo che era stato alle intercettazioni per trent'anni e che era considerato il più veloce ricercatore dati della Questura.

« La Antonelli non ha figli. L'ex marito dice che non hanno mai avuto figli », gli riferì, poi una voce gli rispose al telefono.

« Sì, sono il commissario Mancini. Hai appena parlato con Cardi per quel sopralluogo con mandato. » Rimase in ascolto. « Esatto. Ora ho bisogno di un controllo al volo mentre parliamo. »

Comello guardava a bocca aperta Mancini che era sceso dall'auto e faceva su e giù e ci mancava poco che gridasse. Il commissario stese il braccio per allontanare il cellulare dall'orecchio. Walter non poteva capire, ma adesso nella testa di Mancini i tasselli si stavano riposizionando tutti, dopo il crollo di pochi istanti prima. Si agitava e sbuffava per mantenere la pressione nervosa a bada, ma era al limite. Com'era possibile? Come aveva fatto a non capire?

« Cerca Claudia Antonelli, voglio l'anagrafica, voglio tutto. » Ascoltò ancora. « Sì, esatto, proprio lei. Ti aspetto in linea. »

Gli occhi neri di Mancini cercarono quelli chiari di Comello e quando li trovarono scosse il capo. Poteva aver avuto la bambina con un altro uomo, ma il timore che gli torceva le viscere diceva qualcos'altro.

« Dottore. »

« Sì, sono qui. »

« Claudia Antonelli, nata a Roma, risulta già coniugata. »

« È lei. »

« È iscritta all'albo professionale e opera come psichiatra e psicoterapeuta all'interno della polizia di Stato. »

« Cos'altro? »

« Non vedo niente di strano. »

« Il suo domicilio. »

« Allora... Via della Stazione di San Pietro al 66. »

« Dov'è? »

Silenzio, dita sulla tastiera. « Porta Cavalleggeri. »

« Porta Cavalleggeri », ripeté a Comello.

« A due passi da San Pietro », annuì l'ispettore.

« È vicino a due delle tre scene del crimine, Walter! Castel Sant'Angelo e il Portico di Ottavia. »

Mancini si rivolse di nuovo al cellulare. « Solo una cosa », disse sperando di essere smentito. « Guardami lo stato di famiglia, per favore. »

Rimase in attesa. La mano libera frugava la barba con i polpastrelli ormai quasi senza unghie. Gli occhi cercavano risposte invisibili tra le gomme sul marciapiede e i piccioni che si scaldavano al sole.

« Sì, eccomi », disse alla fine. Annuì un paio di volte, strizzò gli occhi e annuì ancora. « Ho capito, Alessio. Grazie. Abbiamo finito. Ti devo una cena. »

Chiuse la comunicazione, scacciò i piccioni che gli si erano affollati accanto e salì sulla Giulietta. Walter mise in moto. « Che è successo, commissario? » domandò col timore di chi sa con chi ha a che fare.

Mancini si voltò. « È successo che non c'è nessuna bambina. »

63

Roma, via delle Fornaci

Walter era rosso in viso. Aveva visto il commissario paralizzato dal lutto della moglie, chiuso nella cortina di dolore con le sue chiacchiere folli e i guanti sempre addosso, pure di notte. Lo aveva visto arrancare e cadere, ogni volta più stanco e provato. Ma non c'era mai stato verso di tenerlo fermo. Enrico Mancini si era rialzato, con o senza forza o convinzione, ma si era tirato in piedi. Magari barcollando per un tratto, si era rimesso dritto. Stavolta, quello che l'anima semplice e fedele di Walter riusciva a scorgere su quel viso avvolto dalla barbaccia e dai capelli erano gli occhi neri. Non li aveva mai visti così. La delusione, no, il tradimento subito che emanavano li riempivano d'una vaga innocenza.

« Andiamo a casa della Antonelli? »

« No. »

« Dove allora? »

Dal canto suo Mancini era incredulo, spaesato, ma soprattutto ferito. L'addestramento a Quantico per entrare nel programma di Criminal Profiling dell'FBI comprendeva una serie di sedute di analisi, tecniche di interrogatorio e lettura del linguaggio del corpo. Era sempre stato il primo, laggiù, nei suoi corsi. Eppure quella donna, la Antonelli, lo aveva avvolto, seduta dopo seduta, in un'atmosfera di fragile complicità, si era sentito compreso, e non per mestiere. Ecco, ora tutte quelle parole, tutto quel dolore gli ritornavano come se fosse stato tradito da una persona da cui mai se lo sarebbe atteso. Non era ingenuità, era peggio. Era il suo punto di fragilità perenne, quello, all'interno della struttura solida e autoreggente che si era messo addosso, che lo scopriva all'esterno, che lo rendeva un uomo qualunque. E lui, quello, non poteva più permetterselo se voleva arginare l'onda dei fantasmi del passato, dei morti ammazzati, degli spettri dell'anima che gli impedivano, adesso ne era certo, di vivere ancora. Quella donna gli aveva mostrato la sua ferita, lo spiraglio dolente, il tallone di un Achille dalle armi spuntate.

E ora, malgrado non dovesse accadere, quella era diventata una questione privata. E inderogabile.

«Alla Questura centrale. Devo vedere Gugliotti.»

La Giulietta nera stridé sull'asfalto bollente mentre Comello invertiva la marcia facendo sbandare uno scooter solitario sotto gli occhi della Municipale.

64

Roma, Questura Centrale

Il palazzo della Questura era ancora vuoto, ma Mancini sapeva che Gugliotti amava arrivare prestissimo la mattina e restarsene con una tazza di tè inglese a indugiare davanti alla finestra. Lo avrebbe trovato lì, o magari che finiva di sistemare tutta la roba che avrebbe fatto sparire nel giro di qualche mese, prima di essere scaricato anche dallo Stato, pensò con una punta di cattiveria di cui non si vergognò affatto. Lui, dal canto suo, non avrebbe tirato fuori la storia di Giulia, anche se sapeva che era vera e che aveva contribuito a farselo nemico. La cosa che gli premeva era capire fino in fondo il ruolo di Gugliotti nel caso, dato che il professore non poteva parlare.

Al bancone all'entrata c'era Giulia: « Ti aspettavo », gli disse avvicinando la testa a quella di lui.

Enrico le mise un braccio attorno al collo e le sfiorò la guancia con le labbra. « Che fai qui? »

« Sono tornata per il questore », gli sorrise con gli occhi.

« Anche io. Saliamo. »

« Non c'è nemmeno adesso. Ho ordinato a due agenti di andare subito a casa sua. »

« Saliamo », ripeté Mancini.

All'ultimo piano la porta era chiusa. Il commissario bussò ed entrò senza aspettare una risposta che sapeva non ci sarebbe stata. L'ufficio era come lo aveva lasciato lui l'ultima volta.

« Che disordine », disse Giulia guardandosi attorno.

Enrico era già alla scrivania e stava aprendo i cassetti, uno dopo l'altro. « Chiudi quella porta e vieni qui. Aiutami a cercare. »

Giulia chiuse la porta e girò la chiave. « Cosa stiamo cercando? »

Ma il commissario aveva già iniziato a rovistare il primo dei sei cassetti della scrivania. « Schede, archivi, documenti. Dai un'occhiata lì, nello scatolone. Svuotalo sul divano. »

Mentre Giulia rovesciava la scatola, Enrico aveva aperto il secondo cassetto senza trovare nulla.

« Ci sono un sacco di cose », iniziò Giulia sottovoce. « Le vecchie foto, il tagliacarte. Sta facendo i bagagli. Uno scrittoio e, Enrico, c'è un piccolo schedario », esultò composta di fronte al parallelepipedo di legno grezzo.

« Sì, l'avevo trovato. Scorri le schede, per favore. Un nome, una data, qualsiasi cosa. »

I cassetti erano mezzi vuoti. Scatole di penne, matite, cancelleria, cartelline con foto di reperti e scene del crimine degli ultimi anni. Mancini passò ai tre sulla destra ed estrasse completamente il primo. Una scatola di legno con un disegno orientale.

La aprì. Una pipa con del tabacco secco e un accendino. Nel secondo manuali e libri, diritto penale, psichiatria forense, un compendio di armi da fuoco in uso in Italia. L'ultimo in basso non si apriva. Lo tirò e si accorse che c'era una piccola serratura. Non aveva visto chiavi negli altri cassetti.

« Giulia, ci sono delle chiavi lì? Piccole, per questo cassetto. »

« Niente », rispose la pm che sfogliava le schede verdi.

Mancini si sedette per terra davanti al cassetto e puntò i piedi tirando la maniglia con uno strattone. La serratura cedette con un rumore graffiante dall'interno.

« Trovato! » esultò Giulia dal divano. « Ci sono tre schede su A.A. »

« Leggile », disse Mancini estraendo dal fondo del cassetto il caricatore di una Beretta, vuoto.

Le prime due erano rapidi profili che sconsigliavano l'affidamento del paziente. C'erano anche le perizie psichiatriche. La terza era la più breve:

Dopo il periodo trascorso dal paziente A.A. nella struttura protetta, in regime semicollegiale, la Commissione Casi Speciali, con tre voti favorevoli su quattro, giudica il paziente A.A. capace di interagire con altri coetanei e con il mondo esterno. Il soggetto ha raggiunto un sufficiente livello di indipendenza e struttura psicologica tale da affidarlo alle cure di un istituto pubblico in vista di un periodo di affidamento sorvegliato. Favorevoli tre, contrari uno.

Mancini si alzò e raggiunse Giulia, prese la scheda in mano e rilesse: « C.C.S. Commissione Casi Speciali, non è possibile! »

In calce alle poche righe c'erano quattro firme sotto un timbro. Due a sinistra e due a destra. Fra le prime Giulia ed Enrico riconobbero quella di Gugliotti e lessero quella di Monica Longo. A destra c'erano quelle del giudice Francesco Noce e, a fianco, di Carlo Biga.

Giulia non aveva notato che Enrico aveva con sé una cartella. La teneva in mano e le dita... tremavano.

« Cos'hai? »

« Vieni », si spostò alla scrivania e la pm lo seguì con la scheda.

Sulla cartella, che aveva un nastro sui lati, non c'era scritto niente. La aprì. Una dozzina di fogli. Mancini li sparpagliò sulla superficie di legno e prese il primo avvicinandolo a Giulia. Erano tutti scritti a mano e la grafia era quella di Gugliotti.

« Leggi per favore. »

Giulia iniziò a scorrere gli occhi tra le righe. Arrivò a metà pagina e ne prese un altro. Fece lo stesso. Poi ancora e ancora. Voltò la testa e guardò Enrico. Poi lo strinse forte a sé.

« Mi dispiace », disse piano.

Su quegli undici fogli erano riportate le trascrizioni delle sedute psicoterapeutiche di Mancini con la Antonelli. In alto a sinistra c'era un simbolo che il commissario conosceva bene. Un piccolo asterisco cerchiato. Era il segno che si usava nelle indagini per contrassegnare le conversazioni rubate da microspie.

« Le ha usate contro di te. Le ha date ai giornali. » Giulia si sentì improvvisamente in colpa. L'odio di Gugliotti nei confronti di Enrico era cresciuto da quando lei...

Mancini prese due fogli e tornò a sedersi sul divano. Giulia lo scrutava. Non era sconvolto, sembrava pensoso. Si carezzava il mento barbuto. Poi scosse la testa. Fece cenno a Giulia di passargli le altre trascrizioni. Sgombrò il divano dagli oggetti e le mise accanto a sé.

« Vedi quello che vedo io? »

« Ti ha tradito. Mi dispiace. So che è colpa mia e che... »

« Che dici? Non importa. Lo sapevamo che era lui. Ma guarda qui », le porse due fogli.

C'erano tante cose personali di Enrico che lei aveva immaginato, ma che ora poteva leggere come se lui fosse un libro aperto. E non sapeva se lo voleva davvero. Tutto quel dolore, ma anche la felicità di una nuova vita. Con lei?

« Cosa c'è? Cosa devo leggere? »

« Cosa *non* c'è! »

Scrollò le spalle in attesa che si spiegasse mentre

le parole più dure delle trascrizioni le ballavano davanti agli occhi.

« La Antonelli. Guarda. È una cosa strana, non lo avevo notato durante le sedute. »

« Cosa? » C'erano tante cose belle, anche.

« Non compare mai una parola, Giulia. Mai. »

Cercò con gli occhi tra quelle che aveva in testa, senza successo.

« 'Io.' Non dice mai 'io'! »

Giulia rilesse rapidamente le trascrizioni, ma stavolta facendo attenzione alle parole della psicologa. Era vero. Ogni frase era costruita come se a pronunciarla non fosse una persona, bensì un soggetto privo di identità.

E non c'era soltanto quello. Altre frasi le balzarono all'occhio.

« *Ma io non ho bisogno di specchiarmi. Io so chi sono* », diceva Enrico a un certo punto, e Giulia ne era stata orgogliosa, per lui e per i suoi progressi. Ma adesso lesse con attenzione la risposta della psicologa, breve ma significativa.

« *Buon per lei.* »

Giulia sfogliò ancora le pagine stampate. Quel particolare degli specchi... Lo trovò di nuovo.

« *La casa è uno specchio, ma se l'immagine che restituisce spaventa, allora non restano che due possibilità. Abbandonare il luogo o rompere lo specchio.* »

Alzò gli occhi su Enrico, per vedere se avevano raggiunto le stesse conclusioni. Ma il commissario sembrava essere già andato oltre.

Mancini si tirò in piedi lentamente. « Gugliotti », disse.

« È stato uno stronzo », reagì la pm. « Ma io ti giuro... »

« No, Giulia. Ascolta. Claudia Antonelli è l'assassino degli scavi. E ha preso Gugliotti. »

« Perché? »

« È lei il soggetto delle schede, lei la bambina cresciuta nel seminterrato, la figlia del Mostro dell'Appia. »

Giulia era impallidita. « La ragazzina che terrorizzava Elena Tancredi? »

« Certo. E ucciderà il questore, come ha fatto con gli altri e come ha provato a fare con Noce. »

« Gugliotti potrebbe essere ancora vivo. »

« Lei sta cercando di dirmi qualcosa, Giulia. Sta cercando di comunicare con me. Da settimane. Ma io ero concentrato sulle mie, di turbe mentali », disse con un mezzo sorriso.

« Allerto la Omicidi? »

Mancini nemmeno si accorse che lei aveva parlato. Stava armeggiando con il cellulare per comporre un messaggio.

« No. No, Giulia. Devo vederla io », disse poi, mentre già il telefonino vibrava per la risposta ricevuta. Enrico mostrò il display a Giulia.

Bene. Seduta anticipata tra mezz'ora.

65

Di chimica, Vincenzo Gugliotti non ne sa nulla. Non se n'è mai interessato perché lui, in fondo, non ha avuto bisogno di « conoscere » per arrivare dove è arrivato. Ai suoi tempi c'erano altri metodi per scalare le gerarchie nel sottobosco della polizia di Stato. Lo studio della chimica, a cui lo avrebbe volentieri avviato suo padre che possedeva una fabbrichetta di fuochi d'artificio, è riuscito a evitarlo, e si è preso una seconda laurea in psicologia. Non gli è mai servita nemmeno quella, per dirla tutta.

Perciò il questore in carica non sa, per esempio, che $CaSo_4$ *è il sale di calcio dell'acido solforico. Non sa che si trova fra i sedimenti geologici creati dall'evaporazione delle acque salate, nei giacimenti saliferi, nelle faglie alpine o ancora nei profondi nuclei delle rocce vulcaniche. Non sa che si presenta in forma di cristalli minerali, polvere, o composti. Né che è capace di cambiare nome, di trasformarsi. Duro, resistente oppure molle e poroso a seconda del livello di idratazione. Il solfato di calcio diidrato,* $CaSO_4\ 2H_2O$*, diventa gesso. Riscaldandolo muta in solfato di calcio emiidrato,* $(CaSO_4)_2\ H_2O$*, meglio noto con il nome « scagliola » o « gesso di Parigi ». L'utilizzo? Stucchi, affreschi o ingessature,* *impronte dentali. Si usa per produrre il cemento e si addiziona al mosto per abbassare l'acidità del vino.*

Tutte queste cose, e molte altre, Vincenzo Gugliotti non le sa, inchiodato a una sedia, pressoché nudo, nel cuore della Città dell'Acqua, a pochi passi dalla fontana di Trevi eppure nascosto agli occhi del mondo. Non sa, infine, che quella roba dentro al secchio, ora la vede, diventerà la sua tomba di neve. Però una cosa la sa. Sa che lo aspetta qualcosa di mostruoso e disumano e quel qualcosa ha a che fare con la sostanza bianca nel secchio.

Il corpo vestito di nero fa un passo avanti. Indossa un passamontagna, uno di quelli dei corpi speciali. Centocinquanta metri li dividono dalla folla ai bordi della piazza della fontana di Trevi, pensa Vincenzo. Gente che potrebbe salvarlo, ne sente quasi gli umori, immagina i bambini che lanciano monete. Ma che ore sono? C'è qualcuno lassù?

Non ho paura, mente a se stesso, ma la fretta con cui se lo ripete è già una conferma che, sì, lui ce l'ha sulla pelle quella paura. Se la sente in gola come un mattone che precipita giù nello stomaco quando la mano dell'uomo nero si abbassa e afferra il secchio. Fa un passo, si ferma e Vincenzo getta gli occhi dentro per vedere cos'è che lo aspetta. Respira l'odore acre, non è un acido. È qualcosa di più vecchio, arriva da lontano. Dai giorni felici. Possibile? Papà torna a trovarlo, gonfio e stravolto come il fantasma dei natali passati. Gliela raccontava tutte le notti quella storia, e ora eccolo lì con lui. Lo vede, un'immagine fugace circondata dalla luce dell'allucinazione. Il braccio, il suo braccio destro, si è rotto quando è caduto dall'impalcatura. È la notte di mezz'estate, la festa del paese in Basilicata, e lui aiuta papà con i fuochi, il tesoro di famiglia. Sono saliti a cinque metri per far partire le batterie, sessanta colpi di seguito, blu, verde, giallo e rosso, quelle che preferisce. Poi, mentre il piccolo Vincenzo accende la miccia, le dita che bruciano e quel passo indietro. Barcolla. Il volo e il dolore dal gomito in su. E l'odore è lì, lo aspetta nel fotogramma successivo. Il braccio coperto di gesso che piano gli si secca attorno. Il pennarello nero per i disegni, le parole dei compagni.

«Perché?» chiede con una disperazione che sa di speranza.

Vincenzo pensa in fretta, pensa, perché forse ce la può fare. Pensa perché forse il suo aguzzino è uno di quelli che lui ha mandato al gabbio. Ma è passato tanto tempo da quando faceva il poliziotto per davvero. No. Deve essere qualcos'altro, qualcosa che ha a che fare con la sua posizione scomoda. L'assessore al Bilancio, quello che ha fatto fuori dalla corsa alla Questura? Oppure quella donna? Come si chiama? Sonia. Quella che ogni tanto si sbatte senza voglia nell'appartamentino al Portico di Ottavia?

«È per gli appalti di Ostia?»

La figura in nero non risponde. Si inginocchia e raccoglie qualcosa da terra. Lui lo vede. Tra le due dita d'acqua c'è un rotolo, un rotolo di garza. Poi un altro. Sono bende. Eccolo il suono di prima. Ne prende altri di quei rotolini e li mette là, dentro al secchio.

Quando le svolge piano nel secchio, il questore freme, parla, deve parlare, si fa così in questi casi. « L'insabbiamento delle testimonianze nel caso di pedofilia del cardinale? »

Ma non funziona neppure quello.

« È per Mancini? » urla.

La figura in nero solleva la testa dal secchio e lo guarda per un attimo, poi estrae un vecchio rasoio slabbrato dalla tasca e mima un colpo alla gola in un modo tanto goffo che regala un istante di speranza a Vincenzo. Non è un professionista. Posa il rasoio ed estrae una striscia impregnata di gesso liquido. Si avvicina e la arrotola al polso destro bloccato al bracciolo della sedia. Li avvolge insieme.

« Cos'è? » Lo sa che cos'è, ormai lo ha capito e sa che l'altro non risponderà. « Perché? » torna allora a ripetere e intanto la benda bagnata aderisce.

Ne mette un'altra e un'altra ancora con cura, una delicatezza inspiegata. In un minuto tutto il braccio è coperto, come quella volta lì, con suo padre. Poi tocca all'altro e lui, l'uomo sulla sedia, lo osserva senza parlare come si fa con un artigiano che ti rapisce lo sguardo con le sue mani abili. Le gambe le copre veloce nel silenzio scandito dall'incessante gocciolio. Si solleva e gli riveste le cosce, le anche, il bacino, e arriva all'ombelico. Gugliotti è paralizzato dalla stanchezza, non lotta più.

L'altro si tira su e inizia ad avvolgere la benda bagnata attorno al collo, sale e si ferma al mento. Vincenzo lo sente freddo per un attimo mentre il resto del corpo è un'unica fiamma. La reazione esotermica sviluppa calore, il gesso solidifica, perché il carnefice ha usato pochissima acqua e il caldo all'interno si moltiplica centinaia di volte. Una patina di sudore bollente lo avvolge all'interno di quello scafandro di gesso. Un'ustione lacerante lo accende ovunque e allora accade davvero. E quando accade lui sa che è giunto il momento. Perché quello che gli passa davanti agli occhi è il nastro veloce della sua vita. Segmenti di colori, emozioni enormi e scordate, visi dolcissimi e facce bianche, case, tante case, stanze, la sua cameretta nella casa di via del Giunchetto. E quando succede così, dicono tutti, allora si è pronti.

Il boia si prende cura del corpo, poco per volta. Invisibili granelli di gesso gli colano sulle labbra, perché ora è la fronte l'obiettivo di quella serpe che gli ha lasciato gli occhi e la bocca liberi. Le palpebre frullano in fretta, spazzando le gocce, ma la testa è bloccata con il collo. Le mani su di lui corrono due, tre, quattro volte e la faccia è quasi tutta coperta. Ha sovrapposto strati di bende.

Ha lasciato tre spazi, per la bocca, il naso e per gli occhi che schizzano ovunque mentre Vincenzo prova a parlare. Ci prova perché il calore dentro quell'armatura maledetta lo asfissia e l'aria non c'è quasi più. Scuote con forza, l'ultima forza, tutto se stesso, in cerca di spiragli di vita.

Il passamontagna si avvicina. Accosta la testa alla sua e sibila: « Shhh ».

« No! », urla la mummia nel sarcofago sempre più duro.

Gli copre il naso con una benda imbevuta, poi altre due sopra.

« Sei tu? Sei tu? » ripete incredulo Vincenzo. Non può essere. Impigliata alla coda dell'occhio come un greve granello di polvere, c'è l'immagine di un viso bambino.

La figura muta si abbassa per pescare le ultime murene di garza e gesso dalla sua vasca.

« Io... io... » arranca Gugliotti e percepisce una nota di autocommiserazione. Per un uomo senza una vita, senza figli, senza ricordi di un amore. Uno che aveva già conquistato il nulla prima che succedesse quanto sta accadendo.

Un triste languore lo abbatte, le ossa si fanno pesanti dentro la sua bara di gesso. « Non mi lasciare qui, ti prego. »

Cinque strisce coprono la bocca. È troppo tardi. L'assassino silenzioso posa un dito sulle labbra del suo pupazzo di neve. Sono secche e tirate. Dentro, Vincenzo vuole parlare, strillare, pregare di salvarlo. Ma è tutto finito. E sullo sfondo della retina si moltiplicano i flash che precedono la morte. Gli si piega davanti e si abbassa al livello della testa. Lo guarda attraverso i due piccoli buchi e gli posa le ultime garze sugli occhi.

Un mugolio selvaggio, una bestiola annegata a forza, nasce e muore in quell'enorme bozzolo. Si accuccia e aspetta, fissando lo strato d'acqua ai suoi piedi. I respiri all'interno si fanno lenti e gutturali. Alla fine da quella specie di calco pompeiano si alza un lamento, un sibilo animale. Dentro la sua bara di latte, Vincenzo ingoia l'ultima voce. La luce esplode nel cuore, negli occhi e poi sfuma sbriciolandosi in grani sempre più piccoli. Vincenzo scivola finalmente nel gelo di una fine languida e senza assoluzione. Poi solo silenzio.

La figura si solleva, si avvicina al sarcofago e gli segna la fronte con due movimenti del rasoio. Un serpente, e un affondo.

Un punto interrogativo.

EPILOGO

66

Roma, Comando di Montesacro,
studio della dottoressa Antonelli

L'incenso spandeva i suoi fumi incantati nell'ufficio in penombra e l'aroma scivolava fuori dalla porta proprio mentre il commissario stava bussando. Attese qualche secondo. Provò ancora e alla fine entrò.

La dottoressa Antonelli era sulla sua poltrona e le veneziane erano abbassate. Fissava un punto sul muro, sembrava assente.

« Permesso », disse Enrico, chiudendosi dietro la porta. « Grazie per aver anticipato la seduta. »

La psicoterapeuta non mosse un muscolo mentre il commissario si avvicinava e si sedeva sul divano di fronte a lei. Respirava profondamente, gli occhi persi sulla parete. Il corpo faceva su e giù con una leggerezza eterea. Mancini si adagiò sullo schienale morbido e rimase in ascolto con gli occhi piantati sulle spalle della donna su cui si adagiavano capelli mai tanto fuori posto. Era vestita di nero, per la prima volta, o forse era soltanto la prima volta che lui notava il suo abbigliamento. Pantaloni e camicetta a maniche corte dello stesso colore. Le braccia scoperte e toniche. Le mani forti e screpolate.

« Esistono numerosi metodi psicoterapeutici che utilizzano l'ipnosi, commissario. »

Parlava come se fosse il pupazzo di un ventriloquo, come se la voce venisse da dentro, lontano, un altro luogo. « Il training autogeno è uno di questi. Comporta benefici psicofisici che derivano dall'autoipnosi ripetuta in quello che si chiama 'ciclo inferiore'. Ma ci sono vari approcci, compresa la psicoanalisi classica, che utilizzano strumenti di rilassamento come il lettino stimolando il paziente a riflettere sui ricordi, i pensieri, e a raccontarli. Come sa, anche in quei casi ci si trova in una leggera trance, Enrico. »

Era la prima volta che lo chiamava per nome e, sentendosi a disagio, lui si mosse cercando un'altra posa. Allora la dottoressa, come un felino destato da una mossa inattesa, scattò. La luce sul viso e nello sguardo diceva che adesso era presente a se stessa. E a lui.

Era vero, si era sempre sentito cullato dalle domande, dai dubbi istillati e subito trasformati in risposte ambigue. Ma c'era una cosa a cui non aveva fatto caso prima di allora, prima che tutto fosse chiaro. A Quantico aveva imparato pochi trucchi fondamentali quando si ha a che fare con un sospetto o un seriale a cui bisogna carpire informazioni. Erano le regole base della cinesica, ma con quella donna, forse perché era sempre stato lui il soggetto passivo, non ci aveva neppure provato. La scheda del professor Biga non mentiva sulla straordinaria capacità di mimesi e adattamento.

« Si tratta di un'opzione innata, qualcosa che si trova all'interno della sfera psicofisica umana. »

La voce si era fatta più secca e monotona come se quel repentino rientro nella realtà l'avesse inaridita.

« L'ipnosi come stato mentale è connaturata all'uomo ed è nota a tutte le latitudini e per gli obiettivi più diversi, da quelli terapeutici a quelli religiosi, spirituali, come accade nello yoga per esempio. » Si sporse in avanti in cerca di attenzione. Emanava un profumo dolce e acre insieme. « Ma, per quanto riguarda lei e questa seduta, è fondamentale il valore dell'ipnosi come via d'accesso in grado di consentire l'emersione terapeutica della componente più viscerale e profonda. »

« Cosa vuole dirmi con tutto questo? »

La dottoressa sorrise dilatando le pupille. « In questa ultima seduta l'idea è di usare una leggera ipnosi, se è d'accordo, Enrico. »

Mancini nicchiò. « Ce n'è bisogno? »

« Non c'è nulla in lei che non sia stato riportato in superficie e analizzato. Nulla, a parte una cosa. E l'ipnosi sarebbe il modo migliore di chiudere il percorso terapeutico fatto fin qui, con esiti proficui. »

Mancini annuì lentamente, ma tre rughe sulla fronte raccontavano sorpresa e fastidio.

La dottoressa avviò il registratore, poi si avvicinò a lui. « Guardi le righe delle veneziane qui dietro. Le fissi bene e si rilassi. »

Mancini obbedì mentre lei gli posava i pollici sulle tempie.

« Ora, Enrico, chiuda gli occhi. »

67

Roma, Comando di Montesacro
studio della dottoressa Antonelli

Registrazione seduta
Dottoressa Claudia Antonelli
Commissario Enrico Mancini

« Respiri a fondo e si concentri sull'immagine mentale di prima. Come si sente? »

« Stanco. »

« Bene. Ora mi ascolti. Continui a fissarla e respiri lentamente, ecco così. »

[*Si sente solo il respiro del paziente.*]

« Ora il suo respiro si fa più lento e pesante. Segua la voce. Segua il conto da uno a cinque e si abbandoni. »

[*Si sente solo il respiro del paziente, che si fa via via più lento, regolare.*]

« Uno... si sta addormentando. Due... respiri con il naso. Tre... si lasci cullare dalla voce. Quattro... sta sprofondando in un sonno controllato. Cinque... lei dorme. »

[*Si sente solo il respiro del paziente.*]

« Come si sente? »

[*Silenzio.*]

« Adesso farà un lungo salto indietro nella sua vita. Se è d'accordo sposti appena il mento. »

[*Silenzio.*]

« Perfetto. Vada con la mente a quel 16 maggio, quando è tornato da Quantico, il mattino dopo che sua moglie è morta. Lei scende dall'aereo, prende la macchina e arriva all'ospedale... »

« Mmm... »

« Non abbia paura, Enrico, non è solo. Segua la voce. Cosa vede? »

« Gli alberi. Ci sono sempre alberi vicino agli obitori. Fa freddo là sotto, anche se l'estate è vicina. È molto presto. Le sei del mattino, forse. Sono sulla discesa d'accesso e scendo di sotto, da dove escono le ambulanze. C'è Antonio. Mi aspetta sulla porta dell'obitorio. Cerco di entrare e lui mi abbraccia. No, mi ferma e mi dice di non andare. »

« Prenda un respiro profondo. Bene, ancora. Vada avanti, per favore. »

« Antonio non vuole che entri a salutare Marisa, mi dice che devo ricordarla com'era. Ma io lo sposto di forza ed entro e la vedo lì, sul tavolo. È morta da poche ore ma la sua faccia è gialla, mi fa paura. Mi fa... piangere. Cerco dentro di me un moto d'amore per lei, lo cerco dappertutto e mi avvicino. Ha gli occhi chiusi e io tento di guardarla come facevo prima. Ma non ci riesco e sono disperato. Antonio vuole portarmi via. Io mi attacco al tavolo e inizio a gridare, forte, arriva gente in camice che non so nemmeno chi sia. E allora la chiamo, per nome. Solo adesso realizzo che non c'è. Non mi risponde, non apre gli occhi, non si solleva per sorridere forte e abbracciarmi. Piango come facevo da bambino, senza freni, senza vergogna. Piango e avvicino le labbra alla sua fronte. Mi cadono delle gocce dal viso e io sono convinto che lei, ora, si sveglierà. Sono sicuro che il calore delle mie lacrime la sveglierà dall'incantesimo del cancro. E invece no. »

« Respiri, commissario. Bene. Ora proceda. »

« Mi tirano via e io urlo. Grido il suo nome tante di quelle volte che diventa una parola inutile, senza senso. E sento le mani che mi trattengono, ma io la voglio. Io la voglio ancora. Devo stare con lei. Le prendo la faccia tra le mani e la guardo, la pelle gialla, fredda, gommosa. E la bacio piano sulle labbra. Nemmeno questo la sveglia. Perché? »

« Poi cosa accade? »

« Sono in una stanza. Mi hanno chiuso qui dentro perché facevo casino. »

« Cosa ha fatto? »

« Non voglio che la mettano nella bara. Non voglio che ce la chiudano dentro. Lei vuole essere cremata. Ma loro devono chiuderla comunque dentro una bara per trasportarla e io perdo la testa e colpisco gli uomini dell'agenzia funebre. Uno quasi lo ammazzo. »

« Perché? »

« Non voglio che resti chiusa lì dentro, al buio, da sola. Per sempre. Avrà paura lì dentro. E io... »

[*Respiro affannato del paziente.*]

« La prossima immagine, commissario. Dove si trova adesso? »

« Sono a casa nostra. Ma non è più casa nostra. È un posto che non riconosco, mi gira la testa. Ho bevuto. Tanto. Fuori è notte. La finestra è aperta. E io... »

« E lei? »

« Io... Io salgo. »

« Dove? »

« Io sono sul davanzale. »

[*Respiro affannato del paziente.*]

« Vada avanti, Enrico. »

« Sono in piedi. Di sotto c'è la ghiaia, vedo la cima degli alberi e l'odore della resina nell'aria è stupendo. Ma mi basta solo un attimo. Lo faccio. Io lo voglio fare. Io... devo farlo. »

« Fare cosa? »

« Chiudo gli occhi, altrimenti non riesco a farlo. Salto. Adesso lo faccio, adesso io salto e tutto finisce. Ma... »

« Che succede? »

« Qualcuno ha parlato. »

« Chi è? Cosa ha detto? »

« Qualcuno dietro di me. Non mi giro. Continuo a guardare le cime dei pini. Sono verdissime, il colore degli occhi di mia moglie. Ancora quella parola. »

« Quale? »

« 'Noi'. La voce dietro di me dice 'noi'. Non sento altro. È una voce morbida. Forte. Continua a ripetere la stessa frase, ma io sento solo quel 'noi'. E io torno *io.* »

[*Respiro affannato del paziente.*]

« Basta così. Ora tornerà indietro da quella stanza, Enrico, e non ricorderà queste immagini, sentirà il cuore leggero, il respiro regolare. Al battito di mani si risveglierà. »

[*Battito di mani.*]

« Enrico, è cosciente? »

« Sì, io... Sì. »

« Bene, la terapia può dirsi conclusa. Il lutto patologico è ormai rientrato nell'ambito del reale. Vede, commissario, l'elaborazione definitiva del lutto consiste nel rendere reale all'interno ciò che è accaduto all'esterno. E poi, c'è tutta una vita fuori dal luogo buio in cui ci chiudiamo o ci chiudono gli eventi. »

« Grazie. Cosa ho raccontato? »

« Ha parlato di sua moglie. »

[*Silenzio.*]

« Come si sente? »

« Meglio. Ma vorrei chiederle un favore, dottoressa. »

« Dica pure. »

« Ho qualche domanda anch'io, se è d'accordo. »

68

Castelli Romani

Per una volta il camion della frutta non aveva dovuto scaricarlo. Mohamed, il ragazzo marocchino che gli dava qualche lavoretto, andava a Velletri e lui ne aveva approfittato per prendere un passaggio. Era solo un'esplorazione, sarebbe tornato di lì a pochi giorni, ma intanto aveva portato con sé l'occorrente per non trovarsi in difficoltà. Uno zainetto con pane e una bottiglia di Coca-Cola, di cui andava matto.

Avevano lasciato l'Appia nuova e percorrevano la via dei Laghi. La strada era un budello di curve e di tornanti bordeggiati da un'infinita sequenza di pini e sulla destra lumeggiava l'antico specchio d'acqua. Il lago Albano. Per fortuna Niko non era salito dietro, ma nella cabina dell'automezzo. I marocchini della grande frutteria al Porto Fluviale parlavano poco e lavoravano tanto, ma con lui parlavano anche di meno, aveva notato. Non che gliene importasse poi tanto, lui stava bene per conto suo. Mohamed però era gentile e quando aveva bisogno lo faceva *faticare*, come dicevano lì, e gli lasciava portar via qualcosa.

La casa rossa, Mohamed lo sapeva benissimo dov'era. Gliel'aveva detto che la vedeva sempre quando andava a Velletri e Niko non se l'era scordato.

Avevano superato da un po' lo svincolo per Nemi quando il camion inchiodò in salita.

« Laggiù », disse Mohamed indicando un boschetto di lecci che partivano dal ciglio della strada.

Il piccolo rom scese e salutò con la mano. L'aria era fresca.

« Passo a riprenderti domani? » gridò dal finestrino l'altro.

Niko fece cenno di no sventolando il braccio, si caricò lo zaino in spalla e attraversò la strada accelerando il passo. Il grosso automezzo ripartì lanciando due colpi di tromba, mentre il ragazzino si affacciava tra i primi alberi.

La casetta rossa era subito dietro le fronde. Era bella, di un vermiglio intenso che lui non aveva mai visto, l'intonaco chiazzato d'umido. Aveva il tetto spiovente marrone scuro e le persiane un po' sbilenche. Una grossa scritta in rilievo che decifrò a fatica diceva: ANAS. Tutt'attorno alla casa c'era una specie di recinzione di cemento, con un cancello arrugginito che un tempo era stato giallo.

Posò la mano sul ferro freddo e spinse. Il cancello si aprì senza rumore. Sulla sinistra, circondato da una rete di metallo, c'era un orto abbandonato, dappertutto cresceva l'erba, le spighe dei forasacchi alte fino alla vita. C'era parecchio da fare se voleva farne una casa vera, o qualcosa di simile. Avrebbe avuto tutto il tempo prima della fine dell'estate.

Una folata di vento si sollevò dalla strada oltre i tronchi dei lecci e una macchina argentata sfrecciò sulla salita mentre Niko si abbassava per non farsi vedere. Allora avvertì un odore pungente. Veniva dall'orto, gli pareva. Si allontanò rimettendosi in piedi e girò attorno alla casa dei suoi sogni. Più la osservava e più gli ricordava la figura di un libro che gli aveva dato Caterina. Era una storia strana e anche lì c'era una casa col tetto spiovente in mezzo al bosco. Quella però era piena di roba da mangiare. Intorno, sopra, sotto, dappertutto. Dolci, biscotti, tutta roba appiccicata chissà come sulle pareti. Chissà se l'odore di prima era di qualcosa da mangiare.

Assieme a un altro refolo giunse un sussurro che gli rammollì le ginocchia.

Niko percorse i pochi passi che lo separavano dall'uscio e poggiò le mani facendo leva col corpo inclinato. La porta era solida ma i cardini marci come i tronchi nel Tevere, dietro la sua vecchia baracca. Cedette con un rumore secco. Fece attenzione a non farla cadere, entrò e la rimise al suo posto. Si sentiva più al sicuro, dentro. Davanti aveva un corridoio, lungo una decina di metri, che terminava con una porta scorticata dall'azione del tempo. Su ambo i lati due aperture. Quelle sulla destra, scoprì procedendo con le dita che sfioravano il muro, erano la cucina e il bagno e davano sul lato della strada. Le mattonelle rettangolari, smaltate di bianco, riflettevano il sole che si era alzato sopra la chioma del boschetto illuminando il degrado di cartoni e immondizia dappertutto. Uno strano sportello nel muro era chiuso da due ante verticali di ferro rugginoso. Lungo il lato sinistro del corridoio invece si trovavano due camere. Il giallo della carta da parati romboidale consunto da punti d'umido. C'era un letto matrimoniale nella prima, con le molle che s'affacciavano dalla massa lanosa come cani della prateria da piccole tane sotterranee. Nella seconda una rete singola, di metallo, e un grosso armadio di legno grezzo.

Niko varcò la soglia e si guardò intorno, la stanza era piccolina e la finestra, priva persino del telaio, dava nel pieno del fogliame che era cresciuto a ridosso della casa. Ce n'era di lavoro da fare, ma ne valeva la pena. Sarebbe stata una reggia e fuori avrebbe ripristinato l'orto con i semi e le piantine che gli avrebbe di certo dato Mohamed. Tornò all'armadio e lo aprì per vedere se magari... Peccato, c'erano solo vestiti da donna.

Un basso pigolio lo scosse da quei pensieri. Si avvicinò alla finestra e si affacciò di fuori. Doveva esserci un nido in un cespuglio. Non vedeva bene e si sporse sollevandosi sulle braccia. Il nido non c'era, ma alla base del muro esterno della casa riusciva a vedere qualcosa. Uno spazio orizzontale, forse un accesso alle fondamenta. Ma era chiuso da mattoni coperti di calce.

Stavolta quel verso minuto venne dall'interno della casa e Niko si mise in guardia. Era scomparso.

Uscì nel corridoio e istintivamente guardò a sinistra, in fondo al corridoio, dove c'era la porta. Fece attenzione a muoversi come un gatto finché non la ebbe raggiunta. Era graffiata, la vernice spellata via, ma qualcosa attirò la sua attenzione. La maniglia e la serratura erano nuove, il colore argento lucido. Come la grossa chiave che sporgeva dalla toppa.

Quando Niko la prese tra le dita e iniziò a girarla verso destra il pigolio di prima si trasformò in un urlo di terrore.

69

Roma, Comando di Montesacro,
studio della dottoressa Antonelli

L'odore dell'incenso aveva lasciato il posto al profumo dell'aria illimpidita dai raggi solari. La domanda di Mancini era ancora sospesa tra loro.

« Ma certo, commissario », disse la dottoressa. « Chieda pure. Fa parte del rapporto tra paziente e terapeuta. »

« Niente di che, vorrei solo notizie della sua salute. »

« Della mia salute? »

« La vedo stanca. Come va con sua figlia? »

« Non si sa ancora nulla », rispose mordendosi un labbro. « Dovrebbero arrivare notizie da un momento all'altro. »

Mancini abbassò lo sguardo. « Ha le mani screpolate e la schiena le fa male. Per una donna in forma come lei, non è una bella cosa. »

« Sono solo vecchi acciacchi », disse evitando di portare lo sguardo alle dita.

Mancini si sollevò, la testa girava tra le ombre e le ultime volute dell'incenso. Si sgranchì platealmente, quasi fosse appena riemerso dal sonno di una notte. La donna lo osservava dalla poltrona. Il commissario le girò attorno. Tirò la cordicella delle veneziane e spalancò la finestra. Il giorno invase la stanza come acqua da una diga che crolla.

« Perché mi ha mentito, dottoressa? »

Claudia Antonelli aveva assunto un'espressione neutra, sbiadita. « Che dice? »

Mancini andò a sedersi alla scrivania. Sulla parete il disegno brillava di colori sgargianti. Si sedette. C'erano un grosso iMac, un portapenne di metallo e dei fogli in ordine da una parte. Fece scorrere la mano sul piano liscio mentre lei lo osservava con espressione neutra. Poi, le dita di Mancini toccarono qualcosa. Qualcosa che non c'entrava nulla col resto. Il commissario prese il piccolo orsetto morbido e peloso sulla scrivania, poggiato a una lampada. Dall'altra parte della stanza la dottoressa si irrigidì.

« È di sua...? »

« È di Amanda », si sbrigò a sottolineare lei. « Come il disegno lì dietro. »

Mancini non si voltò a guardarlo, ma si alzò portandosi dietro il pupazzo.

« È un po' rovinato », disse Claudia con un guizzo negli occhi, « Amanda l'ha consumato parecchio. Ce l'ha da quando è nata e lo tiene sempre con sé. »

Il commissario si mise di fronte alla dottoressa. « Guardi qua », disse mostrandole l'etichetta consunta dell'orsetto.

« L'ha cancellata succhiandolo quando era più piccola. »

« Ma io qualcosa vedo. Guardi meglio. » Spostò il

pupazzo e l'etichetta per il lavaggio si mostrò slabbrata e bianchiccia. Non c'era più alcuna indicazione leggibile. All'interno però c'era ancora il logo della ditta di giocattoli che l'aveva prodotto: un inquietante pupazzetto stilizzato con le braccia da robot, il corpo di un bambolotto e la testa di un coniglietto.

« Un mostro », disse lei aggrottando le sopracciglia.

« Non un granché. Ma la cosa interessante è che questa azienda, la MadGame, è fallita alla fine degli anni Ottanta. »

« Davvero? »

« Sì. »

« Era su una bancarella al mercatino dell'usato di Porta Portese e... »

« No. » Mancini cambiò espressione.

« Di sicuro sarà stato di un'altra bambina prima che... »

« No », ripeté il commissario.

Claudia Antonelli fissò gli occhi nei suoi e attese. Mancini appoggiò a terra l'orsetto.

« Questo giocattolo non è di sua figlia. Appartiene a un'altra bambina. Una bambina salvata da una cantina di una casa in campagna, molto tempo fa », disse Mancini estraendo il cellulare e mostrandole il ritaglio di giornale.

La donna afferrò la Nivea dal tavolino e la aprì. Iniziò a spalmarla con forza strizzando una mano nell'altra. Il commissario fissò quelle mani forti, screpolate dalla calce viva che aveva usato per imprigionare Paolo Tancredi.

« Gli anni che ha trascorso rinchiusa lì sotto le hanno rovinato la vista, i denti e le ossa. » Mancini ripensò a tutti gli elementi che avrebbe potuto raccogliere e che semplicemente non aveva visto. La dentatura perfetta della Antonelli, la postura leggermente curva nonostante la buona forma fisica, le lenti a contatto colorate. « E la clinica psichiatrica dove l'hanno chiusa ha fatto il resto, non è così? »

La dottoressa si mosse sulla poltrona e nascose le mani in grembo.

« Dov'è Vincenzo Gugliotti? »

« Cosa? »

« Ha sentito. Dove ha imprigionato il questore? »

Come se fosse stato investito da un vento di ghiaccio, il viso della donna scolorì trasformandosi in una maschera inespressiva. Era impressionante, quello che aveva di fronte Mancini sembrava un volto di gomma, sciupato e silenzioso.

« Quel disegno sul muro », disse Mancini indicandolo, « chi l'ha fatto? »

La donna respirava in fretta, boccheggiando tra le risposte. « L'ha fatto Amanda. »

« No. »

« L'ha disegnato... »

« No. L'ha fatto lei tanti anni fa, magari appena arrivata nell'istituto psichiatrico. »

Mancini mantenne il dito puntato verso il disegno mentre gli occhi indagavano il viso della Antonelli.

« Amanda non esiste. Lei non ha mai avuto una figlia. »

« Sì che esiste, lei... » La voce s'indeboliva.

« No, invece. Abbiamo parlato con il suo ex marito e all'anagrafe non c'è nessuna Amanda Timo, Antonelli o Casara... »

La donna era ammutolita, non sapeva che dire.

« Dov'è Vincenzo Gugliotti? Dove l'ha rinchiuso? » Mancini prese le manette dalla tasca interna della giacca.

Claudia scosse la testa e serrò le labbra. Come una bambina.

No, così non funzionava. Il muro era invalicabile. Allora fu Enrico a scavalcarlo. Si sedette sul divano, raccolse l'orsacchiotto da terra e lo posò sul tavolino, proprio davanti alla dottoressa. Lei intercettò il movimento e fissò gli occhi in quelli di vetro del pupazzo mentre il commissario iniziava a parlare piano.

« Non ti chiami Claudia Antonelli, vero? »

« Mia. Mi chiamo Mia. »

« Ed è con te, Mia, che voglio parlare adesso. »

Il mento di Mia crollò sul petto schiacciato dal peso della verità.

« Lasciati guidare dalla mia voce, Mia. »

« Sì... »

« Raccontami cosa senti, Mia. So che vuoi farlo da tanto tempo. »

La donna chiuse gli occhi. Il respiro rallentò.

« Ci sono parole », iniziò piano, « che hanno un significato, che rappresentano un'idea, un pensiero, una cosa. Poi ci sono nomi che si pronunciano come si evocano i fantasmi, per pura fede, o necessità. »

La voce della donna matura che Enrico aveva davanti scomparve gradualmente, sillaba dopo sillaba, lasciando il posto a quella della bambina nata nel buio. Roca e sottile, insieme.

« Del giorno in cui mi trovano non ricordo niente, la gente, le voci, l'automobilista, niente. Solo la luce e l'aria aperta. Le due favole che mamma mi raccontava quando eravamo dentro. Quando esco comprendo che aveva detto il vero, la mamma. La luce esiste, e anche l'aria aperta. Ma bruciano gli occhi e i polmoni. Da allora, giorno dopo giorno, le finestre, i sapori, le persone. Tutto assume una nuova forma nella realtà e nella mia mente. La notte è finita, come mi prometteva sempre lei. »

Le lacrime, sputate da palpebre indifferenti, rigavano il volto di plastica. Quello di una bambina piccola.

Le manette dondolavano appena tra le dita di Mancini. « Va tutto bene, Mia, ci sono io qui con te. Respira piano. La prossima immagine, Mia. Dove sei? »

« Il seminterrato ha l'odore delle cose vecchie. Non ci sono aperture sull'esterno, ma tanta acqua dappertutto. La puzza dell'acqua ferma, l'umido che preme nelle ossa, la sensazione che sia viva, l'acqua, che ci sia anche quando dormi. Lo spettro dell'acqua non lo dimenticherò mai. Mamma diceva che veniamo tutti dall'acqua, che ci purifica, che ci si può vedere dentro, quando c'è la luce. Ma la luce nel nostro mondo non c'è mai. L'ha presa lui per farci più deboli. Per farci avere paura. Noi però mica ce l'abbiamo. Raccontiamo, cantiamo, aspettiamo il cibo dal montacarichi. Dormiamo quando sentiamo che i rumori, fuori, lontano, si spengono. La mamma dice che si chiamano macchine e che a una certa ora smettono di passare.»

Mancini si sentiva soffocare, oppresso da un senso di claustrofobia. Come quella bambina dentro lo scantinato, come le vittime di quella donna. Scoprì che non poteva fare a meno di provare pietà, per l'una e le altre.

«Vai avanti, Mia.»

«All'inizio lui veniva giù una volta ogni tanto, la prendeva e la portava di sopra. Io restavo zitta, aspettavo che i rumori finissero e che lei tornasse da me. Poi, la mamma è morta. Tossiva sempre. Mi sono svegliata in quella notte perenne con la sensazione che l'acqua mi parlasse, mi dicesse: 'Guarda, è fredda, ora appartiene a noi'.»

Mancini aveva visto decine e decine di scene del crimine, cadaveri straziati, corpi scempiati, esseri umani violati, ma tutta l'energia nera che aveva assorbito negli anni non valeva quel momento di dolore. Avrebbe voluto parlare ma non c'era parola per *dire* la coscienza che annaspava nel liquido nulla.

«Lui viene a prenderla una settimana dopo, quando scende come fa sempre. È furioso, urla, e io penso che mi ammazzerà subito. Ma non lo fa. Mi lascia lì. La paura cresce con il tempo anziché diminuire. Poi vince la fame. Non c'era più nessun rumore dal piano di sopra. E il buio, per la prima volta, mi fa paura», disse in un soffio strizzando le palpebre e i pugni.

«Ascolta la mia voce, respira. Non c'è niente di cui aver paura, qui.»

Rispose allentando la stretta sulle mani che le caddero sulla poltrona come pezzi di stoffa bagnata. «Da allora ogni giorno attendo il cibo che prima calava dall'astronave, come la chiamava la mamma. Lui lo mette nel montacarichi, a volte con degli asciugamani. Non ho nessuno. Il buio è nero e sincero. Passo tanto, tanto tempo con l'acqua alle caviglie. Forse è scoppiato l'impianto. Cerco di dormire ma mi sveglio per il rumore dei miei polmoni, vibrano come branchie. Ho la pelle delle dita macerata, le mani gonfie.»

Mancini si passò una mano sulla fronte bagnata. «Basta così, Mia. Prossima immagine. Parlami di quello che è accaduto dopo, in clinica», disse cercando il tono più rassicurante che poteva.

«Mi hanno subito cambiato nome ma mi sono abituata presto e ho capito che potevo farlo con tutto, abituarmi, capire cose nuove, imitarle, farle mie. Era tutto diverso, anche se c'era troppa luce e i bambini mi evitavano. Ero brutta, piccola, con quei grossi occhiali e la bocca rovinata, camminavo strano, mi dicevano. Non ne avevo mai visti, di bambini, anche se la mamma me li raccontava, mi spiegava il mondo. Quello di fuori. Ma poi, quando sono finalmente entrata nel programma per le adozioni... »

« Cos'è successo, allora? »

« C'erano dei signori che venivano a visitarmi ogni tanto, non so quanto spesso. Mi facevano domande, tutti insieme e poi uno per volta. E poi andavano via e io restavo lì. Gli altri bambini venivano presi, portati a casa da genitori nuovi, ma io non me lo meritavo. Il parere di quei signori era sempre lo stesso. Sfavorevole. Tutti tranne quel vecchio. »

Il professor Biga, pensò il commissario. Come stava? Si era ripreso?

« Mi hanno tolto la speranza, mese dopo mese, di imparare a vivere, di costruire qualcosa di vero », disse scoppiando in un pianto dirotto, coperto dalle mani che sembravano più piccole di quello che erano.

« Basta così, Mia. Fai un bel respiro. Adesso ci sono io. E ho bisogno di parlare con Claudia. »

Tre, quattro, cinque secondi. Claudia era tornata e si stava asciugando le lacrime, incredula.

Mancini la incalzò senza darle tempo di ragionare. « Dove lo ha nascosto? »

La bambina scomparve com'era venuta e la voce si fece un graffio.

« Nella sua bara di gesso. »

« Dove? »

« Ci sono finiti tutti, nel buio. E gli ultimi momenti, Enrico, sono quelli in cui ci si rende conto di non esistere davvero, finché non ci si trova di fronte alla morte. Solo allora l'uomo capisce che l'*io* non esiste, che è tutta un'autofinzione, che nello specchio », lo scrutò con un ghigno, « ci si perde sempre. »

« Dove? » Due sillabe che Mancini pronunciò come una minaccia.

« In fondo alla Città dell'Acqua », rispose Anna.

Mancini si alzò di scatto, frugandosi nelle tasche.

« È troppo tardi, commissario. È tutto finito. Ma a lui ho riservato il meglio. Potevo fare come con gli altri, potevo strappargli la lingua, fargli capire che avrebbe potuto pronunciarsi a mio favore trent'anni fa, ma non aveva nemmeno la forza di parlare, alla fine. Avrebbe dovuto farlo a suo tempo. »

Mancini prese il cellulare e digitò il numero di Comello. Era occupato. Selezionò la richiamata automatica e buttò il telefonino dietro di sé, sul divano.

« Le mani », le intimò.

La dottoressa stese le braccia davanti a sé e si lasciò ammanettare. Mancini la fece alzare tenendola sotto braccio. Lei si voltò a guardare la luce quasi bianca che illuminava la stanza invadendo il rettangolo della finestra.

« Non ho paura del buio », disse « ma c'è una cosa, Enrico, che mi torna sempre in mente. E mi fa ancora tanto male. »

Mancini la guardò e fece cenno di sì: « Cos'è? »

« La mamma mi ha dato questo nome, Mia, perché ero solamente sua. Perché doveva rifiutare la violenza che aveva subito per avermi, e doveva farlo escludendola dalle radici stesse dell'esistenza. E perché, al buio, i nomi sono tutto ciò che abbiamo. Con lei sapevo tutto del mondo e di me stessa. Con lei, dentro la nostra cantina, ero felice. Il giorno che se n'è andata, che ha smesso di ripetermi con amore 'tu sei Mia'... Io mi sono smarrita per sempre. »

« Smarrita? » Mancini era scosso. « Ma fuori hai trovato tanta gente che si è occupata di te. Hai avuto una vita. Una professione. Perfino un marito... »

« No. Da quando sono emersa da quella palude, ogni persona che incontro non fa altro che cercare di scoprire chi sono davvero. Anche in clinica, nell'istituto, nella famiglia Tancredi, durante l'adolescenza e gli anni di studi psichiatrici, tutti me l'hanno continuato a chiedere, in un modo o nell'altro. E mi creda, Enrico, io ho continuato a rincorrerla, quell'identità. » Sorrise e per un istante gli occhi si illuminarono di una luce nera. « Anche quei maledetti che me l'hanno negata davvero, un'identità, chiusi tra le loro pareti di terra, legno o mattoni, negli ultimi istanti della loro vita me l'hanno chiesto. Strillando, piangendo o nel silenzio delle loro bare, sempre la stessa domanda: 'Chi sei tu?' »

Mancini fece per parlare, ma non venne fuori nulla.

« Ma io, Enrico... Io, non sono mai stata *io*. »

70

Comando di polizia di Montesacro,
studio della dottoressa Antonelli

La porta si spalancò e Walter fece irruzione. Era armato. Mancini gli fece segno di no con la testa. Dietro l'ispettore c'era Giulia, che scrutava l'interno della stanza con un'espressione spaventata.

« Conduci la dottoressa Antonelli nella cella di sotto e chiama la Questura Centrale », disse Mancini.

Senza parlare, Walter posò una mano sulla spalla della prigioniera. La donna si mosse e avanzò lenta, in trance.

Mancini si ritrovò a pensare che, da quel momento in poi, Mia Casara sarebbe stata di nuovo rinchiusa in una prigione, che Claudia Antonelli si sarebbe ritrovata a fissare mura da cui non poteva evadere, proprio come le sue vittime. « Tienila nella cella con la finestra, per ora. »

« Andiamo », le disse Comello delicatamente, con un misto di pena e amarezza che gli affiorava sulla faccia da vichingo.

« Giulia, vai, e porta con te una volante e un'ambulanza », proseguì Mancini. Si fermò un istante, poi riprese: « Chiama anche Antonio e Alexandra e andate alla Città dell'Acqua ».

« Antonio? » chiese Giulia, per una volta davvero preoccupata per il questore.

« Ho paura di sì... Ma sbrigatevi comunque », concluse Mancini. Non la guardava, così come non aveva guardato neppure Comello mentre accompagnava fuori l'assassina. Continuava a fissare la parete.

La Foderà scomparve dall'uscio, per le scale rimbalzarono i suoi tacchi e Mancini restò solo. Chiuse la porta e si lasciò cadere sulla poltrona girevole alla scrivania della dottoressa. Sul divano era rimasto il vecchio orsacchiotto di Mia Casara inondato dalla luce della finestra. La storia di quella donna era spaventosa e nel giocattolo infantile consumato dal tempo c'era l'unica cosa che probabilmente aveva donato un po' di conforto a quella bambina, e forse alla donna che era diventata.

Bussarono. Comello rientrò trafelato. « Commissario, raggiungo la dottoressa Foderà e gli altri alla Città dell'Acqua? Sono già andati. Speriamo che il questore... »

Mancini lo guardava come se fosse trasparente.

« Be', sì, che non sia... » concluse Walter indossando i Ray-Ban a specchio. Poi, come a volersi giustificare, aggiunse: « C'è un sole assurdo qui dentro, fa quasi male agli occhi... » Si voltò e fece per andarsene.

« Walter. »

« Sì, commissario? »

« Aspetta. »

Mancini fece girare la sedia, dando le spalle alla scrivania e a Comello, e fissò la parete, di nuovo.

« Il sole », mormorò. « C'è il sole. »

« Sì, commissario, sarà la stanchezza, ma tutta questa luce mi fa lacrimare gli occhi... »

Il commissario si massaggiava la faccia, pizzicando ciuffi di barba mentre osservava il disegno alla parete. Lo sguardo di Mancini sfilò lungo le linee incerte che descrivevano due figure allegre. Mamma e figlia mano nella mano. Era Claudia, anzi, Mia con la madre, prima che la lasciasse in quella palude sotterranea per sempre. Prima che l'abbandonasse all'abisso del sé. Le fronde smeraldo dell'albero sfioravano goffe la testa della bambina. E l'angolo in alto era riempito con il giallo liquido di un grande sole.

« Aspetta, Walter. » Mancini sollevò un dito per chiedere silenzio assoluto.

Tra sé e sé, Comello pregava che non stesse per andare in scena uno dei rari, ma terribili, momenti di follia del commissario. Quando perdeva la testa e... Mancini scattò in piedi e l'ispettore arretrò per conservare una distanza di sicurezza. Il commissario volse il capo verso la luce, poi sull'orsacchiotto di Mia Casara e infine sul disegno alla parete. Strinse gli occhi come per mettere a fuoco qualcosa che era lì, ma che appariva sfocato.

« Non è possibile », sussurrò d'un tratto.

Walter retrocesse ancora quando Mancini poggiò le mani sul muro e avvicinò la faccia al disegno. Rimase così, nel silenzio elettrico, alcuni secondi. Girò la testa e fissò la finestra, il sole in pieno cielo. Poi guardò quello grande e giallissimo disegnato da Mia da piccola.

« Non è stata lei », disse e restò imbambolato.

« Come? » L'ispettore azzardò un passo verso di lui, e Mancini parve rianimarsi.

« Walter, dobbiamo andare. »

« Raggiungiamo gli altri alla Città dell'Acqua? »

Il commissario scosse il capo e piantò la punta dell'indice al centro del sole nel disegno. « No. »

« Ma allora, dove... »

Mancini batté due volte sul disco giallo. « Non può averlo fatto lei questo disegno. A quell'età Mia Casara nemmeno sapeva cosa fosse il sole. E dopo non avrebbe mai fatto un disegno del genere, la mano nella mano con la madre, nell'aria, nella luce, nei colori. No. »

« Non capisco, commissario. »

« Capirai. Ma dobbiamo andare. Subito. Dobbiamo trovarla. »

Mancini si lanciò fuori dallo studio della Antonelli e Comello non poté far altro che affrettarsi a inseguirlo.

« Trovare chi? » ansimò mentre scendevano le scale.

« La bambina, Walter! »

L'ispettore si precipitò nel parcheggio inondato

dal sole. Mancini stava già aprendo la portiera della sua Mini.

« Quale bambina, commissario? »

Prima di abbassare la testa per mettersi alla guida, il commissario Enrico Mancini fissò un istante il suo ispettore.

« Una bambina che non esiste. »

71

Castelli romani

«Avremmo dovuto pren-prendere l'Alfa Romeo, com-mis-sari-o», disse Comello, sbattendo i denti all'ennesima sequenza di buche di via dei Laghi.

Mancini non lo stava ascoltando. Guidava come se fosse al volante di un kart, il sedile leggermente ribassato, mentre il corpo di Walter ci entrava appena in quella scatoletta e se ne doveva stare rannicchiato con le ginocchia in bocca e il collo piegato. Sopra di lui, sul tettuccio, la sirena gracchiava potente. Sulla destra, il lago era punteggiato di barchette e attorno allo specchio d'acqua spiccava qualche spiaggetta affollata. Enrico ci era andato spesso, da bambino, la domenica, a caccia di more tra i rovi con la mamma e di orme ferine col padre. Inghiottì un boccone di nostalgia e sbuffò.

«Anche a me inizia a dare fastidio la strada», ritentò Comello abbassando il minuscolo finestrino a manovella. Ma Mancini non gli diede retta. Walter allora provò a distrarlo.

«Commissario, c'è una cosa che non capisco. Perché la Antonelli ha iniziato a uccidere?»

«C'è stato un elemento scatenante. Qualcosa che

ha fatto esplodere il mondo perfetto che si era faticosamente costruita in anni di autoanalisi, finzioni quotidiane con gli altri e con se stessa. »

« E cosa? » disse Comello, reprimendo un conato all'ennesimo sussulto.

« La morte del padre in prigione. Deve averle acceso qualcosa in testa. »

« Un desiderio di vendetta? »

« No, Walter. Credo che aver perso l'unica persona che avrebbe potuto rivelarle qualcosa di sé, in cui rispecchiarsi... » Mancini esitò e, con una certa soddisfazione di Comello, sollevò inconsciamente il piede dall'acceleratore. « L'unico genitore rimastole, per quanto mostruoso. L'unico in cui lei avrebbe potuto specchiarsi, nonostante tutto. »

« Quell'uomo non ha mai collaborato, non ha mai rilasciato dichiarazioni, confessioni, nulla. È rimasto in silenzio per anni. »

« Non importa. C'era. Magari era muto, ma c'era. Tu hai i tuoi genitori, e forse non li vedi tanto spesso. »

Walter provò a fare spallucce nell'abitacolo.

« Be', da quando io ho perso i miei, che non vedevo mai, mi accorgo di quanto avrei voglia di incontrarli, parlargli, fargli domande su cose che sono scomparse per sempre con loro. »

« Ma suo padre non era un mostro, commissario. E nemmeno il mio lo è. »

« Quello di Mia Casara sì. Un mostro silenzioso.

E se provi a specchiarti in un mostro, cosa resta quando lo specchio si rompe? »

Un mostro in frantumi, pensò Comello. « Ma se non si è vendicata del padre, perché ha ucciso quelle persone? »

Mancini teneva le mani sulla parte superiore del volante, a destra e sinistra la vegetazione correva veloce, sopra di loro il lamento della sirena. « Quella che chiami vendetta io la chiamo necessità psicologica. Non si è solo vendicata delle persone che le hanno fatto del male, negandole la libertà e una vita normale, rinchiudendola in clinica e nell'istituto. Lo ha fatto sottraendo, con le sue mutilazioni, quella che considerava la componente identitaria delle vittime. Dopodiché le ha chiuse in uno spazio angusto e buio, una bara dell'anima, dell'io, come era stata la sua cantina. In questo modo le ha condannate a smarrire la percezione dello spazio e del tempo, a perdersi per dimenticare persino chi fossero, privandole della loro stessa identità. »

Un nuovo, violento sobbalzo proiettò il cranio di Comello sul tettuccio della Mini, e intanto lo schermo del cellulare di Mancini sul cruscotto si illuminò.

« È una videochiamata. La dottoressa Foderà », disse Comello.

« Spegni la sirena e rispondi », ordinò Mancini.

Walter obbedì e poco dopo la faccia della pm comparve sullo sfondo di pietra. Una grossa luce artificiale illuminava lo scavo sotterraneo della Città dell'Acqua.

« Enrico dov'è? » La voce echeggiò nell'antro alle sue spalle.

« È qui », disse Walter. « Sta guidando... »

« Ma dove siete? Dove state andando? »

« Ehm... glielo passo, dottoressa. »

Mancini decelerò appena e, con gli occhi sulla strada, fece cenno a Walter di avvicinare lo schermo. E vide Giulia. Un secondo istante di pace tra i suoi pensieri. « Eccomi. Come è andata? »

Giulia strinse le labbra e fece cenno di no, con i ricci che ondeggiavano piano e l'espressione contrita. Poi l'inquadratura si mosse seguendo i passi della pm fino all'imbocco di un edificio romano. Tra i lampi dei flash, dalla soglia Giulia inquadrò la sagoma di gesso su cui Antonio stava lavorando. La parte superiore era stata asportata con il frullino e stava venendo via senza difficoltà. La testa imbiancata del questore Vincenzo Gugliotti spuntava come quella di una mummia da un antico sepolcro. Gli occhi erano chiusi.

« Si è tranciato la lingua », disse Rocchi, e Alexandra, che raccoglieva foto dei bassorilievi, si avvicinò a lui e gli posò una mano sulla schiena, carezzandolo appena. Avevano le facce tirate.

« State venendo qui? »

« No, stiamo andando a controllare una cosa. Ti richiamo appena scendiamo. »

« Scendiamo? »

Proprio in quel momento Walter scorse la testa rasata di Bettini accanto alla De Marchi e si fece scappare un'imprecazione: « Ehi, che ci fa quello stronzo vicino a Caterina? »

« Chiudi la comunicazione », disse Mancini.

« Commissario, c'è quel pezzo di... »

Il commissario afferrò il telefono e lo spense. Aveva visto abbastanza. Vincenzo Gugliotti aveva tirato l'ultimo sospiro avvolto dall'oscurità dello scavo. Peggio, dentro un sarcofago di gesso dove, probabilmente, era impazzito e si era morso la lingua soffocando nel proprio sangue. Adesso era tutto finito. La fine di un'epoca, per tutti loro che avevano avuto a che fare con Gugliotti.

Walter era silenzioso, guardava fuori dal finestrino. Un paio di chilometri dopo il commissario rallentò appena per scrutare sulla sinistra.

E a quel punto Comello sbottò: « Commissario, ma che ci siamo venuti a fare qui? Non possiamo tornare indietro? » Il pensiero di Bettini così vicino a Caterina lo riempiva di rabbia.

Mancini non si voltò a guardarlo. Stava ancora frugando con lo sguardo tra gli alberi, in cerca di qualcosa. « Fidati di me, Walter. »

« Ma in nome di cosa, di una bambina che non esiste? »

Il commissario accelerò.

« Il caso è chiuso, commissario, non possiamo... »

Mancini si voltò mentre ingranava la quarta, gli occhi neri e sofferenti. « Credi davvero che sia impossibile nascondere al mondo una figlia? C'è chi nasconde per anni intere famiglie, Walter. »

Comello ammutolì. In lontananza, forse a un paio di chilometri, una casa rossa fra gli alberi. Possibile?

« Io so che lei mi ha chiesto aiuto. Ogni volta, ogni seduta, era un silenzioso grido d'aiuto. Me ne sono accorto leggendo le trascrizioni. Ma non voleva che aiutassi lei o le sue vittime, voleva che salvassi sua figlia. »

Dovevano essere lecci. E loro si trovavano ormai a poche decine di metri dalla casa cantoniera. La macchina si fermò sul ciglio della strada, Mancini estrasse le chiavi dal blocchetto e le infilò nella giacca di pelle. « Scendiamo. »

Walter partì di corsa attraversando la strada come se avesse avvistato il diavolo in persona. Il commissario gli volò dietro. Arrivati al limitare del boschetto, Comello si accucciò e Mancini lo imitò.

« Cos'hai visto? »

« Un movimento tra le frasche, dietro al cancello. »

« Andiamo, Walter », disse Mancini mostrando la Beretta nella fondina.

L'ispettore estrasse l'arma e avanzò tra le spighe, leggermente abbassato. Mancini gli si affiancò, ma dopo pochi passi si raddrizzò. « Vieni fuori! »

Comello si sollevò e puntò l'arma di fronte. Nel giardinetto incolto qualcosa si muoveva. No, non qualcosa. Qualcuno che lui conosceva.

« E tu che ci fai qui? » chiese abbassando la pistola.

« Ancora tu? » disse Mancini stupito.

Niko spuntò da un grosso cespuglio di ginestra.

Scappò verso di loro guardandosi indietro, verso la casa. E si buttò addosso a Walter. Quando l'ispettore capì che lo stava abbracciando, gli mise una mano sulla testa. « Che succede, Niko? »

Il ragazzino indicò la porta della casa. Era aperta. « Là dentro. »

Il commissario si mosse per primo: « Dove? »

« Di sotto », rispose Niko restando ancorato a Walter come a una pietra sicura.

Mancini e Comello si guardarono un istante ed estrassero nuovamente le pistole. A quel punto Niko si mosse e prese la mano di Walter. « Vieni. »

Entrarono nella casa e attraversarono il lungo corridoio, l'odore di cose vecchie, pensò Mancini. Niko li precedeva di poco. Si fermò di fronte alla porta, afferrò la maniglia argentata, la abbassò e spinse. Senza successo.

« Dobbiamo sfondarla », disse Walter.

72

Castelli romani

Le case cantoniere in Italia sono più di milleduecento, la metà funzionanti o abitate, e da sempre il loro rosso pompeiano accende la fantasia dei viaggiatori dello stivale.

Quella però era rimasta a lungo vuota. Lontano dalla gente e dalla vita, quattro pareti sgargianti ospitavano un piano terra e una cantina chiusa da anni e cancellata dalla memoria della gente del luogo. Da qualche giorno, forse troppi, una voce minuscola gracidava nel corpo fradicio della casa.

« Levati, Niko. » Walter calciò subito sotto la serratura, che cedette con uno schianto. La maniglia volò via. Delle scale ripide scendevano dritte per poi girare a destra e perdersi nel buio.

« Non c'è luce. Nemmeno un interruttore », disse Comello.

Niko gli restava attaccato mentre scendevano piano. Mancini era in testa, nella sinistra la piccola torcia del cellulare, nella destra la Beretta. L'odore di sporco e umidità aveva una consistenza soffocante. Girò seguendo le scale e si ritrovò su un pavimento ingombro di forme biancastre. Materassi, ce n'erano dappertutto, come se fossero una specie di grande tappeto. Sollevò la luce e la indirizzò verso il fondo e allora qualcosa si mosse.

« Fermo! » urlò abbassandosi.

I due dietro di lui fecero lo stesso.

Mancini puntava la pistola nell'angolo, ma lì non si muoveva più niente. Solo un mormorio acuto e gutturale. Come quello di un gatto travolto sulla strada. Il commissario fece tre passi e sulla destra scoprì una stanza, a giudicare dal tanfo era il bagno. Walter e Niko scesero sui materassi e gli andarono dietro. Per terra c'erano vestiti sporchi, stracciati, secchi di umidità stantia. Abiti da bambina. Dovevano essere quelli di Mia Casara.

Poi un singhiozzo si levò nitido e fu chiaro che non era un animale a nascondersi lì.

« Vieni qui », disse Mancini a Niko, rinfoderando la pistola.

Il ragazzino si avvicinò e Mancini lo guardò. « Va' da lei. »

Niko annuì e si diresse nell'angolo. Sotto a un materasso, inclinato contro il muro a mo' di rifugio, c'era una bambina coi capelli lunghi e gli occhi grandi.

« Ciao, non avere paura. Vieni fuori di lì », le disse piano Niko, e sorrise.

La bambina, il viso sudicio e smagrito, gli si buttò tra le braccia in un istante. Walter si accostò ai due e li strinse forte. « Andiamo a casa, bambini. »

Mancini era già sul prato quando i tre spuntarono dall'edificio rosso. Aveva chiamato la Questura e chiesto un'ambulanza e una volante d'appoggio. Stava controllando l'orto, il posto dove Luca Casara aveva seppellito le donne che aveva imprigionato e violentato tanti anni prima. Il sole si posava sul tetto marrone e il commissario si parò gli occhi con la mano. La bambina uscì camminando sulle proprie gambe, ma aveva il gomito davanti agli occhi. Teneva la mano di Niko e Walter le era a fianco. Quando li vide sul prato, un'immagine si sovrappose a quella che Mancini aveva davanti. Una foto: una bambina con l'orsacchiotto, tanta gente attorno. Amanda era identica a sua madre. Doveva avere la stessa età che aveva Mia Casara il giorno in cui l'avevano liberata.

Mancini si avvicinò lentamente, cercando un sorriso che tranquillizzasse la bambina stretta alla gamba di Walter.

« Ciao Amanda. Come stai? » le chiese inginocchiandosi qualche passo indietro. Ora lei riusciva a guardarlo senza la protezione del braccio. Aveva le occhiaie nere e lo sguardo smarrito. Le braccia sottili.

La bambina non rispose e ficcò la faccia tra le ginocchia di Comello che si accucciò per rassicurarla. « È un signore buono, ti ha trovato lui », guardò il commissario con la riconoscenza sulla bocca.

« Ti riportiamo a casa, va bene, Amanda? » Mancini allungò le dita in cerca di un contatto e stavolta la bambina fece di sì con la testa.

« Andiamo », disse il commissario tirandosi in piedi mentre arrivava l'ambulanza.

Come avrebbe fatto a dirle che sua madre non sarebbe stata ad aspettarla a casa perché proprio lei era il mostro che l'aveva imprigionata? Come faceva a dirle che anche lei sarebbe dovuta restare in osservazione in una clinica? Come faceva a dire a se stesso che la catena non si era spezzata e che il suo intervento aveva salvato una vita ma non aveva escluso il ritorno del male? Come poteva ammettere che Luca Casara aveva creato due mostri e che il cerchio continuava a girare? Amanda avrebbe avuto un'infanzia senza una madre, avrebbe avuto enormi difficoltà di socializzazione e sarebbe poi stata reinserita in una famiglia soltanto se qualcuno avesse dato il consenso. Carlo Biga non gli aveva mai detto nulla del suo ruolo nella Commissione Casi Speciali, e ora Enrico sentiva di comprendere le ragioni di quel silenzio. Perché a lui, con Amanda, sarebbe toccata una sorte identica.

Fece un cenno accomodante agli agenti della volante e ai paramedici che arrivavano di corsa. Poi si voltò e ripeté alla bambina: « Andiamo Amanda ».

La bimba gli si avvicinò incerta. Mancini si piegò in avanti e lei lo guardò con gli occhi che sembravano ancora più grandi alla luce del sole.

« Non mi chiamo Amanda. Mi chiamo Mia. »

Mancini cercò conferma sulla faccia di Walter delle parole appena sentite. Poi il suo sguardo tornò sulla piccola che gli tirava la manica.

« Dov'è la mia mamma? »

73

Roma, Montesacro

Se n'era rimasto tutto il giorno in casa. Aveva serrato le persiane e aveva staccato telefono e cellulare. Ma prima aveva avvertito Giulia che voleva restare solo per un po'.

Ancora una volta si era messo a sedere di fronte alla finestra chiusa. Gli succedeva sempre di isolarsi, dopo un caso impegnativo e doloroso, in cui aveva stillato ogni goccia di energia mentale e nervosa. Voleva ripensarci, come si fa con un romanzo appena finito di leggere, a mente fredda, ma non troppo.

La testa tornò a Vincenzo Gugliotti, laggiù in fondo allo scavo, dove Giulia e Antonio avevano trovato la deforme crisalide di gesso. La mutazione operata all'interno dell'involucro aveva bruciato la pelle e gonfiato i polmoni. Gli occhi erano esplosi.

Enrico non riusciva a provare rispetto per quell'uomo, anche se in quell'istante un moto di pietà lo prese alla gola. I giornali avrebbero costruito attorno a quella vicenda molto più di quanto era stato già annunciato, e stavolta il commissario, e con lui l'intera squadra, non avrebbe avuto scampo. Ma non gliene importava nulla. Forse non gli importava niente di nessuno. Con le gambe sul tavolino, e finalmente una Peroni ghiacciata al suo fianco, fece una lunga sorsata. Dalle finestre, lame di luce giallastra penetravano il buio.

Raggiunse il frigo, prese un'altra bottiglia e tornò a sedersi dopo aver spalancato le persiane. L'aria entrò fresca nella casa che odorava di chiuso. Senza nemmeno riflettere, salì sul davanzale. Era scalzo e stavolta non c'era nessuno dietro di lui. Non c'era nessuno a salvarlo da se stesso, e l'idea possedeva un che di sollievo e di sconforto abissale. Guardò giù. Eccolo l'abisso. Tanti piani per un volo di uno, al massimo due secondi.

Stavolta non c'era la voce di Carlo Biga alle sue spalle che gli ripeteva di non buttarsi. No, stavolta non ci sarebbe stato nessun « noi » a riportarlo indietro dall'incubo. A dirgli « Non sei solo, Enrico. Siamo io e te. Vuoi lasciarmi così? Sono io che me ne devo andare prima. La parola che devi conservare nel cuore per non perderti in questo mondo o in quello nella tua testa deve essere questa: *noi*. E io sono qui. Scendi ».

Ed era sceso. Erano trascorsi anni da quella sera ma il dolore era ricomparso. Lo aveva ricacciato dentro ma, glielo aveva spiegato proprio la Antonelli, una volta compresso in un nucleo solido, quel granuloma mortale aveva trovato uno spazio tutto suo. Non esisteva un modo per rimuovere il male, fuori e dentro di sé. Né la paura, o il lutto. Il volto deturpato di Oscar apparve per un ultimo saluto e lui ricambiò con un sorso di birra.

Però esistevano trucchi da baraccone, tattiche e magie, illusioni autoprodotte che andavano nutrite giorno dopo giorno. In quel senso il lavoro, la caccia, era stato quasi tutto per lui. La sua grande distrazione. E poi c'era la squadra, i ragazzi, Antonio e Walter, Caterina e il professore, se fosse sopravvissuto. Provò ad allontanare quella preoccupazione. E Giulia dov'era? Annusò l'aria in attesa di riconoscere il profumo di lei e dei giorni che ancora non avevano passato insieme.

Lontano, le sirene guizzavano sulla strada come sciami di vespe in cerca di carne. In alto, la luna segnava tre quarti. Da lassù la immaginò specchiarsi nelle acque veloci dell'Aniene. Immaginò quella luce solenne spingere i flutti dorati del Tevere all'ombra del Grande Gazometro, dove tra pioppi, salici e canneti si bagnavano i cormorani, gli aironi pescavano e le nutrie rimestavano tra l'immondizia sulla sponda.

Si mise a sedere sul davanzale, le gambe penzoloni, la luna adesso sfocata dal fumo che saliva in una densa colonna issandosi sopra i tetti. Da lì, Enrico riusciva quasi a vedere le spire del grande serpente d'acqua che tagliava a metà la sua Roma. Da qualche parte, a est, bruciava una discarica di pneumatici e immondizia, a sud s'incenerivano ettari di verde. Lo strillo delle sirene riempiva l'afa mentre le autopompe svuotavano i serbatoi e le scale andavano su e giù per cinquanta metri di altezza. Il fuoco, il fumo e il vapore si sollevavano ovunque edificando una volta grigiogiallo nel cielo di Roma.

Il viaggio nella mente che aveva compiuto grazie alla dottoressa Antonelli era finito. Ed era finito male. Un oscuro pinnacolo saliva anche a ovest ed Enrico si ritrovò a pensare a sé come ad un essere di fumo. Visibile ma impalpabile. Avrebbe dovuto contrattare con se stesso per sempre, ripetendosi che il miglior modo di ingannare il tempo che gli restava era provare a salvare le vittime e a cercare quei mostri.

Adesso i fuochi languivano ovunque e le sirene dei pompieri erano ormai ammutolite. Lentamente, la guglia di fumo si staccò da terra interrompendo la sua storia d'amore con le fiamme. Simili a stormi di palloncini ocra, le esalazioni si alzarono volando verso la cupola nera che si apriva come un'enorme bocca di polvere. In pochi minuti, le foglie, il petrolio, la legna e il metallo bruciati, tutto ciò che formava quelle nubi di smog maledetto si sarebbe sbriciolato in milioni di particelle destinate a morire ancora, e poi ancora di nuovo.

Enrico Mancini scavalcò il davanzale e rientrò nell'appartamento. Finì la bottiglia e la mise assieme alla sua compagna, una accanto all'altra. Infilò le scarpe e la giacca, osservò ciò che restava del suo mondo, il comò, il tavolo, il letto nella camera di Marisa, i libri, la polvere sugli stipiti delle porte, e si accorse che non lo riconosceva. Prese le chiavi dal piatto in ceramica, le mise in tasca ed uscì tirandosi dietro la porta di una casa che non era più sua.

Per strada non c'era nessuno. Aveva scordato l'orologio di sopra ma non sarebbe andato a riprenderlo, almeno per un po'. Era da quando, ragazzino, giocava a pallone nel quartiere che il tempo non gli sembrava così poco importante. Sapeva solo di non poterlo impiegare controllando la vita da una finestra. Accese il cellulare che vibrò subito per un sms in arrivo. « Ti aspetto? » scriveva Giulia.

Enrico sollevò la testa, voltandosi indietro in cerca della finestra da cui spuntavano le due bottiglie. Osservò i colli arancioni per qualche secondo. Rispose a Giulia con un semplice « sì » e mandò un bacio che volò in alto, fin lassù.

Nota dell'autore

Con *Così crudele è la fine* si conclude la parabola letteraria del commissario Enrico Mancini. Dopo più di milleduecento pagine, vicoli, sotterranei, fogne, monumenti, parchi, giardini zoologici, fango, ruggine e marmo della mia città, e dopo tre temi a cui tengo moltissimo – giustizia, realtà e identità, la trilogia degli spettri – è arrivata la fine del gioco.

Scrivere è un atto di fede del tutto singolare. È un gesto che scaturisce dall'innamoramento e sfocia nel bisogno di divorare l'oggetto d'amore, impossessarsi della sua essenza... con l'effetto di scoprirlo inesauribile. Amo la mia città per tante ragioni ma soprattutto perché Roma è un infinito sedimentarsi di storie, di luci e di ombre, di sangue e santità, di identità diverse e in conflitto tra loro. Amo i suoi misteri, perché solo lei può accogliere, senza scomporsi, qualcosa che porta il nome di *Campo scellerato* e farsene bella.

Così crudele è la fine è un thriller che indaga sul tema dell'identità, raccontato e analizzato dalla letteratura e dalla psicoanalisi, ma anche dalle arti figurative di ogni tempo e latitudine. Dalle considerazioni ai saggi di Jung e Freud fino alle opere di Stevenson, Wilde, Collins, e, ovviamente, Poe.

Proprio lui, con i racconti sull'isolamento, sulla reclusione, sui seppellimenti prematuri e sulla folle disperazione dei personaggi costretti a fare i conti con se stessi nel buio finale della propria esistenza, mi ha suggerito di costruire una Roma, e una figura di assassino, claustrofobica. Una Roma reale ma deformata dal mio sguardo e immaginata come una enorme trappola monumentale, con i suoi profondi e spaventosi strati archeologici. Una città simbolica, psicologica e in un certo senso metafisica che, come i personaggi di questo romanzo, si specchia nel riflesso della propria storia in cerca di un'identità sempre fluttuante e inafferrabile.

Ringraziamenti

A Zoe, Tomás e Paola: *noi*. A Isabella e Chiara, Annarita e Gherardo. A Paola Babbini. A Liviana, Giorgio e Mario.

A Stefano Mauri, il mio editore. A Giuseppe Strazzeri, Alessia Ugolotti, Raffaella Roncato, Tommaso Gobbi, Diana Volonté, Graziella Cerutti, Giuseppe Somenzi: la mia squadra. A Cristina Foschini, per l'energia e l'affetto. A Fabrizio Cocco, editor, amico.

A Laura Ceccacci, a Giorgio Amendola, Giulia Gardiman e Martina Suozzo, i miei primi tifosi. *Up the Irons!*

A Giulio Vasaturo e Luigi Nava per le preziose consulenze.

Ad Anna Zenoni per il collo e per le chiacchiere.

A Michele Anzà per la fiducia incessante e lo sguardo sicuro.

Agli scrittori, ai traduttori, ai blogger, ai giornalisti, agli editoriali e a tutti quelli che vivono ventiquattr'ore al giorno con e per i libri.

Ai miei amici librai e ai lettori che mi vogliono bene, ricambiati uno per uno. Le mie parole, le mie storie, sono per voi.

A Roma, quella del marmo e quella del barocco,

quella magica della mia infanzia e quella oscura di questi giorni un po' così.

Ad astra per aspera

Mirko Zilahy
È così che si uccide

La pioggia di fine estate è implacabile e lava via ogni traccia: ecco perché stavolta la scena del crimine è un enigma indecifrabile. Una sola cosa è chiara: chiunque abbia ucciso la donna l'ha fatto con la cura meticolosa di un chirurgo, usando i propri affilati strumenti per mettere in scena una morte. Perché la morte è uno spettacolo. Lo sa bene, Enrico Mancini. Lui non è un commissario come gli altri. Lui sa nascondere perfettamente i suoi dolori, le sue fragilità. Si è specializzato a Quantico, lui, in crimini seriali. E l'istinto di Mancini non sbaglia mai: è con il secondo omicidio che la città piomba nell'incubo. Il commissario è costretto ad accettare l'indagine... E accettare anche l'idea che forse non riuscirà a fermare l'omicida prima che il suo disegno si compia. Prima che il killer mostri a tutti – soprattutto a lui – che è così che si uccide.

TEA

Mirko Zilahy
La forma del buio

Roma è nelle mani di un killer capace di dare forma al buio.
Le sue folli tenebre prendono vita nel rito dell'uccisione, le sue terribili visioni si trasformano in realtà tramite le sue vittime.
Perché il mostro non si limita a uccidere: lui plasma, mette in posa, trasfigura ognuna delle sue prede in una creatura mitologica.
Lasciando soltanto indizi senza un senso apparente, se non si è in grado di interpretarli. Di analizzare la scena del crimine. E tracciare un profilo.
Ma il miglior profiler di Roma, il commissario Enrico Mancini, non è più l'uomo brillante e deciso di un tempo. E la squadra che lo ha sempre affiancato non sa come aiutarlo a riemergere dall'abisso.
Mentre nuove opere di quello che la stampa ha già ribattezzato « lo Scultore » compaiono nell'oscura, incantata Casina delle Civette a Villa Torlonia, nel vecchio Giardino zoologico e nell'intrico della rete fognaria romana, Mancini viene richiamato in servizio e messo di fronte a quella che si dimostrerà come la sfida più angosciante e letale della sua carriera.
O addirittura della sua vita.

TEA

Questo libro è stampato col sole

Azienda carbon-free

Finito di stampare
nel mese di maggio 2019
per conto della TEA S.r.l.
da Grafica Veneta S.p.A. di Trebaseleghe (PD)
Printed in Italy